स्वयं प्रकाश

स्वयं प्रकाश का जन्म 20 जनवरी, 1947 को इन्दौर में हुआ था।

उनकी प्रकाशित कृतियाँ हैं—*मात्रा और भार, सूरज कब निकलेगा, आसमाँ कैसे-कैसे, अगली किताब, आएँगे अच्छे दिन भी, आदमी जात का आदमी, अगले जनम, आधी सदी का सफ़रनामा, पार्टीशन, नन्हा क़ासिद, चौथा हादसा, नैनसी का धूड़ा, एक कौड़ी दिल से, संकलित कहानियाँ, चर्चित कहानियाँ* (कहानी-संग्रह); *जलते जहाज पर, बीच में विनय, उत्तर जीवन-कथा, ईंधन, ज्योति रथ के सारथी* (उपन्यास); *स्वांतः सुखाय, दूसरा पहलू, रंगशाला में एक दोपहर, एक कहानीकार की नोटबुक* (निबन्ध); *फीनिक्स, चौबोली* (नाटक); *हमसफ़रनामा* (रेखाचित्र); *धूप में नंगे पाँव* (आत्मकथात्मक संस्मरण); *डाकिया डाक लाया* (पत्र); *और फिर बयाँ अपना, मेरे साक्षात्कार, कहा-सुना* (साक्षात्कार)।

साहित्य अकादेमी बाल साहित्य पुरस्कार, भवभूति सम्मान, राजस्थान साहित्य अकादेमी पुरस्कार, वनमाली स्मृति पुरस्कार, सुभद्राकुमारी चौहान पुरस्कार, पहल पुरस्कार, पाखी शिखर सम्मान आदि से सम्मानित।

7 दिसम्बर, 2019 को उनका निधन हुआ।

आएँगे अच्छे दिन भी

स्वयं प्रकाश

राजकमल पेपरबैक्स

पहला सजिल्द संस्करण
राजकमल प्रकाशन प्राइवेट लिमिटेड द्वारा
1991 में प्रकाशित

राजकमल पेपरबैक्स में
पहला संस्करण : 2023

राजकमल पेपरबैक्स : उत्कृष्ट साहित्य के जनसुलभ संस्करण

राजकमल प्रकाशन प्रा. लि.
1-बी, नेताजी सुभाष मार्ग, दरियागंज
नई दिल्ली-110 002
द्वारा प्रकाशित

शाखाएँ : अशोक राजपथ, साइंस कॉलेज के सामने, पटना-800 006
पहली मंजिल, दरबारी बिल्डिंग, महात्मा गांधी मार्ग, प्रयागराज-211 001
1, अनमोल सोराबजी संतुक लेन, धोबी तलाव, मरीन लाइंस, मुम्बई-400 002

वेबसाइट : www.rajkamalprakashan.com
ई-मेल : info@rajkamalprakashan.com

विकास कंप्यूटर एंड प्रिंटर्स
ट्रॉनिका सिटी-201 102
द्वारा मुद्रित

मूल्य : ₹199

AAYENGE ACHCHE DIN BHI
Stories by Swayam Prakash

ISBN : 978-81-19159-95-6

आएँगे अच्छे दिन भी

क्रम

अशोक और रेनु की असली कहानी

उन लोगों की शादी को तीन साल हो चुके थे।

पहला साल मित्रों-रिश्तेदारों, रीत-रिवाजों, परिवार की झकों-ज़िदों-परम्पराओं-परेशानियों और एक-दूसरे की पसन्दों-आदतों और शरीर से परिचित होने में बीत गया।

दूसरा साल सिर्फ़ उन दोनों का रहा। इसमें वे एक-दूसरे पर पिछले बचपन की कारगुज़ारियों से कॉलेज की मज़ेदारियों तक की छोलदारी तानकर उसमें घुसते-निकलते रहे, और घर-गृहस्थी की छोटी-मोटी चीज़ें जुगाड़कर ख़ुश होते रहे, पड़ोसियों-परिचितों की मज़ेदार बातों पर हँसते रहे, प्यार के क्षेत्र में अन्वेषक और प्रयोगशील रहे और मित्रों के गुलगुले बच्चों को गोदी में उछालते रहे।

तीसरे साल पति अपने दफ़्तर की छोटी-मोटी तीसमारखाँयी पत्नी को बताता रहा और पत्नी उसके स्वेटर, कपड़े, जज़्बात और मित्र सँभालती रही, अपनी भूतपूर्व सहेलियों को याद करती रही, मीठा-मीठा मुस्कुराती रही और पति की परछाईं होती रही।

पति एक कम्पनी में इंजीनियर था। ठीक-ठाक-सा ख़ूबसूरत होने, माँ-बाप का इकलौता होने के अलावा उसका इंजीनियर भी होना इस बात के लिए काफ़ी था कि जो लड़की उसे देखे, उस पर मर मिटे। पत्नी ने एम.एस-सी. के बाद बी.एड. की थी। वह काफ़ी चटपटी और चरपरी लड़की रही थी—

और बेहद बातूनी, ख़ूब और ख़ूब ज़ोर-ज़ोर से हँसनेवाली। उसकी चपर-चपर और छतफाड़ हँसी उसकी माँ को चिन्ता में डाल देती थी कि री! तेरा क्या बनेगा?

पति का नाम अशोक और पत्नी का रेनु था।

आज कोई देखे तो यक़ीन न करे कि ये वही दो चुटिया मटकाती, नाक पर उँगली रखकर हँसती और ज़माने-भर की चपर-चपर में पड़ोसन आंटियों के यहाँ दोपहर से शाम करनेवाली रेनु है। और यह वही अशोक है, जिसकी साबुत-सलामत पतलूनें भी इसलिए बेकार हो गई हैं कि पीछे से खुलकर भी तंग हो गई हैं और जिसकी तोंद और ठुड्डी ज़रा-सी हँसी में लहर-लहर हिल उठते हैं। और जिस पर यदि कोई मरती भी रही होगी तो शुकर मना रही होगी कि एकदम से ही नहीं मर गई।

एम.एस-सी., बी.एड. की यही उपयोगिता थी कि रेनु को अशोक मिल जाए। भेज रहे हैं स्नेह निमंत्रण। अशोक के पिता ने मानस के राजहंसों को इसीलिए बुलाया था कि माँ-बाप से सत्रह सौ किलोमीटर दूर अशोक बाबू अपने तीन कमरों के क्वार्टर में रेनुबाई के साथ अकेले रहें, हेरॉल्ड रॉबिंस पढ़ते रहें, बैगन की सब्ज़ी बनाने की फ़रमाइश करें और 'ओऽम' की डकार लेकर चुप हो जाएँ, त्रिफला की फंकी लगाकर सो जाएँ या जेलुसिल कुतरते हेरॉल्ड रॉबिंस के हो जाएँ।

अब अक्सर ऐसा ही होता है। बातें...ख़त्म हो गई हैं। लतीफ़े सुनाए जा चुके। परचर्चा-सुख एक निश्चित मात्रा में प्रतिदिन छक ही लिया जाता है। आसपास न कोई सिनेमाघर है न बाज़ार। बस कम्पनी कर्मचारियों की कॉलोनी, एक मन्दिर, एक सड़क और एकतान एकरस आलाप जैसे रात-दिन। मन करता है कोई तीसरा हो। और हरदम हो। इसलिए जब कोई मेहमान घर आकर जाए या ये किसी के घर होकर आएँ, तो दोनों एक-दूसरे को कुछ अधिक अच्छे लगने लगते हैं।

हल्की सर्दियों के दिन थे। अँधेरा हो चुका था। अशोक और रेनु घूमने जा रहे थे। कॉलोनी के क्वार्टरों के प्यार तक दोनों चुप-चुप। बच्चे घरों में...क्वार्टरों

की खिड़कियाँ बन्द। कहीं कोई रेडियो बजता हुआ। सड़क पर सिर्फ़ जूतों के नीचे चरमराती बजरी की आवाज़। दूर तक ठिठुरती-सी खड़ी ट्यूब लाइटें। जैसे वर्षों से दोनों इसी तरह चुपचाप चले जा रहे हों।

"देखो, बिल्ली !" अशोक ने कहा।

सड़क के किनारे दुबकी एक बिल्ली बुरा-सा मानकर एक तरफ़ चल दी।

"हाऽऽ" रेनु ने कहा।

फिर दोनों चुप हो गए।

आगे जाकर एक सुनसान पड़े बगीचे की एक बेंच पर बैठ गए। तीन-चार फर्लांग दूर।

"आज तुम्हारी नीली क़मीज़ की जेब से एक रसीद निकली।" रेनु ने कहा।

"नीली क़मीज़?"

"धो रही थी।"

"सेल ख़रीदे थे टॉर्च के। बेकार हैं।"

फिर चुप।

"चलें?" कुछ देर बाद अशोक ने पूछा।

रेनु चुपचाप उठ गई।

दोनों चल पड़े।

रोज़ के रास्ते। रोज़ की तरह ख़ामोश।

कॉलोनी में एक जगह दो क्वार्टरों के बीच कुछ लोगों ने एक बैडमिंटन कोर्ट बना रखा है। शाम के बाद लाइट जलाकर खेलते हैं। कोर्ट ख़ाली था। लाइटें जल रही थीं। एक तरफ़ कुर्सी पर दो रैकेट रखे थे। चिड़िया नेट में अटकी हुई थी। शायद अभी-अभी कोई खेलते-खेलते चला गया था।

"खेलती हो?" अशोक ने पूछा।

"चलो।" थोड़ा-सा रुककर रेनु ने कहा।

अशोक को यह आशा नहीं थी कि रेनु हाँ कह देगी कि उसे आता भी होगा।

अशोक एक रैकेट से हवा में स्विंग मारकर, चिड़िया निकालकर उसे रैकेट से आसमान में उछालने लगा। रेनु ने पल्ला लपेटकर कमर में खोंसा

और बाईं टाँग पर की साड़ी को आगे से पेटीकोट समेत ज़रा-सा उठाकर कमर में उड़स लिया; और रैकेट को झारे की तरह पकड़कर खड़ी हो गई।

अशोक ने सर्व किया और बड़े आराम से रेनु को सारे कोर्ट में नचाया। एक ट्रेनर के-से अन्दाज़ में। उसने सोचा वह हल्का-फुल्का खेलेगा, ताकि रेनु एकदम से नर्वस न हो जाए और खेल कुछ जम सके। कुछ देर के वार्मअप के बाद रेनु थोड़ा उत्साह से बोली, "शुरू करो।"

गेम शुरू हो गया।

रेनु ने सर्व किया। अशोक ने बैकहैंड एक शानदार अदा के साथ उठाई। रेनु ने ड्रॉप कर दी। अशोक कवर नहीं कर सका। रेनु का पॉइंट बन गया। अशोक ख़ुश हुआ, जैसे बच्चों का अच्छा खेल देखकर। अच्छा! उसने मन ही मन कहा, तो तुम्हें असली खेल दिखाना पड़ेगा।

लेकिन कुछ देर में बाज़ी पलट गई। रेनु के करारे शॉट अशोक के लिए चैलेंज बन गए। वह पॉइंट पर पॉइंट गँवाता रहा और खिजलाने लगा। पर नहीं। ऐसे नहीं चलेगा। उसने हिम्मत बटोरकर खेलना शुरू किया और एक-दो करारे शॉट मारे, जो रेनु के बदन पर पड़े। वह उठा नहीं पाई। फिर अशोक ने बैक लाइन पर एक-दो प्लेसिंग कीं। लेकिन अब रेनु भी अशोक को बैक लाइन पर खिलाने लगी और बीच-बीच में क्रॉसकोर्ट ड्रॉप मारकर पॉइंट लेने लगी। अशोक सँभले-सँभले कि गेम हो गया। रेनु जीत गई।

अरे, वाह! अशोक मुस्कुरा उठा। रेनु भी मुस्कुरा रही थी। दोनों हाँफ रहे थे। रेनु के गोरे माथे पर पसीने की बूँदें छलछला रही थीं। गाल लाल हो रहे थे। एक-दो लटें चेहरे पर गिर पड़ी थीं। कोर्ट की तेज़ रोशनी में हाथ में रैकेट उठाए, बाईं टाँग पर से साड़ी उठाकर कमर में उड़ते, पल्लू कसे, मुस्कुराती और हाँफती रेनु...किस क़दर उत्तेजक लग रही थी।

अशोक एक गेम और प्रपोज़ करता-करता रह गया। फिर हार जाए तो?

"नहीं भाई, अब दम नहीं है।"

तभी लाल साहब आ गए। अशोक के ही एक साथी इंजीनियर। वही जो अभी-अभी कोर्ट छोड़कर चले गए थे। लाल साहब इन्हें देखकर ख़ुश हुए और बोले, "चलिए एक गेम हमारे साथ हो जाए।"

अशोक ने कहा, "नहीं, मैं अब नहीं। रेनु तुम खेलो।"

रेनु खेलने लगी। अशोक उसे चीयरअप करता रहा और सोचता रहा कि अमुक शॉट वह क्यों नहीं उठा पाया था? या अमुक ड्रॉप शॉर्ट कैसे रह गया? लाल साहब तो रोज़ खेलते थे। अशोक के चाहने के बावजूद रेनु ड्यूज़ पर हार गई। पर ड्यूज़ तक तो खींच लाई!

दोनों लाल साहब से बिदा लेकर चले।

रेनु ने अपनी साड़ी नीची कर ली थी, पल्लू खोलकर लटका लिया था और छोटी-सी रुमलिया से पसीना पोंछ, दोनों हाथों से माथे की लटों को पीछे ढकेल दिया था। वह इतनी उत्फुल्ल थी कि इतनी अस्त-व्यस्तता में भी बहुत दिलकश और तरोताज़ा लग रही थी।

क्या अशोक अपनी हार पर रेनु से खिजला रहा था? या इस बात पर चकित, गर्वित और प्रसन्न था कि रेनु इतना बढ़िया खेलती है? या पूछना चाह रहा था कि क्या रेनु कॉलेज में भी खेलती रही है? या जानना चाह रहा था कि जब इतना अच्छा खेलती है, तो इतने दिनों से एक बार भी कहा क्यों नहीं कि वह बैडमिंटन खेलना चाहती है? उधर से तो वे अक्सर घूमने जाते हैं! और कई बार कोर्ट ख़ाली भी रहता है। क्या अशोक रेनु के लिए एक बढ़िया-सा रैकेट नहीं मँगा देता? आप क्या सोचते हैं? क्या सोच रहा होगा अशोक?

लेकिन नहीं। अशोक इनमें से कुछ भी नहीं सोच रहा था। रेकॉर्ड की ख़राब सुई की तरह उसका दिमाग़ एक ही जगह अटका हुआ था। पिंडली। रेनु की पिंडली। जब वह खेल रही थी और बाईं टाँग पर से साड़ी उठाकर उसने कमर में उड़स ली थी। गोरी। पुष्ट। उत्तेजक। मादक। सुडौल। पागल कर देनेवाली। ललचाकर तड़पा देनेवाली। क्या अशोक ने इसे पहले कभी नहीं देखा? फिर माथे पर झुकती लटें। फिर माथे पर छलछला आईं पसीने की बूँदें। तपे हुए गाल।

भर-भर प्यार किया उसने उस रात। लेकिन वह कहाँ थी? वह बैडमिंटन-कोर्ट में हाँफती श्रमक्लांत रूपसी लड़की कहाँ थी? यह श्रीहीन, निढाल, थकी, उत्तापशून्य देह क्या वही है?

अशोक को लगा, हो न हो, अनजाने में वह ज़रूर कोई अपराध करता रहा है, रेनु के प्रति। उसकी प्रफुल्लता-चंचलता को चूने की मानिंद सोखता रहा है। अब तक। लगातार। पीला पड़ते चुपचाप देखता रहा है, एक चटख गुलाबी पंखुड़ी को। निरन्तर। मरते हुए।

रेनु सो गई। अशोक जागता रहा।

लेकिन क्या उसने कभी, किसी भी कारण रेनु को आहत किया? कोई भी ऐसा प्रसंग याद नहीं आता, जब वे असहमत होकर असहमत ही रहे हों, और हुआ वही हो जो अशोक ने चाहा हो। या अपनी इच्छा उसने रेनु पर थोपी हो। या रेनु की कोई भी फ़रमाइश यथाशक्य पूरी न की हो। या रेनु को कभी शिकायत का मौक़ा दिया हो। या रेनु उसे असन्तुष्ट और ऊबी हुई लगी हो। या रेनु उससे डरती हो!

अशोक के लिए लेटे रहना मुश्किल हो गया। मुँह में जेलुसिल डालकर बाहर आ गया। दरवाज़ा खोलकर बगीचे में। एकदम ठंड लगी। अच्छा लगा। मोगरे की ख़ुशबू से रात महक रही थी। मोगरा अशोक ने अपने हाथों से लगाया है। रेनु मोगरे के फूलों का गजरा बनाकर लगाती है कभी-कभी। अशोक को गजरेवाली स्त्रियाँ बहुत अच्छी लगती हैं। अशोक टहलने लगा।

नहीं...! शायद रेनु उससे डरती भी है। क्यों? वह डरावना और ग़ुस्सैल है क्या? क्या वह गुमसुम और आज्ञाकारिणी पत्नी चाहता था? क्या वह सहचरी नहीं, दासी चाहता था? नहीं! सौ बार नहीं। लेकिन फिर उसने देखा क्यों नहीं कि घर में क्या हो रहा है? रेनु को क्या हो रहा है? यदि वह मुरझा भी नहीं रही, तो भी, विकसित क्यों नहीं हो रही? पर क्या सचमुच उसे पति के साथ-साथ अभिभावक भी होना चाहिए था? क्यों?

इन नए सवालों ने अशोक को परेशान कर दिया। उसकी हालत ख़राब कर दी। वह जेलुसिल एक साथ चबा गया। उसकी इच्छा हुई कि इसी समय रेनु को झिंझोड़कर उठाए और उससे पूछे...लेकिन क्या पूछे?

वापस आकर लेट गया। हेरॉल्ड रॉबिंस उठा ली। चौथे अध्याय में एक ख़ून, दो मोहब्बतें, एक दग़ा और एक शादी हो चुकी है। पाँचवें अध्याय में नायक को याद आता है कि जब-जब वह रेनु के साथ ससुराल गया है, रेनु

उसे अधिक उत्साह से भरी हुई लगी है। और फिर भी हर बार उसकी पहले की सहेलियों ने उसे टोका है—'री! तू तो बिलकुल बदल गई!' और रेनु नि:शब्द मुस्कुराकर रह गई है। इस ज़रा-सी औरताना टिप्पणी और उसकी प्रतिक्रिया का आशय अशोक कभी नहीं समझा। उसे यह भी याद आया कि जब-जब वह रेनु के साथ ससुराल गया है, सास उसे हर समय कुछ भयभीत लगी है। ससुर आप-आप करते हैं, लीजिए बैठिए कहते हैं। वह क्या खाएगा, कैसे पानी से नहाएगा, खाने के बाद पान तो नहीं खाएगा, आदि-आदि बातें सास ने सीधे उससे नहीं, रेनु से पूछी हैं, फुसफुसाहटवाले अन्दाज़ में। उसके वहाँ रहते सास-ससुर और रेनु के बीच खुसर-पुसरवाला अन्दाज़ ही बना रहता है। जैसे अभी वह वहाँ लड़की देखने ही आया हो। जैसे वह अभी भी 'लड़की' को 'रिजेक्ट' कर सकता हो। क्यों वह घुलमिलकर परिवार का ही एक सदस्य नहीं हो गया? ये कौन-सी अदृश्य दीवारें हैं जो उसके चारों तरफ़ घिर जाती हैं? कौन खड़ा करता है उन्हें? रेनु चुलबुली और बातूनी थी...और यह चुलबुलापन और बातूनीपन शादी के बाद भी गाहे-बगाहे दिखाई दिया है, तो हमेशा रेनु ऐसे ही क्यों नहीं रहती?

एक छोटा-सा बैडमिंटन का गेम कितनी सारी बातें कुरेद गया। अब सुलझाते जाओ। सिरा मिल जाए तो सो रहना आराम से।

अशोक को ध्यान आया कि वह कितनी बेतकल्लुफ़ी से बैगन की सब्ज़ी की फ़रमाइश कर देता है। क्या अपने घर में भी तकल्लुफ़ करे? जब रेनु आई थी तो बैगन छूती भी नहीं थी। पर अब खाने लगी है। क्यों खाने लगी है? और एक बार बड़ी मेहनत से उसने अपने पीहर की कोई चीज़ बनाई थी। पनौंछा या अँगोछा या ऐसा ही कुछ। अशोक को नहीं पसन्द आई। क्या घर में वह झूठी प्रशंसा करता? पर उसने झूठी प्रशंसा नहीं की। और वह चीज़ रेनु ने फिर कभी नहीं बनाई। पनौंछा कि क्या...

अशोक का दिमाग़ ख़राब हो गया। क्या बकवास है? ये क्या हो रहा है? कैसे फँस गया वह? क्या यह लड़की लड़ नहीं सकती? अपनी बात ज़ोर देकर नहीं कह सकती? अपने घर में अपनी मरज़ी नहीं चला सकती? घर की मालकिन कौन है? वो कि मैं? अशोक की मूर्खताओं पर खुलकर हँस नहीं

सकती? यह पढ़ी-लिखी लड़की कहाँ से पढ़ी-लिखी है? यह क्यों दासी बनने पर उतारू है? नारी क्यों चाहे कि पुरुष-प्रधानता से मुक्ति भी उसे एक पुरुष ही दिलाएगा? ख़ैर, छोड़ो नारी-वारी। रेनु क्या चाहती है?

जेलुसिल बन्द। हेरॉल्ड रॉबिंस बन्द। खिड़की बन्द। बिजली बन्द।

वह—कितनी कोमल-सी...छरहरी-सी...गोरी भक्क...एक बच्ची... जिसका नाम रेनु है...घुटनों में पैर घुसेड़े सो रही है। एकदम मासूम। क्या अशोक उसके पैर सीधे करेगा?

अशोक ने यथासम्भव दोस्त ही रखा है रेनु को। कभी अपने अंडरवियर-बनियान उसे नहीं धोने दिए। सिर या पैर नहीं दबाने दिए। जूतों पर पॉलिश नहीं करने दी। खड़े रहने या पैताने बैठने को नहीं कहा। मित्रों के सामने भीतर जाने का इशारा नहीं किया। रेनु ने कपड़े धोए तो उसने निचोड़कर फैला दिए। सब्ज़ी-वब्ज़ी कटवा दी। छोटे-मोटे बर्तन धो दिए। बीमारी में कोई काम नहीं करने दिया। थककर आए कहीं से तो हल्का-फुल्का खाकर सो रहने की सलाह दी। सहेलियों को हमेशा पत्र लिखने की ताक़ीद की। ससुराल के किसी सम्बन्धी के बारे में बुरी बात नहीं कही। कभी उसकी किसी कमज़ोरी का मज़ाक़ नहीं उड़ाया। आगे होकर कपड़े, गहने-उपहार लाता रहा।

लेकिन व्रत-उपवास नहीं करने दिए। मन्दिर जाकर माथा कभी नहीं झुकाया। तस्वीरों के आगे दीया घुमाकर घंटी नहीं बजाने दी। पंडित को हाथ नहीं दिखाया। भिखारी को भीख नहीं देने दी। करवाचौथ पर पैर नहीं छूने दिए। शगुन-विचार नहीं किया। बर्थडे पर केक नहीं बनाने-काटने दिया। और बच्चे के मामले में जल्दबाज़ी नहीं की।

और सोचा कि दोनों सुखी और सन्तुष्ट हैं।

और अभी अचानक एक दिन पता चला कि शायद नहीं। क्यों?

क्या चाहती है रेनु? समानता नहीं चाहती? मुक्ति और विस्तार नहीं चाहती? बन्धुत्व नहीं चाहती? फिर क्या चाहती है? सुरक्षा? समृद्धि? प्रजनन! एकदम औरत ही है क्या? शायद वह सोचती है कि मैं अब भी उसे तलाक़ दे सकता हूँ। या अब भी उससे ऊबकर किसी और से प्यार करने लग सकता हूँ। या बच्चा होने के बाद फिर मैं ऐसा नहीं कर सकूँगा। फिर वह सुरक्षित है।

या हो सकता है उसकी माँ, या शादीशुदा सहेलियों, या आंटियों में से किसी ने यह बात उसके मन में भरी होगी। या पड़ोसियों-स्वजनों-सम्बन्धियों-परिचितों की निरन्तर जिज्ञासा से वह दुखी हो जाती होगी। या स्कूल-कॉलेज में भाषण देने आई किसी बेवकूफ़ लेखिका ने कह दिया होगा कि नारी-जीवन की चरम सार्थकता माँ बनने में ही है। या, माइगॉड! उसे अपनी या मेरी प्रजनन-क्षमता में सन्देह हो चला होगा।

अशोक क्या करेगा? वह रेनु के माँ और दासी बन जाने पर छुट्टी पा लेगा? या कुछ ऐसा करेगा, जिससे रेनु एक सार्थक जीवन की दिशा में प्रवृत्त हो सके? तो क्या ऐसा...?

यहीं से अशोक और रेनु की असली कहानी शुरू होगी।

मरनेवाले की जगह

शायद रात के दस बजे होंगे।

मैं स्थानीय समाचारों के प्रूफ़ देख रहा था कि नीचे कुछ हल्ला-गुल्ला सुनाई दिया। सन्तोष फ़ौरन काम छोड़कर बालकनी में लपका और वहाँ से लौटा, तो बग़ैर कुछ बोले सीढ़ियों की तरफ़ दौड़ा और फ़ौरन आकर बोला, "मिसरा जी गिए गए," और फिर सीढ़ियों की तरफ़ लपक गया।

पहली बात जो मेरे दिमाग़ में आई, वह यह कि क्या यह भी स्थानीय समाचार हो सकता है? 'नाबालिग लड़की के साथ बलात्कार' से लेकर 'विचित्र मुँहवाला गाय का बच्चा' तक स्थानीय समाचार हो सकते हैं। लेकिन एक प्रूफ़रीडर का अपने दफ़्तर की चिकनी-रपटीली सीढ़ियों से गिरकर हाथ-पैर तुड़ा लेना कोई समाचार नहीं हो सकता। हाँ, यदि मिसरा जी कोई नेता होते... कैसे भी...सर्वोदयी तक...तो शायद...

मैंने इत्मीनान से पेन बन्द किया, डस्टबिन में पान का भुरकुस उगला और टॉर्च उठाकर पतलून उचकाता सीढ़ियों की तरफ़ बढ़ा। सीढ़ियों में हबड़-हबड़ थी। बहुत सारे लोग फँसे हुए थे। कई टॉर्चें जल रही थीं। कुछ ऊपर आना चाह रहे थे, बहुत-से नीचे भाग रहे थे और कुछ ऐसे भी थे, जो वहीं जान लेना चाह रहे थे कि क्या बात हुई है? मैंने भी टॉर्च जलाई और दीवार में लगी लोहे की चिकनी रॉड पकड़कर सँभल-सँभलकर, कानों से हर आवाज़ पीता नीचे पहुँच गया। सीढ़ियाँ जहाँ ख़त्म होती हैं, चबूतरा है। चबूतरे की

चार सीढ़ियों के पास फुटपाथ, फुटपाथ पर मिश्रा जी अजीब मुड़ी-तुड़ी हालत में पड़े थे। उनका एक हाथ पीछे मुड़ा हुआ था, एक टाँग बाहर की तरफ़ टेढ़ी निकल रही थी, एक पाँव का जूता गायब था और कुरते पर, चेहरे पर खरोंच-धूल-कीचड़ और ख़ून के निशान थे। एक हथेली बुरी तरह छिली हुई थी। पाजामे का एक पाँयचा किसी चीज़ में अटककर फट गया था। तीन-चार उन्हें उठाकर बगल की केमिस्ट की दुकान में ले जाने को झुके हुए थे। कोई कह रहा था, यहीं बेंच निकाल लो, अन्दर बहुत गर्मी है; कोई कह रहा था, हॉस्पिटल फ़ोन करके एम्बुलेंस बुलाओ; कोई कह रहा था, डॉक्टर तेलयानी पास में ही रहता है, उसके पास किसी को दौड़ा दो; कोई कह रहा था जूता सुँघाओ...मज़ाक़ से भी बाज नहीं आ रहा था एकाध...! मिश्रा जी का चेहरा दर्द से काला पड़ गया था और उनकी आँखों में हैरानी और आतंक भरा हुआ था। वह 'मेरा चश्मा', 'मेरा चश्मा' कर रहे थे, मानो शरीर से ज़्यादा, जान से ज़्यादा क़ीमती...चश्मा हो!

किसी ने आकर कहा, "अस्पताल में कोई फ़ोन उठा नहीं रहा।" कोई बोला, "मैं ताँगा लेकर आता हूँ।" केमिस्ट की दुकान पर खड़ा एक ग्राहक स्कूटर पर अस्पताल ले जाने को तैयार हो गया, बशर्ते कोई मिश्रा जी को लेकर पीछे बैठ सके, या मिश्रा जी ख़ुद बैठ सकें। तभी कोई सीढ़ियों से ढूँढ़कर उनका चश्मा ले आया। फ्रेम के दो टुकड़े हो चुके थे। एक शीशा गायब था और एक चटख गया था। जैसे हबड़-हबड़ और अँधेरे में चश्मे ने पहले किसी के पाँव की ठोकर खाई हो और फिर किसी के पाँव तले कुचल गया हो।

इसके बाद मिश्रा जी बेहोश हो गए।

रात दस बजे का वक़्त था। ज़ाहिर है, सड़क पर ज़्यादा लोग नहीं थे। जो थे, प्रेस के ही लोग थे, या केमिस्ट के सेल्समैन और ग्राहक, और इनमें भी कुछ करनेवाले या करने का सुझाव देनेवाले जितने थे, उनसे ज़्यादा वे थे, जो एक-दूसरे से पूछ रहे थे कि क्या हो गया...सब कुछ हुआ कैसे? और जिसे थोड़ा भी कुछ पता था, वह थोड़ा-थोड़ा जोड़कर उसे आँखों देखा हाल बनाने की कोशिश कर रहा था। एक कम्पोजीटर को मैंने यह भी कहते सुना कि मिश्रा जी ज़्यादा 'लगा' कर तो नहीं आ गए थे?

कोई यह नहीं कह रहा था कि इस जर्जर शतायु इमारत की रपटीली-चिकनी-सँकरी-गीली-नतोदर सीढ़ियों पर बल्ब क्यों नहीं है? क्योंकि बल्ब कई दिनों से नहीं था और बार-बार के कहने-सुनने के बाद भी नहीं लगवाया गया था। एक बार तो हम प्रूफ़ सेक्शनवाले चन्दा करके लाए थे। ऊपरवाले बल्ब की माँग सुनते ही झिड़कते थे कि कितने लगाएँ? लोग चोरी करके ले जाते हैं। और अन्त में हारकर लोग चुप हो गए थे और उल्लू की तरह अँधेरे में देखने का अभ्यास करने लगे थे।

हमने मिश्रा जी को बेंच पर लिटाया, मुँह पर पानी के छींटे मारे, हवा की। तभी एक डॉक्टर आ गया, जिसे केमिस्ट ने फ़ोन कर दिया था। डॉक्टर ने मिश्रा जी की नाड़ी देखी, आँखों के पपोटे देखे, हाथ-पैर सहलाए...दबाए और बोला, "अस्पताल ले जाना पड़ेगा।"

एक छोरे को पहले ही ताँगे के लिए भेजा जा चुका था। पर इस समय स्टेशन के इधर ताँगा मिलना मुश्किल था। मिश्रा जी को स्कूटर पर बिठाने की कोशिश की गई, पर वह बैठने की स्थिति में नहीं थे। दर्द से उनका बदन ऐंठ रहा था और डरावना हो रहा था। मैंने एक-दो जगह फ़ोन करने को कहा, जहाँ से थ्री-व्हीलर या कार-जीप मिल सकती है। फ़ोन करके आए लड़के ने कहा, "सेठ जी बोल रहे हैं, ताँगे में ले जाओ।"

किसी ने उसे फटकारा कि तूने सेठ जी को क्यों फ़ोन किया?

उसने अगली ही साँस में जवाब दिया कि मगन भाई को भी किया था, वह गाड़ी लेकर आ रहे हैं। मगन मेरा दोस्त है। किराए की जीप चलाता है। ख़ैर, तभी ताँगा आ गया और दो-तीन लोगों ने मिलकर मिश्रा जी को उठाया और ताँगे में लिटा दिया।

अब सवाल था कि साथ कौन जाए?

कम्पोज सेक्शनवाले सोच रहे थे प्रूफ़वालों में से ही किसी को जाना चाहिए। मशीनमैन जाते भी, तो क्या कर पाते? प्रूफ़ में उस दिन मैं और मिश्रा जी दो ही थे। मैं जाता, तो प्रूफ़ कौन पढ़ता? प्रूफ़ नहीं पढ़े जाते, तो छपता क्या? पर सोचने का समय नहीं था। मैं ताँगे में चढ़ गया। भाड़ में जाए अख़बार और नौकरी।

इमरजेंसी में, जैसी कि उम्मीद थी, कोई नहीं था। मैं हड़बड़ाहट और नातजुर्बेकारी में इधर-उधर हर जगह किसी डॉक्टर-कम्पाउंडर को ढूँढ़ रहा था। ख़ैर, तभी मगन आ गया। नौजवान डॉक्टर भी आ गए। वे भी मेरी तरह नातजुर्बेकार ही होंगे। उन्होंने बग़ैर कोई नखरा दिखाए मिश्रा जी की परीक्षा की, इमरजेंसी वार्ड से फ़ोन करके एक सीनियर डॉक्टर को भी बुलवा लिया और एक परची पर कुछ डरावने नाम लिखकर परची मुझे पकड़ा दी।

परची लेकर उसे घूरता हुआ मैं बाहर निकला। मैंने मगन को, मगन ने मुझे देखा। दोनों की जेब में कुल मिलाकर साढ़े बारह रुपए थे। मुझे गाड़ी चलानी नहीं आती थी। मैं मगन को प्रेस के नीचेवाले केमिस्ट के पास भेजना चाहता था, लेकिन केमिस्ट मगन को जानता नहीं था। पैसे कम होने पर दवाएँ देने से मना भी कर सकता था। ख़ैर, तभी सन्तोष और बाबू नाम का एक कम्पोजीटर, दोनों आ गए। उन्हें वहीं खड़ा कर हम दोनों भागे। केमिस्ट से दवाएँ लेकर वापस आए। लौटे, तो बाबू ने बताया, ख़ून चाहिए। मगन और मैंने एक-दूसरे की तरफ़ देखा। ख़ून कहाँ मिलता है? कितने में मिलता है? हमारा ब्लड ग्रुप टेस्ट करके लेने में कितना समय लगेगा? मिश्रा जी तब तक इंतज़ार नहीं कर पाएँगे क्या? हम लोग डॉक्टर से ही पूछने रुक गए। इस बीच मैंने बाबू की चिरौरी की कि वह काम को मारे गोली, मिश्रा जी के घर ख़बर कर आए। घर न मालूम हो, तो प्रेस में जाकर किसी से पूछ ले। मगन फिर भागा और रात को किसी को, पता नहीं किसको नींद से जगाकर दो सौ रुपए ले आया। ख़ैर, तत्काल पैसों की ज़रूरत नहीं पड़ी। मिश्रा जी के ब्लड ग्रुप का ख़ून अस्पतालवालों के पास था, उन्होंने अपनी तरफ़ से चढ़ा दिया। रात को एक बार फिर दवाएँ लेने गए।

इस बीच एक पन्द्रह-सोलह साल के लड़के और एक लम्बे, बीमार-से आदमी के साथ मिश्रा जी की पत्नी भी आ गई थीं। एकदम ठिंगनी-ठठरी-सी, गोद में बच्चा उठाए...बदहवास...काँपती हुई...सीधी भीतर घुसने लगीं। लड़के ने उन्हें बड़ी मुश्किल से रोका और बाहर बिठाया।

मिश्रा जी की पत्नी की उस वक़्त जो कैफ़ियत थी, शायद मैं बयान नहीं कर सकता। वे काँप-सी रही थीं और कुछ बुदबुदा रही थीं...शायद

कोई प्रार्थना...कोई स्तोत्र...उनकी नज़रें कुछ भी नहीं देख रही थीं। न मुझे, न अस्पताल की दीवारों को। उनकी गरदन बार-बार एक तरफ़ को झुक जाती थी और बार-बार आँखें बन्द हो जाती थीं। वे बार-बार इमरजेंसी वार्ड के दरवाज़े की ज़रा-सी संध से भीतर झाँकने को कोशिश कर रही थीं, जबकि वह जानती थीं कि भीतर हरा परदा पड़ा है, उन्हें कुछ नहीं दिखेगा। उनकी साँस ज़ोर-ज़ोर से चल रही थी, बाल एकदम बिखर गए थे, पल्लू नीचे गिर गया था, होंठों का बुदबुदाना तेज़ हो गया था। उन्हें देखकर डर लग रहा था।

अचानक एक डॉक्टर बाहर निकला और मुझसे पूछा, "घरवाला कोई है इसका?" इससे पहले कि मैं कोई जवाब देता, मिश्रा जी की पत्नी बग़ैर कुछ बोले डॉक्टर के पैरों पर गिर पड़ीं और उसके जूते से अपना सिर रगड़ने लगीं। एक पल तो डॉक्टर को कुछ पता ही नहीं चला कि क्या हुआ? फिर वह झल्लाकर पीछे हटा। लड़के ने उन्हें बलपूर्वक पीछे खींचा और दीवार से टिकाकर बिठा दिया।

कुछ और डॉक्टर आए। एक बहुत बुज़ुर्ग-से डॉक्टर आगे-आगे और दो डॉक्टर, दो डॉक्टरनियाँ उनके पीछे-पीछे। वे सब भीतर चले गए। एक डॉक्टर हाथ में पैड लिये बाहर निकला और मुझसे मिश्रा जी का नाम-पता-काम-दुर्घटना का कारण वग़ैरह पूछने लगा। मुझे शर्म-सी आई कि मैं मिश्रा जी के पिता का नाम, घर का पता, उम्र आदि नहीं जानता था। हालाँकि मैं अभी कुछ ही दिन हुए इस अख़बार में, इस शहर में आया था और मिश्रा जी के साथ सिवा दफ़्तर के कभी कहीं आया-गया-बोला-चाला नहीं था। पर शायद मैं दो साल से भी यहाँ होता, तो भी इन सवालों के जवाब नहीं दे पाता। कितने शर्म की बात है! ख़ैर, लड़के ने मदद की। वह मिश्रा जी का बेटा था। नाम था राजेन्द्र। नवीं में पढ़ता था। छह बहन-भाइयों में सबसे बड़ा था।

डॉक्टर यह तो समझ गया कि मैं मिश्रा जी का अल्पपरिचित सहकर्मी हूँ, लेकिन वह यह भी समझ गया कि हम एक ऐसे चारपेजी बदनाम अख़बार से ताल्लुक रखते हैं, जो सिवा इस-उसको ब्लैकमेल करने और सरकारी विज्ञापन खसोटने के कुछ नहीं करता, और जिसका 'सम्पादक' मालिक अँगूठा छाप

है और एक बीड़ी का कारख़ाना चलाता है, और जो घोषित अपराधी है और कि जिसकी छूत से लोगों के बनते काम भी बिगड़ जाते हैं। मैंने दुआ की कि उसके अपराधों की सज़ा मिश्रा जी को न भुगतनी पड़े, जो उसके पार्टनर नहीं, साढ़े तीन सौ रुपए महीने के ग़रीब चाकर हैं।

मिश्रा जी के बाप हलवाई थे। जलेबी खाते, मलाई चाटते और स्कूल से भागकर गुल्ली-डंडा खेलते, पिक्चरें देखते उनका बचपन बीत गया। जवानी भी बीत जाती, पर बाप अचानक मर गए। बड़े भाइयों ने दुकान सँभाली और अपने आवारा छोटे भाई को निकाल बाहर किया। कुछ दिन इधर-उधर टल्ले खाने के बाद सिनेमा पर ब्लैक करने लगे। एक कम्पोजीटर से दोस्ती हो गई। उसने प्रेस में लगवा दिया। कम्पोजिंग सीख गए। धीरे-धीरे माने हुए कम्पोजीटर हो गए। लेकिन बढ़िया काम करने का फ़ायदा कुछ नहीं मिला। प्रेस-दर-प्रेस बदलने लगे। लड़ाकू हो गए। नेता हो गए। ठेके पर कम्पोज करवाने लगे। गिरते-पड़ते शादी भी हो गई। बच्चे भी हो गए। धीरे-धीरे आँखें कमज़ोर हुईं। दाँत कमज़ोर हुए। बदन का मंजा ढीला पड़ने लगा। कोई कब तक संघर्ष करता रह सकता है। पक्का कोई करता नहीं था। आज ये प्रेस, कल वो प्रेस। अन्त में प्रूफ़रीडर हो गए। और ऐसे गऊ आदमी हो गए कि मालिक घोड़ी बनने को कहे और पीछे लात जमा दे, तो भी उफ़ नहीं करेंगे। कहानियाँ ही कहानियाँ हैं कि किस तरह मिश्रा जी ने केशव आर्ट प्रिंटर्स में हड़ताल करवा दी थी और कैसे वैदिक यंत्रालय के मालिक गुप्ता जी भाईसाब को सबके सामने थप्पड़ मार दिया था। अब तो सिर्फ़ वह थप्पड़ नज़र आता है, जो ज़माने ने मिश्रा जी के गाल पर जमाया। सिर के बाल उड़े हुए, आँखों पर मोटा चश्मा, कत्थई चेहरे पर तीन दिन की खूँटेदार सफ़ेद हजामत और गुसा-मुसा खादी का कुरता-पाजामा।

हम लोगों की ड्यूटी सुबह से रात तक चलती थी। हम ही संवाददाता थे, हम ही सहायक सम्पादक और हम ही प्रूफ़रीडर। प्रेस की किताबों में दिहाड़ी पर काम करनेवाले अस्थायी प्रूफ़रीडर। हम लोगों के पास अपनी-अपनी साइकिलें थीं और अपने-अपने पाँव। मिश्रा जी ऊसल पाव और चाय का स्थायी लंच करते थे और उसी दौरान मुझसे बातें करते थे। सूत्रभाषा में।

अक्सर राजनीति की बातें। बड़ी भोली, बड़ी मासूम-सी बातें। या जीवन सम्बन्धी कुछ नाबालिग सिद्धान्त।

अक्सर मुझसे, किसी और से, हरेक से उसके घर-परिवार, हारी-बीमारी, बाल-बच्चों के बारे में पूछा करते। और हरेक को यह ज़रूर कहते कि दादा, हमने तो अपने राजेन्द्र से साफ़ कह दिया—'बेटा! भूखों मर जाना, पर प्रेस की नौकरी मत करना। हम लोग सीसा खा रहे हैं बाउजी सीसा। कम्पोज में कितना सीसा पेट में जाता है, जानते हो? और वह क्या करता है, अन्दर जाके? माइंड को वीक करता है। आदमी टेपचू हो जाता है, बस! बीस साल कम्पोजिंग की है मैंने। ये देखो...देखो...ये बायाँ अँगूठा देखो...छोटा हो गया टाइप ठोक-ठोक के! समझे? नाप लो किसी भी कम्पोजीटर का।' और हँसते। ऐसी दर्दनाक हँसी कि सब सहम जाते। कोई हँसने में उनका साथ नहीं देता।

अब तो स्मृतियाँ ही शेष हैं।

मिश्रा जी को बचाया नहीं जा सका। तीन दिन तक मौत से जूझने के बाद ख़त्म हो गए। ब्रेन हेमरेज था।

मैं पहली बार उनके घर गया—उनकी लाश के साथ।

वहाँ सारी चौधराहट मिश्रा जी के बड़े भाइयों ने सँभाली हुई थी। दोनों सम्पन्न थे। सम्पन्न न भी हों, विपन्न भी नहीं थे। और दोनों में से कोई भी एक दिन भी अस्पताल में झाँका तक नहीं था। सुना है, घर पर आकर ख़बर पूछ जाते थे। हमारे प्रेस के मालिक भी थे। उन्होंने प्रेस की उस दिन छुट्टी कर दी थी। हालाँकि बन्द दरवाज़ों के भीतर ठेके पर कम्पोजिंग चल रही थी। उन्होंने मुझे एक तरफ़ ले जाकर पचास रुपए पकड़ा दिए। कहा, "देखो, इन लोगों को ज़रूरत होगी, मिश्रा जी के हिसाब में से कट जाएँगे बाद में।" मैंने कहा था, "सौ और दीजिए, यहाँ तो सब एक-दूसरे का मुँह देख रहे हैं।" तब उन्होंने दो पल मुझे टकटकी लगाकर देखा था और कुरते की जेब से बटुआ निकालते हुए कहा था, "इतना तो तुम्हारे हिसाब में भी नहीं बनता भैया!"

एक अजीब-सा खिंचाव भरा था माहौल में, जैसे मिश्रा जी का मरना बहुत लोगों को असुविधा और परेशानी में डाल गया हो। हालाँकि जहाँ तक

मुझे पता है, मिश्रा जी का अपने मुहल्ले में किसी से कोई झगड़ा नहीं था। सीधे रास्ते जाते, सीधे रास्ते आते। लेकिन पता नहीं किसने और क्यों, यह उड़ा दी थी कि मिश्रा जी शराब के नशे में सीढ़ियों से लुढ़के थे और गिरकर मर गए थे। जबकि प्रेस का हर आदमी कसम उठाकर कह सकता था कि मिश्रा जी कभी शराब पीकर ड्यूटी पर नहीं आए। और उस दिन का तो मैं ख़ुद गवाह हूँ। बजाय सन्तोष का इंतज़ार करने के, जोकि चाय लेने गया था, वह एक अर्जेंट मैटर का प्रूफ़ पढ़कर ख़ुद उसे करेक्शन के लिए कम्पोज में देने जा रहे थे। शायद "उस शराबी की वजह से ही तो मरे हमारे बाउजी," कहकर अपने पाप छिपानेवाले भाइयों ने ही यह प्रचारित किया था और करते आ रहे थे कि इस भोले आदमी से कोई सहानुभूति मत रखो। यह देखने में ही सीधा है। मिश्रा जी ने कभी प्रतिवाद नहीं किया। उनके मित्र भी अनेक रहे होंगे, थे भी, काफ़ी भीड़ थी, बहुत प्रेसवाले थे। कई ऐसे जिन्हें मिश्रा जी ने काम सिखाया और कुछ ऐसे भी, जिन्होंने मिश्रा जी को सबसे पहले स्टिक पकड़ाई थी और टाइप पढ़ना सिखाया था। मुमकिन है, मिश्रा जी की मौत से अपनी ही मौत देखकर वे सिहर रहे हों और अपने पेशे की सारी कड़ुआहट उन्हें एक साथ पगला रही हो। जो हो, कुल मिलाकर वातावरण में शोक कम, खिंचाव ज़्यादा था।

ख़ैर, वह पैसा मुझे ख़र्च नहीं करना पड़ा। प्रेसवालों ने भी पाँच-पाँच रुपए चन्दा किया था। सारी ज़िम्मेदारी एक बूढ़े मशीनमैन सीताराम पर और मुझ पर आ पड़ी थी।

मैंने यह सुझाया कि हम इस पैसे का राशन ख़रीदकर मिश्रा जी के घर डलवा देते हैं और राजेन्द्र भाई को कोई ट्यूशन वग़ैरह दिलवा देते हैं, या अख़बार बाँटने का काम।

राजेन्द्र से पूछा, "कुल कितने आदमी हैं तुम्हारे घर में?"

"ग्यारह!"

"ऍं!"

"नहीं, दस...बाउजी तो कम हो गए।" वह फिर से रो पड़ा।

पता चला, मिश्रा जी की एक विधवा बहन भी हैं, जिन्होंने पति के मरने

के बाद बहुत तकलीफ़ उठाईं, फ़ाक़ाकशी तक की और मरे बाप का, बच्चों का वास्ता देकर सभी भाइयों को लिखा कि वे आकर उन्हें ले जाएँ और शरण दे दें। वे कैसे भी जी लेंगी, कुत्ते-बिल्ली की तरह भाइयों के चबूतरे पर पड़ी रहेंगी। कल तो बच्चे बड़े हो ही जाएँगे। यह दो साल पहले की बात है। मिश्राजी प्रेस से एडवांस लेकर उन्हें ले आए थे और तब से वह बच्चों के साथ मिश्राजी के पास ही रह रही थीं, क्योंकि बड़े भाइयों के घर में 'जगह की कमी' थी।

मैंने राजेन्द्र से कहा कि वह हिम्मत नहीं हारे। मर्द बने। आख़िर वही अब परिवार का मुखिया है। मन लगाकर पढ़ाई करे। और हम लोग जैसे भी होगा, उसके लिए कोई ट्यूशन या कोई और घंटे-दो घंटे का हल्का-फुल्का पार्ट टाइम काम ढूँढ़ेंगे।

राजेन्द्र के लिए काम ढूँढ़ने की कोशिश भी की। कई दिन तक। लेकिन हर जगह कोई-न-कोई बेसहारा राजेन्द्र लगा हुआ था। इस राजेन्द्र को लगवाने के लिए उस राजेन्द्र को निकलवाना पड़ता। लेकिन आख़िर कोई जगह तो होगी ही, जहाँ एक और राजेन्द्र खप सकता था।

हाँ थी, ऐसी एक जगह थी।

यह मिश्रा जी की मौत के क़रीब महीना-भर बाद की बात है। प्रेस में उनकी बातें होना बन्द हो चुकी थीं और लोगों के दिमाग़ से मिश्रा जी की शक्ल धुँधली पड़ने लगी थी।

मैं तेज़ी से ऊपर जा रहा था। कम्पोज सेक्शन में एक नज़र पड़ी। राजेन्द्र एक ऊँचे स्टूल पर बैठा लाइट में देख-देखकर एक-एक उलटा टाइप पढ़-पढ़कर डिस्ट्रीब्यूट कर रहा था।

"राजेन्द्र! तुम यहाँ? क्यों?" मैंने झटका खाकर पूछा।

उसने मुझे देखा, सिर झुकाकर हल्का-सा मुस्कराया और बाएँ हाथ की उलटी कलाई से भौंह का पसीना पोंछकर टाइप की एक और लाइन उठाने लगा।

मैं रोज़ ऊपर चढ़ रहा हूँ, नीचे उतर रहा हूँ और रोज़ सोच रहा हूँ कि क्या राजेन्द्र सचमुच मुस्कराया था? पक्का करना चाहता हूँ।

लेकिन कम्पोज सेक्शन की तरफ़ देखने की हिम्मत नहीं पड़ती।

लेकिन कल सीढ़ियों पर ही सीताराम जी ने धर लिया।

"क्या बात है बाउजी? राजिन्दर को याँ काम करता देखकर खुस नई हो आप? बेचारे से बात तक नई करते?" उन्होंने अपनी करारी आवाज़ में पूछा।

"आप ख़ुश हो?" दो पल रुककर मैंने पलटकर पूछा। मुझे ग़ुस्सा आने लगा था। जाने क्यों, जाने किस पर।

"खुस नहीं हैं, तो नाखुस भी नहीं हैं। अरे, मजदूर का लौंडा मजदूरी कर रहा है, इसमें नाखुसी की कौन-सी बात है? चोरी-चमारी तो नहीं कर रहा। इस्मगलिंग तो नहीं कर रहा।" वह भी गरम हो गए।

"लेकिन उसकी पढ़ाई छूट गई है। समझते हैं आप?"

"पढ़कर भी तो काम ही करता। काम मिलता कहाँ है, पढ़े-लिखों को भी? गनीमत समझो कि सेठ जी ने रख तो लिया। बाकी उसकी किस्मत में होएगी, तो काम करते-करते भी पढ़ लेगा। मेहनत करेगा तो।"

"आपने ही दिलाया होगा उसे यह काम?"

"कुछ बुरा किया क्या?"

"सीताराम जी! आप न समझते हैं, न समझ सकते हैं। बड़ी भलाई की आपने। लेकिन जब आप 'गऊ आदमी था बेचारा' कहकर मिश्रा जी की तारीफ़ करते हैं, तो मेरी आत्मा सुलग जाती है। और राजेन्द्र भी इसी गाली से ज़िन्दगी शुरू कर रहा है। अब ये और बता दो कि वह भी मिश्रा जी की तरह ही मरेगा क्या?"

कोई ऊपर से उतरा। हमें रास्ता देने के लिए हटना पड़ा। सीताराम जी भीतर चले गए। कनखियों से उन्होंने मुड़कर देखा कि मैं चला गया हूँ या नहीं! फिर हथेली पर बन चुकी खैनी दूसरे हाथ में निथारते हुए बड़बड़ाए, "साले! पढ़े-लिखे होकर हमसे पूछते हैं!"

झक्की

छिड़काव हो गया तो धरती में से उठी सोंधी गंध चारों तरफ़ फैल गई। अब उपाध्याय जी को ज़रा लगा कि हाँ, ज़िन्दा हैं। गर्मियों के लम्बे दिन इतनी तकलीफ़ से कटते हैं कि बस! वक़्त काटने से इतनी भी फ़ुरसत नहीं मिल पाती कि ज़िन्दगी के बारे में सोच सकें। यों सोचते ही रहते हैं, और काम क्या है! पर यह सोचना भी कोई सोचना है जिसमें कोई संगति न हो, कोई सिलसिला न हो। असम्बद्ध विचार दिन-भर आते-जाते रहते हैं। जैसे कोई मालगाड़ी का ख़ाली डिब्बा गाड़ियों की ठोकर खाकर हर लाइन पर पूरे दिन यार्ड में इधर-उधर लुढ़कता रहे। यह ऊब है! उफ़! कैसी ऊब! सोचने से भी घबराहट होती है। फिर ख़ैर, हर दिन के बाद शाम होती है। और शाम होती है तो राहत मिलती है। लगता है कि हाँ, ज़िन्दा हैं।

पानी की कोई कमी नहीं थी। जमादार सुक्खाराम ने रोज़ की तरह भरपूर पानी बिगाड़ते हुए बड़े मन से छिड़काव किया और फिर अन्दर से तीनों मूढ़े और एक मेज़ निकालकर बाहर जमा दीं। उपाध्याय जी ने साफ़ कुर्ता-पाजामा पहना और पैर में स्लीपर डालकर बरामदे में आ खड़े हुए। बस अभी कुछ देर में डॉक्टर और श्रीमाली जी आ जाएँगे और गप्पबाजी शुरू हो जाएगी।

रोज़ यही होता है।

उपाध्याय जी इस छोटे-से स्टेशन पर स्टेशन मास्टर हैं। ग्रेड तो ए.एस.एम. का है पर सब आदर से स्टेशन मास्टर ही कहते हैं। स्टेशन बने

अभी तीन-चार साल ही हुए हैं। एक स्टेशन मास्टर, एक पेटमेन और एक जमादार, यही कुल स्टाफ़ है। एक पानीवाली भी एंगेज कर रखी है। सिर्फ़ दो गाड़ियाँ इधर से गुज़रती हैं। एक सुबह, एक शाम। दोनों पैसेंजर ट्रेन। बाक़ी कोई काम नहीं। उपाध्याय जी की देशचेतना और परिवेशचेतना यहीं आकर जाग्रत हुई, जब वे दो साल तक लगातार झींकते दिखाई दिए कि आख़िर यहाँ स्टेशन बनाने में क्या तुक थी? उत्तर उन्हें भी सबकी तरह मालूम है। राजनीति। रघुनाथ सिंह एमेले कोई धाकड़ आदमी नहीं, पर साले ने रेलवे बोर्ड पर प्रेशर डालकर यह स्टेशन खुलवा ही लिया। दस-बारह गाँव के देहातियों को जो आराम हो गया, वह उपाध्याय जी को नहीं दिखाई देता। उन्हें सिर्फ़ यह दिखाई देता है कि अच्छा-खासा शहर का आराम छोड़कर उन्हें इस वीरान-उजाड़ सड़े जंगल में आना पड़ा।

बाँहें चढ़ाई। फिर गिरा लीं। घड़ी देखी। अन्दर जाकर पानी पी आए। अभी कोई नामोनिशान नहीं दोनों मित्रों में से किसी का। 'बगीचे' में पड़ी आरामकुर्सी पर आ बैठे। इस 'बगीचे' को उनके शब्दों में उनकी ही मेहनत ने तैयार किया है। यों सब जानते हैं कि बगीचे के नाम पर यह जो कुछ है, जमादार सुक्खाराम की मेहनत है। प्रेरणा ज़रूर उपाध्याय जी की है। बाक़ी उन्होंने तिनका भी नहीं तोड़ा। यह सरियों की और तारों की बाड़ सुक्खाराम ने लगाई। मेहँदी वह डॉक्टर साहब से माँगकर लाया। दूब उसने कबाड़ी-रोपी-सींची-पनपाई। कुछ केली के अनाथ-से जो पौधे दिखाई दे रहे हैं...ये उसने ड्राइवर मानाराम से मँगाए। सदाबहार और गुलाबाँस उसकी पत्नी स्कूल से लाई। कोने में जो नीम है वह भी उसी ने लगाया। हाँ, दरवाज़े पर लगी बोगनबेलिया ज़रूर उपाध्यायजी के सत्प्रयासों का परिणाम है, पर उसमें भी वह इतनी ज़्यादा बागबानी कर चुके हैं कि उसका भविष्य भी अन्धकारमय होता लग रहा है।

छोटा-सा क़स्बा है दो मील दूर। राज के कुछ ही आदमी हैं। इन सबको चूँकि नौकरी करनी है इसलिए यहाँ रहना भी है। मन-मारकर रहो या राजी-ख़ुशी रहो। ज़्यादातर मन मारकर ही रहते हैं। कहीं आते-जाते, घुलते-मिलते नहीं। छुट्टी पर चले जाते हैं और जितने दिन यहाँ रहते हैं, यही सोचते रहते हैं कि कैसे यहाँ से जाएँ। कुछ ऐसे भी हैं जिनका कोई ज़ोर नहीं चलता,

इसलिए तसल्ली करके बैठ गए हैं। इनमें सबसे प्रमुख तो उपाध्याय जी ख़ुद हैं। दूसरे श्रीमाली जी हैं जो अभी आनेवाले हैं, और तीसरे डॉक्टर का तो ऐसा है—तबादला कर दो तो भी ख़ुश, न करो तो भी ख़ुश। जहाँ रहेगा, शायद ख़ुश रह लेगा। पता नहीं किस मिट्टी का बना है। श्रीमाली जी बच्चों को दर्जा आठ पास कराते-कराते, अटपटे नामों की हाज़िरी भरते-भरते लगभग गंजे हो चुके हैं। दाँतों को छोड़कर उनकी किसी चीज़ को विशेष असुन्दर नहीं कहा जा सकता और दाँतों का भी ऐसा है कि पहले उपाध्याय जी उन्हें बर्दाश्त नहीं कर पाते थे, पर अब लगता है उन्होंने श्रीमाली जी के दाँतों से भी समझौता कर लिया है। डॉक्टर यंग है। उसकी सारी बातों से एक 'यंगपना' झलकता है जो उपाध्याय जी और श्रीमाली जी को, दोनों को बहुत अच्छा लगता है। उसकी जवानी आम शहरवालों की तरह जवानी से वंचित प्राणियों का मज़ाक़ नहीं उड़ाती और वैसे भी डॉक्टर की दोस्ती बहुत काम आती है। ख़ासकर इस उम्र में।

श्रीमाली जी आते दिखाई दिए तो उपाध्याय जी के मुक्त थिंकन पर ब्रेक लगा। श्रीमाली जी तम्बाकूवाले पान के मोहक स्वाद में मस्त, दरवाज़ा खोलकर भीतर घुसे ही थे कि उपाध्याय जी बोले—"आइए मास्साब...आइए... दिन-भर तो ऐसी सड़ी गर्मी पड़ी है कि क्या बताया जाए...शाम हो गई है... और सुक्खाराम जी ने छिड़काव कर दिया है तो ज़रा लगा है कि हाँ, ज़िन्दा हैं। क्यों?" क्योंकि यही बात हर दिन इसी समय इसी अन्दाज़ में कही जाती थी, इसलिए श्रीमाली जी ने इसकी ताईद करना ज़रूरी नहीं समझा। उन्होंने बात पर कोई ध्यान नहीं दिया। चुपचाप छाता बन्द करके, उसे मेज़ से टिकाकर कुर्सी पर बैठे, चप्पलें उतारकर पैर झटकारे और धोती समेटते हुए दोनों पैर ऊपर करके मेज़ पर फैलाकर आराम से पसर गए। तत्पश्चात् टाट पर हाथ फेरने लगे। इधर उपाध्याय जी का भी हामी या हुँकारे बिना कोई काम नहीं अटक रहा था, इसलिए वह धाराप्रवाह आगे बढ़े—"गर्मियों के दिन भी इतनी तकलीफ़ से कटते हैं मास्साब कि क्या करें क्या न करें...बस पड़े रहते हैं और सोचते रहते हैं...। पर यह सोचना भी कोई सोचना है जिसका कोई सिर-पैर न हो? हें? बस...जाने कहाँ-कहाँ के ख़याल आते रहते हैं और जाते रहते हैं।"

अब यह बात नहीं कि श्रीमाली जी यह बात समझते नहीं हों...लेकिन यहाँ चूँकि बोलने का उद्देश्य बोलना-भर ही था, इसलिए वह चुपचाप तम्बाखू का मज़ा लेते रहे।

दरअसल बातें सब ख़त्म हो चुकी हैं। इतने दिन से साथ-साथ हैं कि एक-दूसरे का लगभग सब कुछ जानते हैं। अब बात करने के लिए बात खोजनी पड़ती है। सामनेवाला ताड़ भी जाता है कि यह बात जो आपने कही, वह महज़ मनहूस चुप्पी को तोड़ने के लिए। आप भी ताड़ जाते हैं कि वह ताड़ गया। और बस, बात का मज़ा ख़त्म। ऐसी सूरत में उपाध्याय जी को लगता है, किसी नई जगह तबादला हो जाए तो ठीक रहे। रोज़-रोज़ वही चेहरे, वही पेड़, वही पौधे, वही चाँद-सूरज देखने से तो छुट्टी मिलेगी। नई जगह नए लोग होंगे, नया मौसम, नई बातें, अच्छा शगल होगा। लगेगा कि हाँ, ज़रा ज़िन्दा हैं। पर अपने इस विचार पर भी वह अधिक देर टिक नहीं पाते। बात यह है कि अब इस सबके, यहाँ की जलवायु के, लोगों के, जगहों के, पेड़-पौधों के, यहाँ तक कि चाँद-सूरज तक के वह इतने आदी हो चुके हैं कि कैसे इन सबके बग़ैर काम चलेगा, सोच नहीं पाते। नई जगह पता नहीं कैसे लोग मिलें? ईर्ष्यालु, ख़ुशामदी, झक्की, अविश्वसनीय, मज़ाक़ उड़ानेवाले या धोखेबाज़ मिल गए तो? रेलवे में तो विश्वास का ही सारा मामला है। कहाँ तक सब कुछ की चौकीदारी करते बैठे रहेंगे? पीछे से मान लो कोई ट्यूब में से एक टिकट ही उड़ा ले! या कैशबुक में ही गड़बड़ कर दे! लोगों के अलावा और भी बातें हैं। नई जगह का पानी पता नहीं माफ़िक़ आए न आए! और क़ब्ज़ रहने लगे! या वायु बनने लगे! या वहाँ चोरियाँ ख़ूब होती हों और जो कुछ थोड़ा-बहुत सामान साथ रखते हैं वह भी चला जाए। कैसे दोबारा सब कुछ जमा पाएँगे? काम पता नहीं किस तरह का हो! कई नई-नई चीज़ें चल गई हैं, पुरानी कई चीज़ें भी वह भूल गए हैं। इतने सालों से इस छोटे से स्टेशन पर जिनका काम ही नहीं पड़ा।...नहीं। यहीं ठीक हैं। जैसा भी है। कम-से-कम कोई जोखिम तो नहीं है। दो वक़्त की रोटी मिल रही है। सब कुछ तय-सा है। बल्कि पहले से उन्हें पता चल जाता है कि कल क्या होनेवाला है। यहाँ तक कि सूरज

कितने बजे उगनेवाला है या बारिश कितनी तेज़ होनेवाली है। ऐसा आराम और कहाँ मिलेगा?

लेकिन इस ऊब का क्या करें?

उपाध्याय जी (अब बोल-बोलकर) याद करते हैं कि पहले ऐसा नहीं था। विचारों-अनुभवों के आदान-प्रदान में ही कई महीने बड़े आराम से कट गए थे। शाम जल्दी ही महफ़िल जम जाती और देर रात तक भी किसी की उठने की तबीयत नहीं होती। कभी-कभी खाना भी उपाध्याय जी के यहाँ ही हो जाता। कई बार तो गप्पों में दो-ढाई तक बज जाते। उस वक़्त यह यंग डॉक्टर नहीं था। डॉक्टर भोलानाथ थे। बेचारे एम्बेज़लमेंट के केस में फँसकर यहाँ आ मरे थे। पाँच साल रहे, फिर ऊपरवालों को खिला-पिलाकर शहर तबादला करवा लिया।

तो एक-दूसरे को अपनी जवानी के, लड़कपन के क़िस्से सुनाते थे। वे ख़त्म हुए तो मित्रों-रिश्तेदारों के क़िस्से...फिर अपने-अपने दफ़्तरों के, ड्यूटी के, अफ़सरों के क़िस्से...फिर अपने-अपने शहरों के मास्टरों-दोस्तों-मोहल्लेवालों के क़िस्से...फिर अपनी सफल-असफल मोहब्बतों...औरत के बारे में अपने तजुरबों के क़िस्से...फिर ज़माने के बदलने के, महँगाई के, बाज़ार-भाव के और क़स्बे की दैनिक घटनाओं के...क़िस्से...क़िस्से नहीं, बातें...चलता रहा। फिर अपनी देखी हुई फ़िल्मों के, अपने सुने हुए गानों के, नाटक-मुजरे-थिएटर-नौटंकी के...अपनी पढ़ी हुई किताबों के, और अपनी बेवकूफ़ियों के क़िस्से...क़िस्से क्या आत्मालाप, फिर ईश्वर और धर्म सम्बन्धी मान्यताएँ...अलग-अलग कबीलों की प्रथाएँ...छुआछूत, व्रत-पूजा आदि के क़िस्से...क़िस्से क्या प्रलाप। और फिर यह कि कभी बीमारियों की बात चल पड़ी, कभी मिठाइयों की, कभी शिकार की, कभी भूत-प्रेतों की। कविता-कहानी की बात भी चलाई गई और लतीफ़े भी हुए, फिर पाप-पुण्य की मीमांसा चली और बाद में 'नेताजी ज़िन्दा हैं या मर गए' जैसे सदासुहागी विषय लाए गए। बीच में कुछ ऐसे मौक़े भी आए जिसमें गम्भीर मतभेद और गरमागरमी की नौबत आ गई, पर स्थिति 'तोकू और न मोकू ठौर' वाली थी, इसलिए किसी ने गाँठ नहीं बाँधी और परस्पर छूटें देते हुए साथ रहते रहे। पर बातें और बातों

का मज़ा और मज़े की तीव्रता धीरे-धीरे पतली होने लगी और एक दिन उन्होंने पाया कि उनके पास कोई बात नहीं बची है। जो थीं वे सब कर ली गईं। और किए इतने दिन भी नहीं हुए कि दोहराया जा सके। फिर भी कुछ बातें दोहराई गईं। दोनों पक्षों द्वारा मन को समझाकर कि मान लो यह बात पहली बार हो रही है। पर इससे भी काम नहीं चला। अब वे जब मिलते पहले एक-दूसरे को अपनी घिसी-पिटी दिनचर्या विस्तार से सुनाते और, इसके बाद लुगाइयों की तरह क़स्बे के औरतों-मर्दों की बुराइयाँ गाना शुरू कर देते। धीरे-धीरे उन्होंने बड़ी देर-देर तक आमने-सामने होते हुए भी ख़ामोश बैठे रहने की आदत डाल ली और ज़िन्दगी से दिलचस्पी की उम्मीद रखना ही छोड़ दिया।

ऐसी स्थिति में यह यंग डॉक्टर आया। और आते ही उसने इन दोनों ऊबे हुओं में जैसे नई जान डाल दी। डॉक्टर को देखकर लगता था जैसे अभी-अभी कॉलेज से निकलकर आया हो। या जैसे अब भी कॉलेज में ही हो। पट्ठा सिर से पाँव तक चुस्त-दुरुस्त रहता। जूतों की पॉलिश से बालों की माँग तक कहीं आलस्य या लापरवाही का निशान नहीं। सर्दियों में टाई लगाकर सूट पहनता और गर्मियों की शामों में कलफ़ लगा कलीदार कुर्ता और झक सफ़ेद अलीगढ़ी पायजामा। साथ में सफ़ेद कुरम की जूती। जितना चुस्त डॉक्टर था उतनी ही चुस्त उसकी साइकिल, जिस पर हर समय उसका बैग टँगा रहता। हर इतवार को डॉक्टर अपनी साइकिल को ख़ूब नहलाता-धुलाता तेल-पानी करता। चमाचम।

डॉक्टर ने आते ही सारे क़स्बे को अपने रुतबे में ले लिया। काम में माहिर, ज़बान का मीठा। आधा इलाज दवा से करता, आधा अपनी बातों से और हँसी-मज़ाक़ से। पैसेवालों से कसकर फीस लेता और ग़रीबों के लिए उसके पास हमेशा सेंपलों की ढेर सारी दवाएँ होतीं। चिकित्सा-विज्ञान की ढेरों पत्रिकाएँ उसके यहाँ आतीं और क़स्बे में जो भी मेडिकल एजेंट आता, वह तो ख़ैर उसके साथ ठहरता ही। कुछ ही दिनों में उसके ढेरों दोस्त बन गए और उसके रास्ते नमस्तों से पटे रहने लगे। अलबत्ता कम्पाउंडरों का धंधा ठप्प हो गया और खुद के ही स्टाफ़ में उसके ख़िलाफ़ षड्यंत्र पनपने लगे। डॉक्टर भोलानाथ के टाइम के मज़े अब कहाँ? तब तो यह था कि

अस्पताल हफ़्ते में मुश्किल से दो दिन खुलता था, डिस्पेंसरी में दवाएँ नहीं होती थीं, स्टोर का ताला ज़ंग खाता था, बगीचे में कौवे भी बैठना पसन्द नहीं करते थे और डॉक्टर-कम्पाउंडर, महीने-महीने-भर बग़ैर छुट्टी गोता मार लिया करते थे। सफ़ाई तभी होती थी जब इंस्पेक्शन होता था और रेकॉर्ड भी साल-छह महीने के इकट्ठे ही भरे जाते थे।

आलस के मारे इन लोगों ने नए डॉक्टर की राह में रोड़े भी बिछाए, असहयोग भी किया, अफ़वाहें भी फैलाईं, 'नई-नई गर्मी है' कहकर मज़ाक़ भी उड़ाया और चटा-पटाकर भ्रष्ट करने की भी कोशिश की, पर झक्कियों को जीतना कोई आसान है?

उपाध्याय जी ने देखा...वह बोलते जा रहे हैं और इस बीच श्रीमाली जी ऊँघने लगे हैं, उनकी गरदन एक अजीब तरीक़े से उनके दाहिने कन्धे पर झुक आई है और मुँह खुल गया है, जिसमें से लार टपक-टपककर उनकी क़मीज़ पर गिर रही है।

उपाध्याय जी को कोफ़्त हुई। क्या आदमी है! क्या ज़िन्दगी है। एक वह है जिसकी ज़िन्दगी का एक-एक पल व्यस्तता और उत्साह से भरा हुआ है, और एक हम लोग हैं कि ढंग से बातें तक नहीं कर पाते। एक उबानेवाली बक-बक करता है—दूसरा चैन से ऊँघ जाता है। क्या बना लिया है उन लोगों ने अपने जीवन को। या क्या बना दिया जीवन ने उन्हें। वह परेशान हुए। उठे। दो क़दम दाएँ, पाँच क़दम बाएँ चले और पिछली कई शामों की तरह आज भी उन्होंने सोचा—लगभग निश्चय-सा किया कि वह इस उदास ढर्रे को हमेशा-हमेशा के लिए बदलकर ही दम लेंगे। कल से उन्हें अपनी दिनचर्या में आमूल-चूल परिवर्तन करने हैं। सुबह जल्दी उठेंगे और उठकर घूमने जाएँगे... फिर लौटकर स्वाध्याय करेंगे...या भोजक की होटल पर जाकर अख़बार पढ़ेंगे। फिर ट्रेन निकालकर सुक्खाराम के बच्चों को पढ़ाएँगे। कपड़े हाथ से धोएँगे और इस्त्री ठीक करवाकर रोज़ उन पर लोहा करेंगे...ए.पी.डब्ल्यू.आई. से कलर मँगाकर ख़ुद अपने हाथों खिड़की-दरवाज़ों पर पेंट करेंगे और इस मनहूस क्वार्टर को सजाएँगे!...रोज़ एक चक्कर बाज़ार का ज़रूर लगाएँगे और... यहाँ तक आते-आते मन कच्चा पड़ने लगता...लगा, कुछ नहीं कर पाएँगे...

हमेशा की तरह अभी का सोचा अभी तक ही रह जाएगा और वह फिर उसी आलस्य की नारकीय ऊब में जा गिरेंगे।

ज़मीन को जूतों से खोद डाला। नज़र बगीचे की फेंसिंग पर पड़ी तो लगा एक हाथ फैलाकर इसके तारों को भींचें और मोड़ दें। फिर दाँत पीसकर पीछे मुड़े तो श्रीमाली जी पर नज़र पड़ी, जिनकी गरदन गोदी में लुढ़क-सी आई थी...जैसे कोई बीमार जानवर सो रहा हो...या मुरदा इनसान...। जी में आया, मेज़ उठाकर श्रीमाली जी की गंजी टाट पर दे मारें...कुछ हो...कुछ टूटे...कुछ बने...कुछ...लेकिन क्या कुछ?

चीख़कर आवाज़ मारी—सुक्खाराम! ओ सुक्खराम! चाय बनाओ!

यह डॉक्टर आज अभी तक क्यों नहीं आया?

उपाध्याय जी की चीख़ सुनकर श्रीमाली जी हड़बड़ाकर जाग गए, पैर नीचे कर लिए और आँखें फाड़े, टाट पर हाथ फेरने लगे। उन्हें बिलकुल उपेक्षित करके उपाध्याय जी 'बगीचे' से बाहर निकल गए और जहाँ तक नज़र जा सकती थी...डॉक्टर की साइकिल की प्रतीक्षा करने लगे।

पार्टीशन

आप क़ुर्बान भाई को नहीं जानते? क़ुर्बान भाई इस क़स्बे के सबसे शानदार शख़्स हैं। क़स्बे का दिल है आज़ाद चौक और ऐन आज़ाद चौक पर क़ुर्बान भाई की छोटी-सी किराने की दुकान है। यहाँ हर समय सफ़ेद क़मीज़-पाजामा पहने दो-दो, चार-चार आने का सौदा-सुलुफ माँगती बच्चों-बड़ों की भीड़ में घिरे क़ुर्बान भाई आपको नज़र आ जाएँगे। भीड़ नहीं होगी तो उकड़ूँ बैठे कुछ लिखते होंगे। बार-बार मोटी फ्रेम के चश्मे को उँगली से ऊपर चढ़ाते और माथे पर बिखरे आवारा, अधकचरे बालों को दाएँ या बाएँ हाथ की उँगलियों में फँसा पीछे सहेजते। यदि आप यहाँ से सौदा लेना चाहें तो आपका स्वागत है। सबसे वाजिब दाम और सबसे ज़्यादा सही तौल और शुद्ध चीज़। जिस चीज़ से उन्हें ख़ुद तसल्ली नहीं होगी, कभी नहीं बेचेंगे। कभी धोखे से दुकान में आ भी गई तो चाहे पड़ी-पड़ी सड़ जाए—आपको साफ़ मना कर देंगे। मिर्च? आपके लायक नहीं है। रंग मिली हुई आ गई है। तेल? मज़ेदार नहीं है। रेपसीड मिला है। दिया-बत्ती के लिए चाहें तो ले जाएँ।

यही वजह है कि एक बार जो यहाँ से सामान ले जाता है, दूसरी बार और कहीं नहीं जाता। यों चारों तरफ़ बड़ी-बड़ी दुकानें हैं—सिन्धियों की, मारवाड़ियों की। पर क़ुर्बान भाई का मतलब है ईमानदारी। क़ुर्बान भाई का मतलब है उधार की सुविधा और भरोसा।

लेकिन एक बात का ध्यान रखिएगा—जो सामान आप ले जा रहे हैं, उसका लिफ़ाफ़ा या थैली बग़ैर देखे मत फेंकिएगा। मुमकिन है उस पर कोई खुद्दार या खूँखार शेर लिखा हो। न जाने कितने लोग उनसे कह-कहकर हार गए कि गल्ले में एक कॉपी रख लें, शेर होते ही फ़ौरन उसमें दर्ज कर लें। क़ुर्बान भाई सुनते हैं, सहमत भी हो जाते हैं, जो चीज़ें खो गईं उन पर दुखी भी होते हैं, पर करते वही हैं।

मेरा भी इत शानदार आदमी से इसी तरह परिचय हुआ। दफ़्तर से लौटते हुए क़ुर्बान भाई की दुकान से कोई चीज़ लेकर घर आया...लिफ़ाफ़े पर लिखा था—

फक़त पासे-वफ़ादारी है, वरना कुछ नहीं मुश्किल।
बुझा सकता हूँ अंगारे, अभी आँखों में पानी है॥

और यह आदमी आज भी चार-चार आने के सौदे तौल रहा है! और क्यों तौल रहा है, इसकी भी एक कहानी है।

क़ुर्बान भाई के पिता का अजमेर में रंग का लम्बा-चौड़ा कारोबार था। दो बड़े-बड़े मकान थे। हवेलियाँ कहना चाहिए। नया बाज़ार में ख़ूब बड़ी दुकान थी। बारह नौकर थे। घर में बग्घी तो थी ही, एक 'बेबी ऑस्टिन' भी थी जो 'सैर' पर जाने के काम आती थी। संयुक्त परिवार था। पिता मौलाना आज़ाद के शैदाइयों में से थे। बड़े-बड़े लीडर और शायर घर आकर ठहरते थे। क़ुर्बान भाई उस वक़्त अलीगढ़ यूनिवर्सिटी में पढ़ रहे थे। न भविष्य की चिन्ता थी न बुढ़ापे का डर। मज़े से ज़िन्दगी गुज़र रही थी। इश्क़, शायरी, हॉस्टल, ख़्वाब!

तभी पार्टीशन हो गया। दंगे हो गए। दुकान जला दी गई। रिश्तेदार पाकिस्तान भाग गए, दो भाई क़त्ल कर दिए गए। पिता ने सदमे से खटिया पकड़ ली और मर गए। नौकर घर की पूँजी लेकर भाग गए। बचे-खुचों को लेकर अपनी जान लिये-लिये क़ुर्बान भाई नागौर चले गए। वहाँ से मेड़ता, मेड़ता से टौंक। कहाँ जाएँ? कहाँ सिर छिपाएँ? क्या पाकिस्तान चले जाएँ? नहीं गए। क्योंकि जोश नहीं गए, क्योंकि सुरैया नहीं गई, क्योंकि क़ुर्बान भाई को अच्छे लगनेवाले बहुत-से लोग नहीं गए। तो क़ुर्बान भाई क्यों जाते?

धीरे-धीरे घर की बिकने लायक चीज़ें सब बिक गईं और कहीं कोई काम, कोई नौकरी नहीं मिली, जो उस दौर में मुसलमानों को मिलना बेहद मुश्किल थी। तिस पर हुनर कोई जानते नहीं थे, तालीम अधूरी थी। आख़िर एक सेठ के यहाँ हिसाब लिखने का काम करने लगे लेकिन अपनी आदर्शवादिता, ईमानदारी, दयानतदारी, शराफत आदि दुर्गुणों के कारण जल्द ही निकाल दिए गए...। लेकिन मालिक होने का ठसका एक बार टूटा तो टूटता चला गया। स्थिति यह थी कि हिन्दुओं में निभने की कोशिश करते तो शक-शुबहे की बर्छियों से छेद-छेद दिए जाते और मुसलमानों में खपने की कोशिश करते तो लीगियों के धार्मिक उन्माद का जवाब देते-देते टूक-टूक हो जाते।...उतरते गए...मज़दूरी तक, हम्माली तक...छुटपुट कारीगरी तक...इनसानियत तक। नए-नए काम सीखे। मजबूरी सिखा ही देती है। साइकिल के पंचर जोड़े, पीपों-कनस्तरों की झालन लगाई, ताले-छतरियाँ, लालटेनें ठीक कीं...चूनरी-बंधेज की रँगाई में काम किया...हाथी दाँत की चूड़ियाँ काटीं...शहर-दर-शहर... अब हमला साम्प्रदायिक उन्माद का नहीं, मशीन का हो रहा था...जो चीज़ पकड़ते...धीरे-धीरे हाथ से फिसलती लगती। धक्के खाते-खाते पता नहीं कब कैसे यहाँ इस क़स्बे में आ गए और एक बुज़ुर्ग नमाज़ी मुसलमान से पचास रुपए उधार लेकर एक दिन यह दुकान खोल बैठे।...कुछ पुड़ियों में दाल-चावल...माचिस...बीड़ी-सिगरेट-गोली-चॉकलेट।...क्या बताऊँ? किस तरह बताऊँ? एक आदमी के दर्द और संघर्ष की तवील दास्तान को सिर्फ़ अपनी सुविधा के लिए चन्द अल्फ़ाज़ में निबटा देना...न सिर्फ़ ज़्यादती है, बल्कि उस संघर्ष का अपमान...उसका मज़ाक़ उड़ाने जैसा भी है। पर क्या करूँ, कहानी जो कहने जा रहा हूँ—दूसरी है।

दुकान के ज़रा जमते ही क़ुर्बान भाई ने अख़बार ख़रीदना और पत्रिकाएँ मँगाना शुरू कर दिया। ठीया हो गया, पहनने को दो जोड़ी कपड़े हो गए, रोटेशन चल गया, गिराकी जम गई तो आगे ख्वाहिश कौन-सी थी? बच्चे कोई जिए नहीं थे, शौक़-मौज़, सैर-सपाटा भूल ही चुके थे, मियाँ-बीवी दो जनों के लिए अल्ला का दिया बहुत था...पत्रिकाएँ क्यों न मँगाते? और उस समय कोई पत्रिका आती तो बुकपोस्ट हो या वी.पी., उसे लेने क़ुर्बान

भाई ख़ुद पोस्ट ऑफ़िस पहुँच जाते, पत्रिका को बड़े जतन से सँभालकर रखते और उसका पन्ना-पन्ना, हरुफ़-हरुफ़ चाट जाते। कई-कई बार। जैसे किसी भूखे-प्यासे को छप्पन भोग मिल गए हों। अदब से अब भी इसी तरह मोहब्बत करते हैं। पत्रिकाएँ मँगाकर, ख़रीदकर पढ़ते हैं और उनकी फ़ाइल हिफ़ाज़त से रखते हैं।

इसी सिलसिले में...उनके संस्कार बोलने लगे। लोगों ने देखा, यह शख़्स कभी झूठ नहीं बोलता...ठगी-चार सौ बीसी नहीं करता...कम नहीं तौलता... अबे-तबे नहीं करता...गन्दे मज़ाक़ नहीं करता...अदब से बोलता है और आड़े वक़्त पर हरेक के काम आता है...हर काम में इसके एक नफासत... संस्कारिता छलकती है...इसलिए धीरे-धीरे क़स्बे में प्रतिष्ठा बनने लगी। अच्छे लोगों के साथ उठना-बैठना होने लगा। प्रतिष्ठित लोग दुआ-सलाम करने लगे... व्यापारियों के यहाँ शादी-ब्याह कुछ होता...उनके कार्ड आने लगे। आकर्षित होकर खग के पास खग भी आने लगे। अब क़ुर्बान भाई उन्हें चाय पिला रहे हैं और ग्राहकी छोड़कर ग़ालिब पर बहस कर रहे हैं।

आहिस्ता-आहिस्ता क़ुर्बान भाई की दुकान पढ़े-लिखों का अड्डा बन गई। लेक्चरर, अध्यापक, पत्रकार, पढ़ने-लिखनेवाले। शाम होते ही क़ुर्बान भाई की दुकान ठहाकों और बहसों से गुलज़ार हो जाती। क़ुर्बान भाई आदाब अर्ज़ करते...चायवाले को चाय के लिए आवाज़ लगाते और टाट की कोई बोरी निकालकर चबूतरे पर बिछा देते। ग्राहकी भी चलती रहती, बहसें भी, ठहाके भी, और बीच-बीच में वह इसमें भी संकोच नहीं करते कि किसी को छाबड़ी पकड़ाकर दूर रखे थैले से किलो-भर साबुत-मिर्च भरने या फलाँ कनस्तर से पिसे नमक की थैली निकाल देने या दस चीज़ों का टोटल मिला देने जैसा काम पकड़ा दें। बड़ा मज़ेदार दृश्य होता कि अंग्रेज़ी साहित्य का व्याख्याता सड़क पर खड़ा फटक-फटककर लहसुन के छिलके उड़ा रहा है या प्रान्तीय अख़बार का संवाददाता उकड़ूँ बैठकर चबूतरे के नीचे रखी बोरी से मुल्तानी मिट्टी निकाल रहा है या इतिहास के वरिष्ठ अध्यापक...।

हम लोगों के सम्पर्क से क़ुर्बान भाई बदलने लगे। उन्हें पहली बार महसूस हुआ कि उनकी एक अदबी शख़्सियत भी है। हमने उनसे उर्दू सीखी,

उनकी लाइब्रेरी (जो काफ़ी समृद्ध हो गई थी) को तरतीब दी, रिसालों की जिल्दें बनवाई और उस लाइब्रेरी का ख़ूब लाभ उठाया। हम लोग क़ुर्बान भाई को पकड़-पकड़कर मुशायरों-नशिस्तों में ले जाने लगे। हमने उन्हें ऐसी पत्रिकाएँ दिखाईं जैसी उन्होंने पहले कभी नहीं देखी थीं...ऐसे लेखकों-कवियों के बारे में बताया जो सिर्फ़ उनकी कल्पना में ही थे...ऐसे शायरों की रचनाएँ सुनाईं जो साकी-शराब वग़ैरह को कब का अलविदा कह चुके थे और ऐसी राजनीति से उनका परिचय कराया, जिसके बारे में उन्होंने अब तक सिर्फ़ उड़ती-उड़ती बातें ही सुनी थीं। उनके दिमाग़ में भी काफ़ी मज़हबी कबाड़ भरा हुआ था, शुरू से प्रबुद्ध होने के बावजूद; हम झाड़ू लेकर पिल पड़े... हमने उन्हें अख़बार और विचार का चस्का लगा दिया, जैसा पहले किसी ने करना ज़रूरी नहीं समझा था।

नतीजा यह निकला कि वह हफ़्ते में एक रोज़ छुट्टी रखने लगे, रात को खाने के बाद हमारे साथ घूमने जाने लगे...अपने अतीत के बारे में सोच-सोचकर ग़ुस्से में भरे रहने की बजाय भविष्य की तरफ़ देखकर कभी-कभी चहकने भी लगे और हमारे नज़दीक से नज़दीकतर होने लगे। एक नए क़िस्म का लौंडपन उन पर चढ़ने लगा। उन्हें हमारी लत पड़ने लगी। वह हमारा हर शाम इन्तज़ार करते और हम नहीं पहुँच पाते तो वह ख़ुद हमारे घर आ जाते।

अब हुआ यह भी कि क़स्बे के शरीफ और प्रतिष्ठित व्यक्ति होने की क़ुर्बान भाई की ख्याति से हमें चाहे लाभ न हुआ हो, हमारी बदनामी की लपेट में वह भी आने लगे। जिस परिमाण में क़ुर्बान भाई का जो समय हमें मिलता, उसी परिमाण में वह उनके पुराने दोस्तों—लतीफ़ साहब, हाजी साहब, इमाम साहब वग़ैरह के हिस्से से कम हो जाता। नमाज़ पढ़ने वह सिर्फ़ शुक्रवार को जाते थे, अब वह भी बन्द कर दिया। वाज़ वग़ैरह में चलने को कोई पहले भी उनसे नहीं कहता था, अब भी नहीं कहता। मदरसे को पहले भी चन्दा देते थे, अब भी देते। हाँ, कभी-कभी होनेवाली राजनैतिक सभाओं में जाने को और क़स्बे की राजनीति में दिलचस्पी लेने को उनके लिए ख़तरनाक समझकर बिरादरीवाले उन्हें टोकने ज़रूर लगे। पॉलिटिक्स अपन लोगों के लिए नहीं

है, समझे? चुपचाप सालन-रोटी खाओ और अल्ला का नाम लो। चैन से जीना है तो इन लफड़ों में मत पड़ो। बेकार कभी धर लिये जाओगे...हमें भी फँसवाओगे। अब यहाँ रहना ही है तो...पानी में रहकर मगरमच्छों को मुँह चिढ़ाने से क्या फ़ायदा?

लेकिन अपनी मस्ती में मस्त थे हम लोग। न हमें पता चला न ख़ुद क़ुर्बान भाई को कि अब उन्हें इमामबाड़ेवाले ही नहीं, शाखावाले भी घूरते हुए निकलने लगे हैं। शाम को उनकी दुकान पर आनेवाले कुछ देशप्रेमी क़िस्म के लोगों की सतत अनुपस्थिति का गूढ़ार्थ भी हमने नहीं समझा। इसलिए आख़िर वह घटना हो गई...जिसने इस कहानी को एक ऐसे अप्रिय मुकाम तक पहुँचा दिया जो मन को कड़वाहट से भर देता है।

एक दिन दोपहर की बात है। एक बैलगाड़ीवाले ने ठीक उनकी दुकान के सामने गाड़ी रोकी। बैल खोले और गाड़ी का अगला हिस्सा क़ुर्बान भाई के चबूतरे पर टिका दिया। गाँव से आनेवाले इसी चौक में गाड़ियाँ खड़ी करते हैं, बैल खोलते हैं, और उन्हें चारा डालकर अपना काम-काज निपटाने चले जाते हैं। शाम को लौटते हैं और जोतकर चले जाते हैं। लेकिन वे गाड़ी किसी की दुकान के ऐन सामने खड़ी नहीं करते और किसी के चबूतरे पर रखने का तो सवाल ही नहीं उठता। इस शख़्स ने तो इस तरह गाड़ी खड़ी की थी कि अब कोई ग्राहक क़ुर्बान भाई की दुकान तक पहुँच ही नहीं सकता था। बल्कि वह ख़ुद भी पड़ोसी के चबूतरे पर से हुए बिना नीचे नहीं उतर सकते थे। गाड़ीवाला वकील ऊखचन्द का हाली था और क़ुर्बान भाई को मालूम था कि अभी यह गाड़ी खड़ी करके गया तो शाम को ही लौटेगा। क़ुर्बान भाई ने उससे गाड़ी ज़रा बाजू में खड़ी करने और बैलों को किनारे बाँध देने को कहा। उसने अनसुनी कर दी। क़ुर्बान भाई ने फिर कहा तो एक नज़र उन्हें देखकर अपने रास्ते चल पड़ा। क़ुर्बान भाई ने ख़ुद उठकर चबूतरे पर टिके उसकी गाड़ी के अगले छोर को उठाया और गाड़ी को धकाकर...लेकिन तभी उस आदमी ने क़ुर्बान भाई का गरीबान पकड़ लिया और गालियाँ बकने लगा और क़ुर्बान का चश्मा नोच लिया और धक्कामुक्की करने लगा। ठीक इसी समय कोर्ट से लौटते वकील ऊखचन्द उधर से गुज़रे और उन्होंने आवाज़ मारकर

पूछा—क्या हुआ रे गोम्या? गोम्या बोला—म्हनै कूटै! यानी मुझे मार रहा है। वकील ऊखचन्द ने पूछा—कौन? गोम्या बोला—ये मींयों!

क़ुर्बान भाई सन्न रह गए। बात समझ में आते-आते भीतर तक हचमचा गए। आँखों के आगे तारे नाचने लगे। वहीं ज़मीन पर उकड़ूँ बैठ गए और सिर पकड़ लिया। अँधेरे का एक ठोस गोला कलेजे से उठा और हलक़ में आकर फँस गया। बरसों से जमी रुलाई एक साथ फूट पड़ने को ज़ोर मारने लगी।

...ये क्या हुआ?...कैसे हुआ? क्या गोम्या उन्हें जानता नहीं? एक ही मिनट में वह 'क़ुर्बान भाई' से 'मियाँ' कैसे बन गए? एक मिनट भी नहीं लगा! बरसों से तिल-तिल मरकर जो प्रतिष्ठा उन्होंने बनाई...हर दिन का हर पल जैसे एक अग्नि-परीक्षा से गुज़रकर, जो सम्मान, जो प्यार अर्जित किया... हर दिन ख़ुद को समझाकर...कि पाकिस्तान जाकर भी कोई नवाबी नहीं मिल जाती...जैसे हैं यहीं मस्त हैं...अल्ला सब देखता है...जाने दो जोश को, डूबने दो सुरैया का सितारा...भुला देने दो दोस्तों को...लुट जाने दो कारोबार को... झूठे बदमाशों के क़ब्ज़े में चली जाने दो हवेलियाँ...गुमनाम पड़ी रहने दो भाइयों की क़ब्रें...दफ़ना दो भरे-पूरे घर का सपना...शायद कभी फिर अपना भी दिन आए...तब तक सबर कर लो...क्या-क्या क़ीमत रोज़ चुकाकर क़स्बे में थोड़ा-सा अपनापन...थोड़ी-सी सामाजिक सुरक्षा...थोड़ा-सा आत्मविश्वास... थोड़ी-सी सहजता उन्होंने अर्जित की थी...और कितनी बड़ी दौलत समझ रहे थे इसको...और लो! तिल-तिल करके बना पहाड़ एक फूँक में उड़ गया! एक जाहिल आदमी...लेकिन जाहिल वो है या मैं? मैं एक मिनट-भर में 'क़ुर्बान भाई' से 'मियाँ' हो जाऊँगा, यह कभी सोचा क्यों नहीं? अपनी मेहनत का खाते हैं। फिर भी ये लोग हमें अपनी छाती का बोझ ही समझते हैं। यह बात कभी नज़र क्यों नहीं आई? पाकिस्तान चले जाते...तो लाख गुरबत बर्दाश्त कर लेते...कम से कम ऐसी ओछी बात तो नहीं सुननी पड़ती। हैफ़ है! धिक्कार है! लानत है ऐसी ज़िन्दगी पर!

अल्लाह! या अल्लाह!!

वकील ऊखचन्द गोम्या हाली को समझाते-बुझाते साथ ले गए। गाड़ी-बैल वहीं छोड़ गए। अड़ोसियों-पड़ोसियों ने क़ुर्बान भाई को सँभाला। उनकी

बत्तीसी भिंच गई थी और होंठों के कोनों से झाग निकल रहे थे। लोगों ने गाड़ी-बैल हटाए। क़ुर्बान भाई को चबूतरे पर लिटाया! हवा की। मुँह पर ठंडे पानी के छींटे दिए। वकील ऊखचन्द को गालियाँ दीं। क़ुर्बान भाई को आश्वस्त करने का प्रयत्न किया। उन्हें क्या मालूम था, क़ुर्बान भाई के भीतर क्या टूट गया? अभी-अभी। जिसे उन्होंने इतने बरस नहीं टूटने दिया था। अन्दर की चोट दिखाई कहाँ देती है?

लोग इकट्ठे हो गए। सारे क़स्बे में ख़बर फैल गई। जिस-जिस को पता चलता गया, आता गया। हम लोग भी पहुँचे। अब बीसियों लोग थे और बीसियों बातें। काफ़ी देर फन्नाने-फुफकारने के बाद तय हुआ कि यह बदतमीज़ी चुपचाप बर्दाश्त नहीं करना चाहिए। थाने में रपट लिख़ानी चाहिए।

लिहाज़ा चला जुलूस थाने।...पर रास्ते में किसी को पेशाब लग गया, किसी को हगास। थाने पहुँचते-पहुँचते सिर्फ़ हम लोग रह गए क़ुर्बान भाई के साथ!

थानेदार नहीं थे। अभी-अभी मोटरसाइकिल लेकर कहीं निकल गए। मुंशी था। मुंशी ने रपट लिखने से साफ़ इनकार कर दिया। क्यों न करता? थानेदार के पास पहले ही वकील ऊखचन्द का टेलीफ़ोन आ चुका था। वकील ऊखचन्द सत्ता पार्टी के जिला मंत्री थे। क़ुर्बान भाई कौन थे? हम लोग कौन थे?

आधे घंटे तक हुज्जत और डेढ़ घंटे तक थानेदार की प्रतीक्षा करने के बाद अपना-सा मुँह लेकर लौट आए। शाम को फिर आएँगे। शाम को हम लोगों के सिवा दुकान पर कोई नहीं पहुँचा। और हम लोगों के साथ थाने चलने का ज़रा भी उत्साह क़ुर्बान भाई ने नहीं दिखाया। दुकानदारी ने उन्हें जैसे एकदम व्यस्त कर लिया। जैसे हमसे बात करने का भी समय नहीं।

एक अपराधबोध के तहत हम भी क़ुर्बान भाई से कटे-कटे रहने लगे। हालाँकि घटना इतनी बड़ी नहीं थी जिसे तूल दिया जाए। थानेदार तो क्या... कोई भी होता...ख़ुद पुलिस-उलिस के चक्कर में पड़ने की बजाय जो हो गया उसे एक जाहिल आदमी की मूर्खता मानकर भूल जाने को तैयार हो जाता। पर हम...हमें लग रहा था...हमारे दोस्त पर हमला हुआ और हम कुछ नहीं

कर सके। किसी काम नहीं आ सके। यह भी लग रहा था कि ज़्यादा उत्साह दिखाया तो क़ुर्बान भाई के लिए और मुसीबतें खड़ी हो जाएँगी, हम कुछ नहीं कर पाएँगे। यह भी लग रहा था कि जो हुआ, उसमें पुलिस से हस्तक्षेप और सहायता की उम्मीद बेकार है, इसका मुक़ाबला राजनैतिक स्तर पर ही किया जा सकता है, जिसके लिए जल्दी से जल्दी अपनी शक्ति बढ़ानी चाहिए। पाँच से पचास हो जाना चाहिए।

लेकिन यह सब बहानेबाज़ी थी। सच यह है कि हमने क़ुर्बान भाई को एकदम अकेला छोड़ दिया था। शायद हम उनकी तकलीफ़ को शेयर कर ही नहीं सकते थे। पर हमें कोशिश ज़रूर करनी चाहिए थी।

क़ुर्बान भाई की दुकान पर कई दिन, पहले का-सा रंगतदार जमावड़ा नहीं हुआ। वह बुझे-बुझे से रहते थे, बहुत कम बोलते थे और हमें देखते ही दुकानदारी में व्यस्त हो जाते थे। वह घुट रहे थे और घुल रहे थे...पर खुल नहीं रहे थे। हम उन्हें नहीं खोल पाए। एक दिन जब मैं पहुँचा, मेरी तरफ़ उनकी पीठ थी, किसी से कह रहे थे—आप क्या ख़ाक हिस्ट्री पढ़ाते हैं? कह रहे हैं पार्टीशन हुआ था! हुआ था नहीं, हो रहा है, जारी है...और मुझे देखते ही चुप होकर काम में लग गए।

इस कहानी का अन्त अच्छा नहीं है। मैं चाहता हूँ कि आप उसे नहीं पढ़ें। और पढ़ें भी तो यह ज़रूर सोचें कि क्या इसका कोई और अन्त हो सकता था? अच्छा अन्त? अगर हाँ, तो कैसे?

बात बस यह बची है कि कई दिन बाद जब एक दोपहर मैं आज़ाद चौक से गुज़र रहा था—जिसका नाम अब संजय चौक कर दिया गया है—और वह शुक्रवार का ही दिन था—मैंने देखा कि क़ुर्बान भाई की दुकान के सामने लतीफ़ भाई खड़े हैं...। और क़ुर्बान भाई दुकान में ताला लगा रहे हैं।...और उन्होंने टोपी पहन रखी है...और फिर दोनों मस्जिद की तरफ़ चल दिए हैं।

गुमशुदा

अब इस बात से क्यों इनकार किया जाए कि बड़े साहब के दरवाज़े की घंटी बजाते समय भी वामनराव नर्वस था। उसे नए सिरे से ध्यान आ रहा था कि उसके पाजामे में इस्त्री नहीं है। धुला हुआ ज़रूर है, पर इससे क्या होता है? साहब के घर तो इस्त्री किए हुए कपड़े ही पहनकर आना चाहिए। और घंटी बजाने के बाद भी एक बार तो उसकी इच्छा हुई कि भाग ले। पर अब मजबूरी थी। कितना ख़राब लगेगा बड़े साहब को इस तरह परेशान करना। बेचारे दरवाज़ा खोलेंगे और किसी को न पा, हैरान हो, दरवाज़ा बन्द करने के बाद भी सोचेंगे कि घंटी आख़िर किसने बजाई होगी! मुमकिन है वामनराव दूर से और पीछे से भी पहचान लिया जाए। तब तो और भी...

वामनराव ने सोचा था, कोई नौकर दरवाज़ा खोलेगा और वह उसे समझाएगा कि उसका इसी समय साहब से मिलना क्यों ज़रूरी है? लेकिन दरवाज़ा बड़े साहब ने ख़ुद खोला।

"कौन?"

"साहब नमस्कार। साहब मैं..."

"कौन वामनराव? अरे आओ, आओ। कैसे रास्ता भूल गए भाई? आओ।"

वाह! तो साहब को उसका नाम भी याद है? वामनराव के दिल की धड़कन कुछ सहज हुई। सहमते हुए साहब के पीछे-पीछे भीतर घुसा।

ड्राइंग रूम ख़ासा सजा हुआ था। बड़े साहब को वामनराव ने अच्छी

तरह देखा। वे पाजामा और बनियान पहने हुए थे। पाजामा तोंद पर से नीचे सरका जा रहा था और शायद...बनियान में पीछे की तरफ़ एक छेद भी था। वामनराव को अच्छा लगा। कितनी सादगी है। वरना इन्हीं को दफ़्तर में देखो। कौन कहेगा ये वही हैं?

"बैठो वामनराव।"

"जी, बस ठीक है।"

"अरे बैठो भई!" सेंटर टेबल पर बिखरी पत्रिकाएँ और किसी बच्चे की खुली हुई कॉपी-किताब हटाते हुए बड़े साहब ने कहा और सोफ़े पर फैलकर बैठ गए। वामनराव अपने सबसे नज़दीकवाली कुर्सी पर टिक गया।

"कहो वामनराव! कैसे आए?"

वामनराव अब तक काफ़ी सहज हो चुका था। उसे लग रहा था कि खामखाह दफ़्तरवालों ने इस भले आदमी का हव्वा बना रखा है। सीआर बिगाड़ देता है...मीठी छुरी है...पक्का खाऊ है...और पता नहीं क्या-क्या! दरअसल लोग सुनी-सुनाई बातों पर विश्वास करके तिल का ताड़ बना देते हैं। अब देखो। मैं भी तो आ गया। सीधे मिलो तो बहुत-सी ग़लतफ़हमियाँ ख़ुद दूर हो जाएँ।

"क्यों भई?"

वामनराव सतर्क हुआ। बड़े साहब ने अभी उससे इस समय घर आने का कारण पूछा है। उत्तर के लिए मोटे चश्मे से उसी की तरफ़ नज़र गड़ाए हैं।

"साहब, वो हमारे एई ओ एंड एम ऑफ़िस का ड्राइवर है न गजानन्द... चेचक के दागवाला...साँवला-सा नौजवान...वही साहब, जो पिछले साल बदली होकर..."

"कौन, वही जो अपनी बीवी को ख़ूब पीटता है?"

"हाँ वही। नहीं साहब...पीटता नहीं...बीवी ही उसको पीटती है। मतलब पीटता-वीटता कोई किसी को नहीं साहब...अब बच्चे हैं पाँच-पाँच...थोड़ी झगड़ालू है बीवी, तो..."

"उसके मकान-मालिक ने तो कम्प्लेंट की थी पुलिस में कि वो अपनी घरवाली को पीटता है। डी व्हाय एस पी साहब बता रहे थे। बल्कि मेरे पास भी आया था उसका मकान-मालिक।"

"नहीं, वो दूसरी बात है साहब। मकान-मालिक भाड़ा बढ़ाने को बोलता है। अब गजानन्द उस खोली के पचास रुपए कहाँ से दे? फिर वो समझो टूर पर गया है, तो पीछे से मकान-मालिक हो के कोई भी हो, पीछे से उसके घर पे जाके बोम मारने का क्या मतलब साब? तो वैसाई करके एक बार गजानन्द उससे झगड़ा किया। तबसे वो सबको येई बोलता है कि गजानन्द घरवाली को पीटता है करके।

"तो क्या हुआ गजानन्द को?"

"साहब, वो परसों शाम से ही गायब है। पहले तो उसकी घरवाली ने..."

इसी बीच भीतर के कमरे से कोई बच्चा निकला।

साहब उससे बोले, "ए विक्की!"

"क्या डैडी?"

"बेटे ये किताबें ले जाओ अन्दर अपनी। और जल्दी से टेबल्स पूरी कर लो नहीं तो टीवी देखने बैठ जाओगे और कल ट्यूटर आएगा तो उसके सामने मुँह फुलाकर बैठे रहोगे।"

लड़का एक विज्ञापन जिंगल गुनगुनाता हुआ किताबें समेटकर चलने को हुआ।

"और सुनो!" साहब पीछे से बोले। बच्चा रुका—"सन्तोष से कहना ज़रा चाय भिजवाए।"

बच्चा चला गया। साहब चप्पल में से एक पैर निकालकर उसे गोद में रखकर एड़ी की मरी चमड़ी नोचने लगे।

"हाँ तो भाग गया गजानन्द?"

"भागा नहीं साहब! गायब है। घर नहीं आया। उसकी घरवाली ने बारा बजे तक तो इन्तजार किया, फिर शिंदे को बोला साहब! शिंदे है न साहब, हमारे यहाँ असिस्टेंट फोरमैन। उसी का घर सबसे नजदीक पड़ता है और जान-पहचान भी है थोड़ी-बहुत ऐसा करके। तो साहब, शिंदे गया रघुराम के पास। अब..."

"एक मिनट। बेटे विक्की!"

"हाँ डैडी!"

"ज़रा हमारा सिगरेट-केस और लाइटर ले आओ बेटा!"

"अच्छा डैडी!"

"भैया आ गया क्या?"

"नहीं डैडी!"

"रामसिंह से कहो ख़ान अंकल के यहाँ फ़ोन करे।"

"अच्छा डैडी!"

"हाँ भई वामनराव! तो फिर क्या हुआ? कहाँ मिला?"

"वोइच तो गड़बड़ है साहब! मिलाइच तो नहीं।"

"पुलिस में रिपोर्ट लिखाई?"

"नहीं साहब!"

"यही तो ग़लती करते हो तुम लोग। वारदात को अड़तालीस घंटे हो रहे हैं और अभी तक रिपोर्ट नहीं लिखाई। मुझसे कहने से क्या होगा?"

"आप सुनिए तो सही साहब! रघुराम, आप जानते हैं, हमारा यूनियन-लीडर है। वैसे मैं नहीं हूँ साहब उसकी यूनियन में। मैं तो किसी भी यूनियन में नहीं हूँ साहब! तो साहब, रघुराम बोला कि गजानन्द गायब हुआ नहीं है, करवाया गया है।"

"क्या मतलब?"

"वो फोट्टी फोर कंस्ट्रक्शन में राठौड़ साहब जेईएन हैं न साहब, उनके साथ गजानन्द का कोई लफड़ा था साहब! ऐसा रघुराम बोला। कॉपर वायर और केबल चोरी का मामला था साहब! अब पुलिस में जाने से तो पूरी बात खुलेगी और पूरे डिपार्टमेंट की बदनामी होगी, ये करके बोला रघुराम के इस केस को यूनियन टेकअप करेगी।"

"तो आप क्यों आए हैं मेरे पास?"

"नहीं साहब! मेरा कुछ नहीं। अपन तो साब किसी की तरफ नहीं हैं। पर साहब, बोलने का बात ये है कि यूनियन का इसमें क्या है? यूनियन को कायको पड़ना बीच में? मैं तो साहब दोनों में से कोई भी यूनियन में नहीं हूँ। चन्दा दोनों को देता हूँ पर असल पूछो तो मैं किदर भी नहीं हूँ साहब! क्या है साहब," सुर धीमा करके बोला, "बेचारे की घरवाली पाँच बच्चों को

लेकर बैठी है साहब! वो लोग का आजू-बाजू में देखने-करनेवाला कोई नहीं है साहब! अब इनसानियत के नाते कुछ तो करना चाहिए ना साहब? मैं बोला आप हैड ऑफ द फेमिली हैं करके। आप एस्पी-बीस्पी को फोन भी कर देंगे तो गजानन्द मिल जाएगा साहब! तो साहब, लोग तो मेरा मजाक उड़ाने लगे कि उस...उस...आपके बारे में खराब बात बोलने लगे कि वो कुछ नहीं करेंगे करके। पर मैं तो आ ही गया साहब!"

नौकर चाय ले आया, और लड़का सिगरेट केस और लाइटर।

"चाय लो।" साहब ने कहा और सिगरेट सुलगाकर फिर पसर गए। छत की तरफ़ देखने लगे।

वामनराव ने कप उठा लिया, पर जब तक साहब नहीं उठाएँ, पीए कैसे? लिये बैठा रहा।

"फ़ोन किया ख़ान साहब को?" अन्दर की तरफ़ मुँह करके साहब ने पूछा।

"चल दिया वहाँ से। आ रहा है।" अन्दर से किसी महिला ने उत्तर दिया।

"टाइम क्या हो गया?" साहब ने पूछा, हालाँकि घड़ी सामने ही लगी थी। "पौने नौ।" दो आवाज़ें एक साथ आईं।

कुछ देर चुपचाप छत को देखते रहने के बाद साहब ने कप उठाया, उँगली से चाय की मलाई हटाई और 'सुरड़' की आवाज़ के साथ एक घूँट भरा।

"कौन बोला मेरे बारे में...कि मैं...कुछ नहीं करूँगा?" साहब ने पूछा।

वामनराव फँस गया। क्या जवाब दे? किसका नाम ले? यानी किस-किसका? लीपापोती करते हुए बोला, "नहीं। आप इतने बीजी होंगे करके।"

साहब ने फिर एक 'सुरड़' मारी और दूसरे हाथ की उँगलियों में फँसी सिगरेट की राख ज़मीन पर झाड़ दी। फिर वामनराव से पूछा, "गजानन्द कोई नशा तो नहीं करता था?"

"नहीं साहब! दारू, चरस, अफीम कुछ नहीं। बीड़ी पीता था जरूर।"

"इनके घर का क्या क़िस्सा है? बहुत झगड़ा होता था क्या। हज़बैंड-वाइफ में?"

"नहीं साहब! झगड़ा क्या? अब गरीब के घर में कोई न कोई खटपट तो

चलती ही रहती है। उसकी घरवाली थोड़े ऊँचे घर की बेटी है। मिजाज शुरू से ही थोड़ा गरम है उसका। पर अपना गजानन्द? नहीं साहब! खूब निभानेवाला आदमी है। पर ड्राइवर की ड्यूटी में टाइम-बेटाइम तो घर आएगाइच। इसमें वांदा करने का क्या है साहब?"

जब वामनराव यह कह रहा था, विक्की नाम का बच्चा आकर कोने में खड़ा हो गया था और मुस्कुराते हुए अपने डैडी को कुछ इशारा कर रहा था।

साहब बच्चे की तरफ़ देखकर मुस्कुराए। कप मेज़ पर रख, सामने रखे टीवी पर से कवर हटाया और स्विच ऑन कर, पंजों के बल बैठ इमेज और आवाज़ ठीक करने लगे। इसी बीच भीतर के कमरे का परदा हटाकर दो महिलाएँ, दो लड़कियाँ और विक्की सहित दो बच्चे आकर बैठक में जम गए और टीवी से मुख़ातिब। वामनराव की तरफ़ किसी ने देखा तक नहीं। वामनराव जैसे अचानक इस कमरे में फ़ालतू हो गया। या किसी वस्तु में बदल गया। वह और उसकी बातें। दोनों फ़ालतू।

टीवी इस शहर में नहीं है। लेकिन बड़े साहब और कुछ और बड़े साहबों के यहाँ है। डिस्क एंटेना और केबल, और पता नहीं क्या-क्या करके कुछ बड़े लोग इसे खींच लाए हैं! टीवी पर साबुन-तेल-कोल्ड ड्रिंक और सूटिंग-शर्टिंग के विज्ञापन आ रहे थे। सब उधर ही देख रहे थे—जादू की डोर से बँधे हुए-से। वामनराव ने पाया कि वह भी। अब वहाँ एक धारावाहिक शुरू हो गया। एक पढ़ा-लिखा बाप खो गया है और बच्चे उसे शहर-शहर ढूँढ़ रहे हैं।

इसी समय कोई बाहर का दरवाज़ा ठेलकर भीतर आया।

कमरे में कुछ कसमसाहट फैल गई।

"आइए-आइए जैन साहब!" बड़े साहब ने खिलकर कहा।

जैन साहब के लिए कोई कुर्सी ख़ाली नहीं थी। वामनराव ने तत्काल अपनी कुर्सी जैन साहब को पेश कर दी, जो उन्होंने ज़रा-से तकल्लुफ़ के बाद हथिया ली।

"हमने सोचा, देखते हैं कहाँ तक पहुँचा मामला?" जैन साहब ने कहा और हँसे।

"हाँ, वेलकम। है साला बड़ा इंट्रेस्टिंग!" बड़े साहब ने कहा।

वामनराव खड़ा था। उसने अन्दाज़ा लगाया कि जैन साहब भी कोई बड़े साहब होंगे, अपने बड़े साहब के पड़ोसी होंगे और टीवी धारावाहिक की ही बात कर रहे होंगे।

एक लड़की भीतर से स्टूल ले आई। वामनराव उसी पर बैठ गया। अब क्या बात हो पाएगी बड़े साहब से। यह कार्यक्रम ख़त्म होने तक तो ख़ैर कोई सवाल ही नहीं उठता। और इसके बाद भी जैन साहब पता नहीं कब तक बैठें। उसने आकर ही ग़लती की क्या? क्योंकि बड़े साहब के रुख़ में भी गजानन्द के लिए सहानुभूति तो कहीं नहीं दीख रही। काश! वामनराव बड़े साहब को एक बार गजानन्द के घर ले जाकर उसके बीवी-बच्चों की हालत दिखा पाता। जैसा कि वह आने से पहले सोच रहा था कि वह कर पाएगा। नहीं, ग़लती ही की। उसकी इच्छा हुई कि खिसक ले। पर कैसे खिसके? और क्या पता, बड़े साहब इस बीच गजानन्द के बारे में ही सोच रहे हों। प्रोग्राम के बाद किसी को फ़ोन करें, और गजानन्द का पता चल जाए।

सब मगन थे। सयाने बेटे शहर-शहर भटक रहे थे। बाप कहीं नहीं मिल रहा था। सिर्फ़ उसके बारे में नई-नई अफ़वाहें सुनने को मिल रही थीं। पता नहीं क्यों खो गया? वामनराव ने शुरू से देखा होता, तभी तो समझ में आता।

कुछ देर बाद बाहर एक मोपेड रुकने की आवाज़ आई और फिर किसी के धप-धप भागते हुए आने की। धड़ से दरवाज़ा खुला। एक किशोर टीवी के परदे के सिवा किसी को नहीं देखता खड़ा था। लेकिन टीवी के परदे पर अब अभिनेता अपने मेकअप और मुद्राओं के साथ जड़ हो गए थे और बैकग्राउंड में संगीत चालू हो गया था।

"क्या हुआ? मिल गए मास्टर जी?" दरवाज़े पर खड़े किशोर ने व्यग्र होकर पूछा।

"नहीं।" मुस्कराते हुए एक महिला ने जवाब दिया।

"मेरा तो ख़याल है वो चिता जो जल रही थी, इसी की थी।" छोटा बच्चा बोला।

"जब तालाब के किनारे कपड़े मिल गए तो जल कैसे सकता है? वह डूब गया है।" एक लड़की बोली।

"क्या यार! आइ मिस्ड इट।" डैडी के पास धँसता हुआ किशोर बोला।

"व्हाय डिडंट यू टेलीफोंड मी?"

"किया था बेटे!"

"पर जल्दी क्यों नहीं किया?" ठुनकते हुए बेटा बोला।

"अभी तो बहोत चलेगा बेटे। देखो साब...अब क्या होता है।" जैन साहब अँगड़ाई लेकर उठते-उठते बोले।

"अरे बैठिए साहब, शरबत आ रहा है।" बड़े साहब ने कहा।

परिवार के सारे सदस्य उठ-उठकर भीतर चले गए। दो ही मिनट बाद एक गिलास में शरबत आ गया।...बर्फ़वाला...नारंगी रंग का...ख़ूबसूरत काँच के गिलास में...जिसे देखकर वामनराव का भी मन ललचाने लगा और जिसे जैन साहब दो ही घूँट में ख़ाली कर गए। वामनराव को मिलता तो वह स्वाद लेकर पीता। पर इस समय वह वहाँ एक फ़ालतू प्राणी था और उसके मुँह का ज़ायक़ा ख़राब हो रहा था और बीड़ी की तलब हो रही थी और वह जल्दी से जल्दी निकल जाना चाहता था और मन-ही-मन बिदा-नमस्ते की रिहर्सल कर रहा था।

अब दूरदर्शन पर समाचार चल रहे थे। वामनराव रेडियो पर रोज़ सबेरे सुनता है। आज मौक़ा मिला था तो वह दूरदर्शन के समाचार भी ज़रूर सुनना चाहता था। लेकिन अब भीतर के कमरे में ज़ोर-ज़ोर से बातें हो रही थीं। साहब लोग अपने-अपने दफ़्तर की बातों में मशगूल हो गए थे। बीच-बीच में टीवी पर नज़र पड़ जाती तो उस पर भी टिप्पणी मार देते थे।

"आज तो नए स्टाइल के बाल बनाकर आई है।"

"आज वो नहीं आई...क्या नाम उसका..."

"आज फूल नहीं लगाया?"

"नहीं, फूल तो सिर्फ़ एक लगाती है, वो लम्बे चेहरेवाली।"

"अच्छा, जभी मैं कहूँ...उधर ही क्यों देख रही है बार-बार।"

"क्यों?"

"आपकी ही तरफ़ देखकर मुस्करा रही है।"

"हा हा हा हा!!"

अब वामनराव सचमुच पछता रहा था। उसे क्या पड़ी थी? वही क्यों हमेशा हरेक के फटे में टाँग अड़ाता है? उसके कटे पर तो आज तक कोई मूतने नहीं आया!

आख़िर उठे जैन साहब। बड़े साहब बाहर तक गए उन्हें छोड़ने।

वामनराव लावारिस की तरह कमरे में अकेला खड़ा रहा।

बड़े साहब के लौटते ही वामनराव बोला—तो चलूँ साहब?

"अच्छा।"

"अच्छा नमस्ते साहब! तकलीफ दी आपको।"

"नहीं तकलीफ़ तो क्या..." आगे-आगे बाहर निकलते हुए बड़े साहब बोले, "...और देखो, जनार्दन की तुम फ़िकर मत करो। कोई बच्चा तो है नहीं। चला गया होगा कहीं। आ जाएगा दो-चार रोज़ में। समझे?"

"अच्छा नमस्ते साहब! माफ करना साहब, तकलीफ दी आपको।"

"एईएन साहब हैंडल कर लेंगे। ये ऐसी कोई बात नहीं जिसमें मैं इंटरफीयर करूँ। लेट पोलिस मशीनरी टेक इट्स ओन कोर्स। पता तो उन्हें चल ही गया होगा उसके भागने का।"

"अच्छा साहब! आप आराम करो साहब अब।"

"हाँ, ठीक है।"

करते-करते दोनों बगीचे के बाहरवाले दरवाज़े तक आ गए। दरवाज़े के बाहर निकलकर वामनराव ने फिर नमस्ते की तो दरवाज़ा बन्द करके बड़े साहब दरवाज़े पर ही दोनों हाथ टिकाकर खड़े हो गए और बोले, "और देखो वामनराव, दफ़्तर की बातें मैं दफ़्तर में ही करना पसन्द करता हूँ। आइंदा ध्यान रखना इस बात का।"

"जी!" कान जलने लगे वामनराव के। निगाहें झुक गईं।

"थ्रू योर एईएन एंड अदर्स। आइ मीन प्रॉपर चैनल।"

"जी!"

"पर डोंट वरी। तुम फ़िकर मत करो। सब ठीक हो जाएगा। अच्छा।"

“जी!”

“अच्छा गुडनाइट!”

“गुड नाइट सर!”

वामनराव की गुडनाइट सुनने से पहले ही बड़े साहब भीतर की ओर चल दिए थे।

और हालाँकि उस वक़्त क़रीब पीने दस बज रहे थे। सड़क सूनी और अँधेरी थी, लेकिन वामनराव की निगाहें बेसाख़्ता इधर-उधर घूम गईं-यहाँ से उसे निकलते हुए किसी ने देखा तो नहीं!

बेमकान

जैसी कि सरकार की आदत थी, सरकार ने इस छोटे-से क़स्बे में भी अपना बड़ा-सा कार्यालय खोलकर वहाँ अपने तथाकथित बदमाश और निरीह कर्मचारियों को स्थानान्तरित कर दिया था और इस बात की बिलकुल चिन्ता नहीं की थी कि ये भले आदमी रहेंगे कहाँ, इनके बच्चों के लिए स्कूल और हारी-बीमारी के लिए वहाँ अस्पताल भी है या नहीं, आदि। सामुदायिक केन्द्र, सार्वजनिक पुस्तकालय, तरणताल, अखाड़ा, बाल उद्यान और पालनाघर की बात तो ख़ैर किसी और देश की कोई और सरकार सोचती होगी। बड़े पुण्य-तप किए होंगे वहाँ के लोगों ने। लेकिन कर्मचारी थे कि आते थे और रहते थे। जब आ ही रहे थे और रह ही रहे थे, फिर क्या पागल कुत्ते ने काटा था जो सरकार आगे कुछ सोचती?

ऐसे ही एक बदनसीब कर्मचारी थे मोहनलाल जी। मोहनलाल जी आर्य। जिसे तबादला करवाने या रुकवाने के लिए न गिड़गिड़ाना आता हो न रिश्वत देना, और तो और जिसने अपने अनुसूचित जाति का होने का फ़ायदा लेने तक से इनकार कर दिया हो, उसे क्या कहिएगा?

छह फुटे क़द के गोरे-छरहरे, ख़ूबसूरत और मुस्कुराते मोहनलाल जी को देखकर कोई सोच भी नहीं सकता था कि यह आदमी भीतर से इतना तपा हुआ होगा—जैसे ईंट का भट्ठा। भट्ठे के काम से ही ज़िन्दगी शुरू की थी मोहनलाल जी ने। घर में चमड़े का काम होता था, सूअर पाले जाते थे और

बड़े घरों की जूठन खाई जाती थी। ख़िलाफ़ हवाओं के बावजूद पढ़ते और बढ़ते मोहनलाल जी टेरीकॉट की पतलून और बच्चों के किंडरगार्टन तक पहुँचे थे। टेलीफ़ोन एक्सचेंज में मैकेनिक होना कोई उल्लेखनीय उपलब्धि नहीं, लेकिन जिसने हर रोज़ अपने बाप को बैल के जूए में जुतते और माँ को मुट्टल सेठानियों के आगे एक कटोरा छाछ के लिए गिड़गिड़ाते और बहन को घणी खम्मा अन्नदाताओं की पशुहवस से भयभीत होकर कुएँ में छलाँग लगाते और भाई को अपने स्कूल मास्टर की गन्दी चड्डियाँ और उसकी लुगाई के मैले कपड़े धोते देखा हो, जिसकी किताब रोज़ फाड़ दी जाती हो, जिसकी पढ़ाई के ऐब को रोज़ गन्दी गालियाँ दी जाती हों, जिसकी माँ काकाओं द्वारा रोज़ पीटी जाती हो, जिसका बाप सिर्फ़ नशे में बच्चों से प्यार करता हो, जिसके घरवाले मुर्दा जानवर का मांस खाकर राक्षसों की तरह किलकारियाँ भरने लगते हों, जिसे सवर्णों के साथ कंचे खेलने के और उन्हें हरा देने के अपराध में पेड़ से उलटा टाँग दिया जाता हो...उसके लिए तो टेलीफ़ोन एक्सचेंज में मैकेनिक होना भी कलक्टरी-कमिश्नरी पास करने से कम नहीं।

इसलिए इस सभ्य मुस्कराहट के पीछे एक तपा हुआ ईंट का भट्ठा लपटें उगल रहा है—इसे बहुत कम लोग समझ पाते हैं।

मोहनलाल जी को डेढ़ महीना हो चुका है इस क़स्बे में स्थानान्तरित होकर आए। और उसी दिन से ड्यूटी के अलावा सारा समय मकान की तलाश में भटकते ही गुज़रा है। आए तो घर-गृहस्थी का सारा सामान साथ ले आए थे। परिवार भी। नहीं लाते तो छोड़ते भी कहाँ? बहुत नाम सुना था इस क़स्बे का। अनाज की काफ़ी बड़ी मंडी है। लेकिन बस यहीं चूक गए। मंडी में दुकानें होती हैं, गोदाम होते हैं, घर नहीं। बाज़ार बनता जा रहा है सारा देश! इसमें समाज कहाँ है? शगुन ही ख़राब हो गया।

तीन रोज़ सारा सामान, सारा परिवार ऑफ़िस के रिटायरिंग रूम में पड़ा रहा। दो टूटी झँगोली खटिया, एक खड़खड़ पंखा, कुछ चीकट परदे और फ़र्श पर बीड़ी-सिगरेट के ठुड्डे। एक कोने में किसी लाइनमैन पार्टी के गैंती-फावड़े-ब्रेकेट-इंसूलेटर और इन पर झपकी-सी लेती रम की एक ख़ाली लुढ़की पड़ी बोतल।

स्टाफ़ को असुविधा होने लगी। पत्नी सुबह चोटी-पट्टी कर दिन-भर सिकुड़ी-सी बैठी रहती। बच्चे सहमे-सहमे-से आपस में ही खेलते-फुसफुसाते रहते। अलस्सुबह वे लोग नीचे नल पर जाकर नहा आते। दोपहर मोहनलाल जी होटल से टिफिन ले आते। रात बत्ती बुझा फ़र्श पर दरी बिछा सो जाते। लेकिन ऐसा भी कितने दिन चलता? पत्नी कितने दिन सबके मैले कपड़े सन्दूक में ठूँसती जाती? नाइट ड्यूटीवाला स्टाफ़ कब तक स्विचरूम या बरामदे में दो कुर्सियाँ जोड़कर रात काटता?

तीसरे दिन सहकर्मी कुरैशी जी ने फिर कहा था, मेरे घर चले चलो। जब तक मकान नहीं मिलता, जैसे भी रहेंगे रह लेंगे। यहाँ कब तक पड़े रहोगे? स्टाफ़ कुछ ना भी बोले पर बच्चों को तो असुविधा होती ही है। और मान लो किसी दिन एईएन आ गए घूमते-घामते और...

लेकिन मोहनलाल जी कुरैशी जी के घर नहीं गए। एक परिवार के पास कितने कमरे होते हैं आजकल? कितनी दरियाँ? कितने बरतन? कितने मटके? कितनी सकत? कितना धीरज? कितनी परदुखकातरता? ट्रेन में कोई सहयात्री कहे, 'आइए साहब, भोजन कीजिए' तो क्या यह कहा जाता है कि 'हाँ, लाइए, डिब्बा इधर ही ले आइए?' मुमकिन है यह सब मोहनलाल जी ने न सोचा हो, कुछ और सोचा हो। हो सकता है कुछ सोचा ही न हो, आदतवश ही संकोच कर गए हों। कुरैशी जी से भी कोई पुरानी दोस्ती तो थी नहीं। यहीं आकर परिचय हुआ था। और वे ख़ुद एक कमरे, एक रसोईवाले मकान में किसी तरह परिवार लेकर पड़े थे। जो भी हो, मोहनलाल जी कुरैशी जी के यहाँ नहीं गए। किया उन्होंने यह कि अपना सामान कुरैशी जी के यहाँ भिजवा दिया और सटरडे-सनडे का ऑफ़ लगवाकर परिवार को अपने साढ़ू के पास मेड़ता छोड़ आए। साढ़ू का चाल-चलन ठीक नहीं; उसकी पत्नी ख़ुद कहती है, लेकिन अब क्या किया जाए?

क़स्बा अभी कुछ साल पहले तक गाँव था और अब हड़बड़ाकर शहर हो जाने की कोशिश कर रहा था। सारा देश प्रगति कर रहा था, क़स्बा बेचारा क्या करता? मकानों की वहाँ कमी नहीं थी, बल्कि आलीशान मकान थे जिन

पर ‘छोगलिया भवन’ या ‘पुगलिया मेंसन’ या ‘गमनीबाई निवास’ जैसे सुन्दर नाम निहायत सुरुचिपूर्ण रंगों में लिखे हुए थे। लेकिन ये मकान किराए पर देने के लिए नहीं थे। जब क़स्बे की हबड़-हबड़ देखकर सरकार चौंकी और उसने यहाँ अपने दफ़्तर खोलना और मुलाजिमों को भेजना चालू किया तो क़स्बे के स्थापत्य संसार में एक छोटी-मोटी क्रान्ति जैसी आ गई। कुछ पिटे हुए परचूनियों, रिटायर्ड अध्यापकों और निठल्ले वकीलों ने अपने घर का एक अहाता, कोना या उपेक्षित कमरा किराए के निमित्त पुनर्निर्मित कर डालने की प्रथा का श्रीगणेश किया। लेकिन परदेसियों को घर में जगह देने की भी अपनी जोखिम थी। उनमें से कुछ ने मकान-मालिकों की तथाकथित ‘बच्चियों’ को प्रेमपत्र लिखे और कुछ किराया खाकर भाग गए। इसलिए कुल मिलाकर मकान किराए पर देना बुरा काम माना जाने लगा। उधर सरकार को दफ़्तर भी किराए की ही इमारतों में चलाने का शौक़ था, कर्मचारियों की आवासीय कॉलोनी की तो बात ही छोड़िए। यहाँ कर्मचारियों को मकान-किराया-भत्ता भी नहीं मिलता था, क्योंकि सरकार का विचार था कि मकान का किराया तो सिर्फ़ बड़े शहरों में लगता है, गाँवों-क़स्बों में तो मकान ऐसे ही मिल जाया करते हैं। दिल्ली क़स्बों के बारे में सामान्यतया इतना ही ज्ञान रखती है, इसलिए मुश्किल में सब थे। और सब मिलकर मोहनलाल जी के लिए सर छुपाने लायक जगह ढूँढ़ने में लगे थे।

दो-तीन रोज़ कुरैशी जी साथ गए।

“मकान चाहिए।”

“कौन हैं?”

“मोहनलाल जी हमारे यहाँ मैकेनिक हैं। ट्रांसफ़र होकर आए हैं।”

“हाँ-हाँ, लेकिन हैं कौन?”

“जी हरिजन हूँ। मेघवाल।”

बस यहीं आकर बात टूट जाती। अचानक सेठजी को कोई काम याद आ जाता, या उन्हें मकान की मरम्मत करानी होती, या अगले महीने उनके किसी रिश्तेदार की उसमें शादी होती या उन्होंने अभी कल ही वह मकान किसी बैंकवाले को देने का वादा कर लिया होता।

कुछ मकान जो देखे भी, वे मकान नहीं थे। उन्हें दड़बा या गुफा या बिल भी नहीं कहा जा सकता। उन्हें कमरा कहना भाषा की दृष्टि से मजबूरी थी। हद से हद उन्हें कोठरी कहा जा सकता था। अक्सर ऐसी कोठरियों में एक ही दरवाज़ा होता और खिड़की या रोशनदान एक भी नहीं होता। बिजली की फिटिंग तो होती, लेकिन कनेक्शन अभी नहीं लिया होता। नल लगवाने की इच्छा तो होती, गुंजाइश नहीं होती। लेट्रीन और बाथरूम एक फ़ालतू का चोंचला होता, जिसे बनवाने की मकान-मालिक ने ज़रूरत ही नहीं समझी।

ऐसा ही एक कमरा एक दिन मोहनलाल जी ने देखा और पसन्द कर लिया। दस फुट बाइ दस फुट के उस कमरे में तीन तरफ़ दीवारें थीं और चौथी तरफ़ लोहे की जाली। लेट्रीन जाने के लिए जंगल सिर्फ़ चार गलियों पार था और पीने के लिए मोहल्ले का सार्वजनिक कुआँ सिर्फ़ आधा किलोमीटर दूर। कमरे के बाहर कीचड़-काँदा और मच्छर-बदबू का एक अखंड डबरा भरा हुआ था, लेकिन कुरैशी जी ने बताया कि वहाँ कोने में एक गढ़ा खोदा जा सकता है जिसमें दिन-भर घर का गन्दा पानी जमा होता रहेगा और रात को उसे मग या डब्बे से उलीचकर गली में फेंककर उस गढ़े को दूसरे दिन के लिए ख़ाली किया जा सकता है, जैसे दूसरे कर रहे हैं। लेकिन मान लो दिन में किसी को पेशाब लगे, या किसी को दस्त ही लग जाए...या नहाना हो...!! अब सारी बातें कुरैशी जी ही बताएँगे क्या? नहीं, वे मैनेज कर लेंगे। किराया? सौ रुपए। बिजली का अलग। दो महीने का एडवांस।

अब कुरैशी जी भड़क गए।

"अभी चार साल पहले अपने बरामदे में दीवार खड़ी करके आपने यह कोठरी बनाई थी। तब इसका किराया था बीस रुपए।"

"भैया, किराएदार की झंझट बहुत है। लाइट चाहिए, पानी चाहिए, बाथरूम चाहिए, जगह-जगह कीलें ठोकेगा। परदेसी आदमी को मकान दो और किराया खाकर भाग जाए तो करम फोड़ो अपना। किसी व्यापारी को देंगे तो वह रायड़ा या गुड़ की बोरियाँ भर देगा। कोई झंझट नहीं; और साल-भर का भाड़ा पेशगी देगा। अभी परसों ही मुन्नालाल कपूरचंद पूछ रहे थे।"

लेकिन मोहनलाल जी को मंजूर है। ये लीजिए एडवांस।

लेकिन तीसरे दिन एडवांस दिया हुआ पैसा वापस भिजवा दिया गया।

"क्यों?"

"हमें क्या पता इनके यहाँ टेलीफ़ोन नहीं लगेगा? हम तो इसी लालच में दे रहे थे। वरना लोग तो डेढ़ सौ तक देने को तैयार हैं।"

यह बहाना था।

मोहल्लेवालों ने मकान-मालिक को धमकाया था कि उस 'ढेड़' को मकान दिया तो उसे कुएँ से पानी नहीं भरने देंगे, तुझे भी 'न्यात बाहर' कर देंगे। सारा आचार-विचार भूल गया। ऐसा भी क्या लालच? मति भ्रष्ट हुई है साले की। हरिजन को मकान देगा।

ऐसे ही क्षणों में मोहनलाल जी की आत्मा तपने लगती है। अरे सालो, क्या मैं चमड़े का काम कर रहा हूँ? क्या मैं मरा जानवर खा रहा हूँ? क्या मैं दारू पीकर घरवाली को पीट रहा हूँ? क्या मेरे बच्चे गालियाँ बक रहे हैं? वह नरक तो मैं कब का छोड़ आया। मैंने ईंट भट्ठे पर काम किया है, घरों में पुताई की है, मूँज की रस्सी बँटी है, अलमारी-पलंग के कारखाने में काम किया है। इसमें क्या ऐसा है, जिसकी छूत से तुम बचते हो? कुत्तो! सालो! क्या मेरा ख़ून तक नहीं बदल गया इतने सालों में! क्या मुझसे किसी ने पूछा था पैदा होने से पहले कि तू किस जाति में पैदा होना चाहता है? और तुम क्या सालो, किसी और तरह दुनिया में आए हो?

मोहनलाल जी दिन-भर की परेशानी, हताशा और अपमान के बाद सोते हैं तो बिस्तर पर करवट बदलते रहते हैं, बदन पसीने से भीगता रहता है, मुट्ठियाँ भिंचने लगती हैं। बड़बड़ाने लगते हैं। बुरे-बुरे सपने देखने लगते हैं, चौंककर उठ जाते हैं और पानी-पेशाब करते हैं। अगले ही हफ़्ते बच्चे से चिट्ठी लिखवाई थी घरवाली ने। जीजा तंग करते हैं। बड़की समझती है मैं उसका खसम छीनने आई हूँ। बच्चों को रोटी-भाजी के लिए भी तरसाती है। उनके बच्चे कुल्फी-चाट खाते हैं, हमारे बच्चे देखते-तरसते रहते हैं। आपस में खूब लड़ाई होती है। हमारे बच्चों के कपड़े इनके बच्चे बगैर पूछे पहन लेते हैं, मैले कर देते हैं और फाड़ लाते हैं। इनके बच्चे हमारे बच्चों को गन्दी-गन्दी

बातें सिखाते हैं। जैसे भी हो, जल्दी से जल्दी आकर ले जाइए। इतना बड़ा शहर है, क्या एक कमरा भी अब तक नहीं मिला होगा? किराया देंगे, कोई मुफ्त में तो रहेंगे नहीं। आप अच्छी तरह ढूँढ़िए। साथवालों से कहिए या फिर अफसरों से कहकर वापस पुरानी जगह पलटी करवा लीजिए।

एक अध्यापक के दो मंज़िला मकान के तलघर में एक कमरा ख़ाली था। देखने गए। अध्यापक महोदय उस समय पन्द्रह-बीस बच्चों को एक साथ ट्यूशन दे रहे थे। इतने ही विद्यार्थी बाहर दूसरे बैच के लिए बैठे थे। पट्टेदार जाँघिया, मैली चीकट बनियान, थुलथुल शरीर, गंजी खोपड़ी और आँखों पर मोटा चश्मा।

"भाई, चाहें तो देख लीजिए लेकिन हम तो ब्राह्मणों के अतिरिक्त किसी को मकान देते ही नहीं।"

"क्यों? उनमें क्या अच्छाई होती है और मुझमें क्या बुराई है? किराया वे भी देंगे, मैं भी दूँगा। दो-चार रुपए ज़्यादा ही दूँगा। कोई शिकायत का मौक़ा दूँ तो कहिएगा।" मोहनलाल जी ने बहस करने की कोशिश की। यह तो व्यापारी नहीं है, अध्यापक है। यह तो बात सुनेगा-समझेगा।

चौंके अध्यापक महाशय! इतना 'दुस्साहसी' किराएदार कभी नहीं देखा था उन्होंने। उनका विचार था कि किराएदार तो घिघियाता, खीसें निपोरता ही अच्छा लगता है।

"देखिए, 'अस्पष्ट' बात तो यह है कि मैं जातिप्रथा का बिलकुल कायल नहीं हूँ। छुआछूत को तो एकदम्मै अपराध समझता हूँ। 'अस्पष्ट' बात तो यह है कि इस समय जो भीतर दरी पर पढ़ रहे हैं मेरे विद्यार्थी, उनमें भी दो हरिजन जाति के हैं। पर क्या है भैया कि हमारी पत्नी जो हैं, बहुतै सफ़ाईपसन्द हैं। अंडा, मांस, बीड़ी, सिगरेट, कूड़ा-करकट किसी भी तरह की चीज़ उन्हें बरदाश्त नहीं। और ठहरीं वे हाई बीपी की मरीज। और चाहे दुनिया कुछ भी कहे, हमारे पूर्वज भी कोई भूसा तो खाते नहीं थे कि संस्कार तो भैया ऐसी वस्तु होती है कि उसमें आप क्या कीजिएगा और मैं क्या करूँगा।, कोई भी क्या करेगा? तो मेरा निवेदन यही है कि आप कुरैशी जी के साथ आए हो, तो ये तो बड़े भले आदमी हैं बेचारे, एकाध बार जयपुर काम पड़ गया तो इन्होंने

फ़ौरन हमारा कॉल लगवा दिया तो आप इन्हीं के आसपास कोई कमरा देख लें तो बहुत अच्छा रहेगा, माने आप लोगों को।"

अपमानित होना, बेवजह-बेकसूर प्रताड़ित होना मोहनलाल जी के लिए कोई नई बात नहीं, लेकिन हर बार जब उन्हें लगता कि वे उस रेचेडनेस से बाहर आ गए हैं, उन्हें वहीं घसीटकर पटक दिया जाता। जैसे कोई भरते घाव में बार-बार गरम सलाख घुसेड़े। क्यों? यह सब उनके साथ ही क्यों होता है?

उस रात ठीक से सो नहीं पाए मोहनलाल जी। क्या करें? क्यों? क्यों उनसे हरिजन बस्ती या मुसलमानों के मोहल्ले में ही जाकर रहने को कहा जाता है? दफ़्तर के दूसरे अनुसूचित जनजाति के कर्मचारियों ने शहर से ज़रा दूर एक बड़ी इमारत पर क़ब्ज़ा कर रखा है। दो-दो जने एक-एक कमरा शेयर करते हैं। साथ खाना पकता है। दारू और ताश चलती है देर रात तक। फ्री कॉल की धंधेबाज़ी और गन्दी किताबें। कितनी बार कह चुके हैं वे। मोहनलाल जी ने हर बार मना कर दिया। और सिर्फ़ इसलिए नहीं कर दिया कि वो जगह फेमिली के रहने लायक नहीं। यूनियनवाले भटनागर जी से एक दिन कह रहे थे मोहनलाल जी—मैं कौन-से ताजमहल माँग रहा हूँ बॉस! जैसे मैंने एससी-एसटी का कोई फ़ायदा नहीं लिया, वैसे ही मेरे बच्चों को भी नहीं लेना है। तो शुरू से वे उन्हीं बच्चों के बीच क्यों नहीं रहें जिनसे उन्हें कंपीटीशन करना है? बताइए इसमें मैं कहाँ ग़लत हूँ?

भट्ठा तपने लगा। नींद में मुट्ठियाँ भिंचने लगीं। हकालो, हकालो! इन हरामज़ादों को इनसानों की बस्ती से दूर हकालो! सिर पर चढ़े आ रहे हैं। जाओ! अपनी इंदिरा गांधी से माँगो मकान! मोहनलाल जी को लगा, वे यकायक इनसान से एक कुतिया में तब्दील हो गए हैं। एक मरियल, बीमार और रिरियाती कुतिया, जिसकी दुम टाँगों के बीच घुसी हुई है और जिसे चारों तरफ़ से दूसरे मोहल्ले के खूँखार और जब्बर कुत्तों ने घेर रखा है, और कुतिया गिर पड़ी है और चिचिया रही है और 'दया! दया!' चिल्ला रही है! उन्हें लगा, एक पत्थर उठाकर उन्होंने सीधे मास्टर के कपाल पर निशाना साधकर मारा है, और मास्टर खूनाखून हो गया है और वे हवा हो गए हैं। लेकिन नहीं, यह मोहनलाल जी नहीं, यह तो नत्थ्या मेघवाल का छोरा मोहन्या है जो अपने

मास्टर के बदबूदार दाँतों और रोएँदार हाथों की पाशविक पकड़ से अपना नरम जिस्म बचा रहा है। कुछ देर बाद उन्हें लगा, उनके साथ बहुत लोग आ मिले हैं और वे सब एक घोड़ामुखी आदमी को आधी रात बीच सड़क पीट रहे हैं। नहीं...यह भी मोहन्या था जो हरिजन आदिवासी छात्रावास के लड़कों के साथ उस नाई की पूजा कर रहा था जो उन लोगों की कटिंग बनाने से सरेआम इनकार करता है। फिर उन्हें लगा, उन्हें बहुत लोगों ने पकड़ रखा है और उन्हें नंगा कर दिया गया है और उन्हें पीटते हुए थाने ले जाया जा रहा है। यह भी मोहन्या था और उसका अपराध सिर्फ़ यह था कि उसे एक सवर्ण लड़की ने प्रेमपत्र लिखा था। और उसने थानेदार के सामने कसम खाई थी कि अब तक तो कुछ नहीं किया, लेकिन अब वो उस लड़की को नहीं छोड़ेगा... और उसने नहीं छोड़ा था।

नींद टूट गई। गर्मी लगी। मोहनलाल जी बालकनी में आ खड़े हुए। वहाँ अँधेरी रात थी। और ठंडी हवा। और दिन-भर की थकान। और पत्नी की चिट्ठी। और नौकरी की विवशता! क्या मिला? सभ्य होकर भी क्या मिला? धोती छोड़कर पतलून पहन ली और अपनी जड़ों से कट गए। जब इस मुल्क को बहुसंख्यकों की मूर्खता और जातीय दम्भ के सहारे ही चलना है तो उनके बच्चे अपनी नैसर्गिक प्रतिरोध शक्ति और जिजीविषा भी क्यों छोड़ें? क्या ग़लत हैं छोटा नागपुर और संथाल परगना के माँझी और ओराम और दलित और देश के तमाम वंचित चिरवंचित गिरिजन-हरिजन और मोहन्या...उन्हें लगा चारों दिशाओं से मोहन्या की घुटी-घुटी चीख़ें उन्हें सुनाई पड़ रही हैं और उनका सारा वजूद एक भयानक विकृति में ऐंठता जा रहा है।

और एक दिन मोहनलाल जी को मकान मिल गया। साफ़, खुला और हवादार कमरा। लेट्रीन-बाथरूम, नल और पानी भी। दफ़्तर से पाँच किलोमीटर दूर शिवगंज में मिला। लेकिन कोई बात नहीं, साइकिल से आएँगे-जाएँगे। बच्चों को भी साइकिल पर स्कूल छोड़ देंगे। सुबह सात से ढाई की ड्यूटी हुई तो सर्दियों में भी सुबह छह बजे निकलेंगे, रोटी साथ लाएँगे, या तीन बजे घर जाकर खा लेंगे। किराया सिर्फ़ डेढ़ सौ रुपए। एडवांस का कोई चक्कर नहीं।

मकान-मालिक की कोई झिक-झिक नहीं। एक विधवा ब्राह्मणी का मकान है। अकेली रहती है। बेटा एक ही है जो बम्बई में सेठों की नौकरी में है। मकान की सँभाल-अवेर नहीं हुई है। दीवारों से चूने और पलस्तर के चिप्पड़ उतर रहे हैं। अहाते की भीत पर घास उग गई है। लिपाई-पुताई...मरद मिनख रहे तो ताख-दीवार भी हँसे-बोले। ख़ाली घर तो भूतों का डेरा होता ही है।

बात सिर्फ़ एक है। छोटी-सी। मोहनलाल जी अब यहाँ 'आर्य' नहीं, शर्मा हैं। मोहनलाल शर्मा, जैतारण के। पुष्करणा ब्राह्मण। परिवार वहीं है। जजमानी का धंधा है। पुश्तैनी घर में एक छोटा-सा मन्दिर भी है। माताजी को भी कभी लाएँगे। ससुर ज्योतिषी थे। गुज़र गए।

मोहनलाल जी ने मकान की सफ़ाई करवाई। घी से चारों तरफ़ सतिए माँडकर कोरा मटका रखा। कुरैशी जी के घर से सामान लाकर जमाया और दो दिन की सी.एल. लेकर बच्चों को ले आए। धीरे-धीरे बच्चे अपनी नई 'दादी' से काफ़ी हिलमिल गए और मोहनलाल जी का परिवार क़रीब-क़रीब सुख से रहने लगा।

प्रिय पाठक! जैसा कि आपने अनुमान लगा ही लिया होगा कि देखना, एक दिन इस मोहनलाल की पोल ज़रूर खुल जाएगी, तो वह खुल गई। हुआ यह कि दीवाली के कुछ दिन पहले बुढ़िया ने कहा कि वह घर की पुताई करवाना चाहती है, लेकिन क्या करे, मज़दूर ही नहीं मिलते। उसने फलान जी की बहू से भी कहा, और ढिकान जी की बींदनी से भी कई बार कहा। पर एक तो मज़दूरों के दिमाग़ सातवें आसमान पर, दूसरे छोरे की चिट्ठी आ गई कि सेठ इस बार भी छुट्टी नहीं देगा और तीसरे कूची, नील, रंग, नसेनी, मचान—सब सामान उनको लाकर दो, लाटसाहबों को। अब उसकी बूढ़ी काया कैसे क्या करे?

इस पर श्रीमती मोहनलाल 'शर्मा', जिन्हें रात-दिन अपने पति से यह हिदायत मिलती थी कि बुढ़िया को हर तरह से ख़ुश रखना है, बोल पड़ी कि माँ साब! आप चिन्ता क्यों करती हो? चिन्ता तो चिता से भी ख़राब चीज़ है। चिता तो मरयोड़े मिनख को जलाती है लेकिन चिन्ता तो ज़िन्दा आदमी को जला डालती है। हम जो हैं। मैं इनसे कह दूँगी, चार रोज़ की

छुट्टी ले लें। हम धणी-लुगाई मिलकर आपका पूरा घर चमका देंगे। हमारा तो काम ही है यह।

इस अन्तिम वाक्य पर बुढ़िया के कान खड़े हुए। उसने मन ही मन पिछले ढाई महीने की परिवार की सी. आर. निकालकर बाँची, मोहल्ले के सयानों से खुसपुसाहट की और जब पक्का-पुख्ता पता चल गया कि एक 'टेंढ़' न सिर्फ़ धोखा देकर उनके घर में घुस आया है, बल्कि उसकी औलादें लाड़ में लट्टू उसकी गोदी-पीठ पर लटूमती भी रही हैं तो उसने बुक्का फाड़कर मोहल्ला इकट्ठा कर लिया और अपने कोसनों से आसमान सिर पर उठा लिया।

मोहनलाल जी उस समय ड्यूटी पर गए हुए थे। मोहल्ले से किसी का टेलीफ़ोन आया तो घर भागे। भीड़ देखकर ठिठके, और गालियाँ खाईं तो खाईं, दो-चार हाथ भी पड़ गए। घर का सामान उसी बेला बाहर गली में फिंक गया।

प्रिय पाठक! मैं आपको ही सम्बोधित कर रहा हूँ। आप देश में बढ़ती साम्प्रदायिकता से चिन्तित होते हैं। बाबरी मस्जिद और रामजन्मभूमि-विवाद की बातें करते हैं। हिन्दू-शक्ति और मुस्लिम जमात और सिख उग्रवाद की बातें खुली अस्त्रों देखते-सुनते हैं। मैं आप ही से पूछ रहा हूँ। मोहनलाल जी का सामान गली में बिखरा पड़ा है। उनके बच्चे रोती हुई माँ से चिपटे अपने पिटते हुए बाप को देख भय से थरथरा रहे हैं। उनके पास रहने का कोई मकान नहीं है। क्या आप मोहनलाल जी को अपने मोहल्ले में कोई मकान दिलवा देंगे? या जब तक मकान न मिले, उन्हें अपने साथ बतौर पेइंग गेस्ट रख लेंगे?

अफ़सर की मौत

लालूराम अफ़सर बन गए। अचानक।

अच्छे-ख़ासे ए.जी. ऑफ़िस में बाबू थे। सुखी और सन्तुष्ट। छींट की बुश्शर्ट पहनते थे और स्पंज की चप्पल। दफ़्तर ख़त्म होने पर स्टाफ़ क्लब में धमाधम वॉलीबॉल खेलते और मन किया तो चपरासियों के साथ उन्हीं की बेंच पर बैठकर बीड़ी-वीड़ी के सुट्टे भी मार लेते थे। शहर में नई पिक्चर लगती तो पहले शो में देखते थे और यदा-कदा लड़की-वड़की भी छेड़ लेते थे। दो-तीन महीने में एक बार गाँव जाते थे, दस-बीस रुपए का कपड़ा-मिठाई जैसी कुछ चीज़ लेकर। बाप से खेती के समाचार सुनते थे, चूल्हे के पास बैठकर माँ के हाथ का बना गरम-गरम खाना खाते थे और पत्नी के साथ प्यार-व्यार करके दूसरे-तीसरे दिन लौट आते थे।

हुआ लेकिन ये कि औरों को इस-उस के फॉर्म भरते देख उन्हें लगा, ये भी रुआब मारने का ज़रिया होता जा रहा है। तो 'हम किसी से कम नहीं' की भावना से उन्होंने भी एक जगह भर दिया और भूल-भाल गए। फिर बहुत दिन बाद एक दिन आफत की तरह इंटरव्यू का बुलावा आ गया, तो देखा कि आने-जाने का फ़र्स्टक्लास का किराया मिल रहा है। इंटरव्यू दिल्ली में था, जो उन्होंने कभी देखी नहीं थी। लिहाज़ा यार-दोस्तों से कपड़े-जूते मारकर चल पड़े।

अब करनी ऐसी हुई कि उस दिन ख़ूब पानी बरसा। धाराधार। जैसे इंदर देवता के सारे झील-तालाब, घड़े-मटके एक साथ फूट गए हों। तो दो-

तिहाई बन्दे पहुँच ही नहीं पाए इंटरव्यू देने—और जो पहुँचे वे भीगे हुए तो थे ही—घबराहट के मारे उनके पसीने भी छूट रहे थे। एक लड़की भीगी-भागी-सी वाली मुद्रा। लालूराम जानते थे कि होना-हवाना तो कुछ है नहीं। न जैक है न चैक-न बैक। किराया इंटरव्यू से पहले मिल सकता होता तो लेकर कुतुबमीनार देखने भाग छूटते। ख़ैर, गए और बेफ़िक्री से धड़ाधड़ जवाब उछालने लगे। इत्तिफ़ाक़ की बात है कि जो उन्हें आता था, वही पूछा जा रहा था। एक ने थोड़ी टाँग खींचने की कोशिश की तो लालूराम ने उसे लगभग डाँटते हुए टाँग छुड़ा ली। और आ गए। और देखिए कि सिलेक्शन हो गया।

सिलेक्शन हो गया तो वह चकरा गए। यानी अब गम्भीरतापूर्वक सोचना और निर्णय करना पड़ेगा। उन्हें उन्हीं के हाल पर छोड़ दिया जाता तो शर्तिया अफ़सरी को धता बता देते। पर शुभचिन्तक लोग छोड़ते हैं? हारकर आना पड़ा।

लालूराम देहाती आदमी थे। मित्रों और भूतपूर्व अध्यापकों के अलावा सलाह देनेवाला कौन था? उनकी आर्थिक महत्त्वाकांक्षाएँ बहुत सीमित थीं। परिवार का ख़र्च खेती से चल जाता था, उनका नौकरी से। घर पैसे भेजना दूर, वहीं से जब जाते घी-शी उठा लाते थे। सिर्फ़ चुनौती उन्हें आगे ठेल सकती थी। गाँव से पढ़ाई के लिए क़स्बे में, नौकरी के लिए शहर में और इंटरव्यू के लिए महानगर में गए थे, और अब अफ़सरी के लिए एक दूरस्थ औद्योगिक क्षेत्र में जाना था, जिसका ज़िक्र जनरल नॉलेज की किताबों में कहीं देखा था, बस। तो उन्होंने तय किया कि वह जाएँगे।

लालूराम ने कभी रेल में रिजर्वेशन नहीं कराया था, ट्रेवेलर्स चेक नहीं बनवाया था, ट्रंककॉल बुक कराकर बात नहीं की थी, कुली से सामान नहीं उठवाया था, काँटे-छुरी से खाना नहीं खाया था और कमोड पर बैठकर हगा नहीं था। उन्होंने गाँव में कबड्डी ज़रूर खेली थी और उन्हें मालूम है कि दूसरे गाँव की पूरी टीम जब सामने के पाले में इतरा रही हो, और इधर वह अकेले रह गए हों, तो दुश्मन के पाले में जाकर उन्हें क्या करना है?

इसलिए जब लालूराम यह नौकरी छोड़कर वो नौकरी करने पहुँचे तो न बदन पर छींट की बुशर्ट थी, न पैरों में स्पंज की चप्पल। बाक़ायदा नॉर्थस्टार

के जूते, शानदार नई कट की पतलून और उसमें सलीके से घुसेड़ी हुई नई-नकोर क़मीज़। दाढ़ी बनी हुई और घड़ी-पेन-पर्स-रूमाल सब चुस्त-दुरुस्त।

लेकिन अफ़सर बनना लालूराम के लिए मुसीबतों की शुरुआत बन गया। उन्हें न तो खामखाह किसी पर रुआब मारने की आदत थी, न दफ़्तर में निठल्ले बैठने की। आदत उन्हें जिराफ, शेर या भालू की तरह पिंजरे में अकेले बैठे रहने की भी नहीं थी। अब यहाँ एक केबिन थी जिसमें सात-आठ घंटे रोज़ उन्हें ज़बरदस्ती बैठना था। यह एक बहुत बड़े कारख़ाने का दफ़्तर था, जिसमें काम कम और अफ़सर ज़्यादा थे। पास ही अफ़सरों, बाबुओं और मज़दूरों की अलग-अलग कॉलोनियाँ थीं। पानी में न जाने किन रसायनों की बदबू आती रहती थी और आसमान गंधक और शोरे के धुएँ से घुटा रहता था। मैनेजमेंट की नीति कसकर काम लेने की थी लेकिन उसे 'करना' मज़दूरों-बाबुओं-कर्मचारियों का काम था, अफ़सरों का काम सिर्फ़ 'करवाना' था। इसलिए लालूराम कोई काम ख़ुद करने की कोशिश भी करते तो बाबू लोग उनसे छिना लेते—नहीं-नहीं सर! यह आपको नहीं करना है! आप तो सिर्फ़ साइन कर दीजिएगा।

पहले दिन कई कसे-फँसे अफ़सर उनसे मिलने आए। वे टाइयाँ बाँधे हुए थे, अंग्रेज़ी स्कूलों में पढ़े हुए थे और कॉलेज के मैदान से सीधे अफ़सरी के आँगन में आ धमके थे। हर कोई लालूराम से उसकी पार्श्वभूमि के बारे में एक पुलिसिया क़िस्म की पूछताछ कर रहा था और यह जानकर सिकुड़ और बन्द हो रहा था कि वे इससे पहले ए.जी. ऑफ़िस में बाबू थे। मानो वे तो सहज-स्वीकृत तरीक़े से इस दुनिया में आ गए हों और लालूराम किसी और जगह से, धक्कामुक्की करके। नए परिचित अफ़सरों में जो कुछ सीनियर थे वे कारख़ाने के मसलों के बारे में लालूराम की अनभिज्ञता पर याद रखकर हँसे और जो उम्ररसीदा थे, वे यह नसीहत करना नहीं भूले कि अमुक से विश भी मत करना, बहुत ख़तरनाक आदमी है और तमुक को मुँह मत लगाना, वह मैनेजमेंट का चमचा और जासूस है। जबकि श्री अमुक और श्री तमुक को देखने का भी सौभाग्य अभी लालूराम को नहीं मिला था। कुल

मिलाकर ये कि वे सब के सब दिल बढ़ाने की बजाय, लालूराम को और घबरा गए।

शुरुआत में उन्हें कुछ कुँवारे अफ़सरों के साथ एक क्वार्टर शेयर करने को कहा गया, जब तक उनके लिए क्वार्टर तैयार न हो जाए। और वे अफ़सर ऐसे थे कि धोबी का धुला साफ़-झक्क कुरता-पाजामा रात को पहनते—सोने के लिए। और सुबह तैयार होते तो छोकरियों की तरह बदन पर क्रीम-पाउडर-लोशन-ख़ुशबू-घी-तेल...जाने क्या-क्या छिड़कते रहते। मेस में खाना खाने भी जाते तो टाई ज़रूर लगाते और हज़ार-हज़ार ग़लतियाँ करते-अटकते-हकलाते—पर बात करते अंग्रेज़ी में ही। किसी बात का सीधा जवाब नहीं देते। आप यह भी पूछें कि भई, तुम आदमी हो? तो कहेंगे यस, आई थिंक आई एम। मानो भरोसा नहीं हो। और छींक आती तो 'सॉरी' बोलते। इनका बिस्तर लगाना, झाड़ू लगाना, चाय बनाना, पॉलिश करना आदि सारा काम नौकर करता। एक दिन नौकर नहीं आता तो सुबह की चाय भी उनसे नहीं बनाई जाती, उसके इन्तज़ार में पड़े रहते। और उनकी बातचीत हमेशा दो विषयों के गिर्द घूमती रहती—दूसरे अफ़सरों की बुराई और मज़दूरों की अनुशासनहीनता, अशालीनता और हरामखोरी।

लालूराम—जाँघिया-बनियान पहनकर सोनेवाले लालूराम, सरसों के तेल की मालिश करनेवाले लालूराम, अपने कपड़े ख़ुद धोनेवाले लालूराम, छींट की बुशशर्ट और स्पंज की चप्पलवाले लालूराम कहाँ आ फँसे!

लालूराम केबिन में बैठे हैं। प्यास लगी। घंटी बजाई। चपरासी कहीं गया है। क्या ख़ुद उठकर नहीं पी सकते? साथ के अफ़सर बात-बात पर बरजते—नो नो! यू शुड नॉट गो योरसेल्फ़! तो प्यासे बैठे रहते। ज़्यादा प्यास लगी होती तो टॉयलेट में घुसकर वाशबेसिन का नल खोलकर पी आते। टॉयलेट भी अफ़सरों का अलग था, कर्मचारियों का अलग। भला क्यों? सोचिए तो! लालूराम एक दिन जल्दी में कर्मचारियों के टॉयलेट में घुस गए। वहाँ कोई आईने में बाल सँवार रहा था गुनगुनाते हुए। दूसरा पेशाब करता हुआ उसे कोई रोचक बात सुना रहा था। लालूराम को देखते ही दोनों सकपकाकर चुप हो गए और खिसक लिये। स्प्रिंग दरवाज़ा चरमराकर बन्द हो गया। आह! यहाँ

कितना खुला वातावरण है। लालूराम ने सोचा। ख़ूब आराम से पेशाब किया, मुस्कुराए, मुँह धोया, बाल बनाए और ताज़ादम होकर निकले। बाद में भी कई रोज़ उन्हें उस टॉयलेट का वातावरण सबसे ज़्यादा खुला और आज़ाद लगता रहा। लेकिन एक दिन उन्हें लगा—बाबू लोग उन्हें आते-जाते ध्यान से देख रहे हैं और मुँह चुराकर शायद मुस्करा भी रहे हैं। क्या वह बहुत जल्दी-जल्दी टॉयलेट जा रहे हैं?

कुछ दिन में ऐसा हो गया कि कोई हँसता दिखाई देता तो उन्हें लगता वह उन्हें देखकर ही हँस रहा है और कोई उन्हें देखकर किसी से बात करता-करता चुप हो जाता—तो उन्हें लगता, शायद उनके बारे में ही कोई बात की जा रही होगी। और एक दिन तो हद हो गई जब उन्होंने पाया कि वह केबिन के परदे की ओट से बाहर सेक्शन के लोगों को देख रहे हैं—कि कोई केबिन की तरफ़ देखकर हँस तो नहीं रहा? या इशारेबाज़ी तो नहीं कर रहा?

अपनी परेशानी और पतन भुलाने के लिए काम में ध्यान लगाते। काम में वह होशियार थे, जैसे पढ़ाई में। और ध्यान से, मन लगाकर जिन 'फ़ालतू' चीज़ों को भी उन्होंने पढ़ा था वे यहाँ काम आ रही थीं और बहुत जल्दी काम के मामले में उनकी धाक जमने लगी थी। और कई सीनियर अफ़सर भी पेचीदा मामलों में सलाह लेने उनके पास आने लगे थे। मातहतों की आँखों में इस बात के लिए साफ़ इज़्ज़त उग आई नज़र आती थी कि नया अफ़सर काम जानता है। लेकिन यहाँ भी समस्या वही थी। काम था क्या? उन्हें क्या करना था?

अब सामने ही कैंटीन है। कैंटीन के कोलाहल में यारों के बीच बैठकर चाय पीने का मज़ा ही और है। पर लालूराम वहाँ नहीं जा सकते। उन्हें नहीं जाना चाहिए, क्योंकि वहाँ 'वर्कर' लोग बैठते हैं। लालूराम घंटी बजाकर चपरासी को भेजकर चाय मँगा सकते हैं—जो आते-आते यक़ीनन ठंडी हो जाएगी और महँगे टी-सेटवाले कप में डालने के बाद 'नक़ली' भी। पर क्या किया जाए!

लालूराम लंच के समय या शाम को किसी बाबू-बड़े बाबू-स्टेनो-चपरासी-दफ़्तरी से कोई बात करना चाहते। घर-बार की, मौसम की, क्रिकेट की, राजनीति की। लेकिन वे उन्हें देखते ही कुर्सी छोड़कर खड़े हो जाते और बत्तीसी निकालकर 'यस्सर-यस्सर' करने लगते! कैसा चल रहा है साहू बाबू?

निबटा दिया सर! नहीं...आपके क्या हालचाल हैं? ठीक हैं सर! आप यहाँ कॉलोनी में ही रहते हैं? जी सर! कितने बच्चे हैं आपके? दो सर!

लालूराम कोफ़्त से भर उठते।

एक दिन कैलेंडर देख रहे थे। सहसा समझ में आया कि उन्हें यहाँ आए एक महीना बीत चुका है! धम से बैठ गए और उदास हो गए। उन्हें लगा कि महीने-भर से उन्होंने किसी से कोई बात नहीं की है। जैसे किसी ने उनके मुँह पर प्लास्टर चिपका दिया है। या जैसे उन्हें क़ैदे-तनहाई में पटक दिया गया है।

क्योंकि अफ़सर जो थे, उनकी बिरादरी का हाल और भी बुरा था। अफ़सरों के पाँच स्तर थे—जूनियर अफ़सरों से चीफ़ अफ़सर के दरम्यान। और कोई अफ़सर अपने स्तर से नीचेवाले अफ़सर से मिलना-जुलना-घुलना-मिलना पसन्द नहीं करता था। वे अपने नीचे के अफ़सर से ऐसे बात करते—नाक-भौं सिकोड़कर...या कम से कम एक दूरी रखते हुए—जैसे किसी चपरासी के बाप से या बड़े भाई से बात कर रहे हों। और ठीक यही व्यवहार उनसे ऊपरवाले उनके साथ करते। यहाँ तक कि उनकी पत्नियाँ भी इस छुटबड़ाई का बाक़ायदगी से पालन करतीं। कोई बड़ी अफ़सरानी छोटी के घर ख़ुद नहीं जाती—नौकर भेजकर उसे बुलवा लेती। और जब छोटी अफ़सरानी बड़ी के घर पहुँचती तो कोशिश यही की जाती कि उसे बैठने को भी न कहना पड़े और छोटी अफ़सरानी भी बड़ी के आगे ऐसे घिघियाती—एकदम चम्मच बनकर—जैसे नौकरी उसका मियाँ नहीं कर रहा, वही कर रही है।

कभी-कभार—ख़ासकर बच्चों के जन्मदिन वग़ैरह के मौक़े पर—इसका अपवाद भी होता। बड़ी भी छोटी के घर जातीं। पर वे वहाँ तब तक मूर्तिवत् बैठी रहतीं, मानो बोलते ही कोई छूत लग जाएगी, जब तक उन्हीं के स्तर की या उनसे ऊँचे स्तर की कोई अफ़सरानी नहीं आ जाती। और उनकी आवभगत में, खिलाने-पिलाने में भी इस स्तर-भेद का कठोरता से ध्यान रखा जाता।

फ़र्क़ बच्चों के स्तर तक भी था। बड़े अफ़सर का बच्चा छोटे अफ़सर के बच्चे का सिर भी फोड़ जाए तो यह 'माइ प्लेजर' होता था, और छोटे का बच्चा...छोटे को मरवाओगे क्या आप?

इसलिए अधिकतर अफ़सर दो-दो, चार-चार की सिमटी टोलियों में

घरों में घुसे रहते। टीवी देखते रहते, रमी खेलते रहते या बड़े अफ़सरों की बुराइयाँ फुसफुसाते रहते।

मेस में थोड़ी खुलकर बातें होती थीं पर वहाँ भी लालूराम कोई अख़बार-पत्रिका लेकर कोने में बैठे रहना ज़्यादा पसन्द करते थे। क्योंकि...हालाँकि इसमें कोई शक नहीं कि उनमें से अधिकांश बहुत जहीन और सचमुच स्मार्ट थे, वे काफ़ी पढ़े-घूमे-देखे लड़के थे। उनकी जानकारियों का क्षेत्र और परिमाण लालूराम से बहुत-बहुत ज़्यादा था, नई तहज़ीब, अदब और सलीके से वे लोग ज़्यादा अच्छी तरह परिचित थे। कोई मैनेजमेंट पढ़ रहा था, कोई कम्पनी लॉ, कोई मनोविश्लेषण और कोई विज्ञान की नई से नई शोध...। यह नौकरी बहुत छोटी हो जाएगी इनके लिए और इसे लांचिंग पैड की तरह इस्तेमाल करके ये लोग हुकूमत के अजीमुश्शान ओहदों पर कूद जाएँगे एक दिन। जान रहे थे लालूराम, पर भागीदार नहीं हो पा रहे थे। क्योंकि एक तो बोलते सब अपनी 'पितृभाषा' अंग्रेज़ी में, जो लालूराम भी शायद उनसे अच्छी बोल सकते थे; हालाँकि कभी बोली नहीं। तो वह एक खेल की तरह कोने में बैठे एक-एक की व्याकरण-सम्बन्धी ग़लतियाँ गिनते रहते। और दूसरे उन्हें लगता—सहज रूप से अभिव्यक्त होने के लिए, शेयर करने के लिए जो बातचीत मित्रों-परिचितों में होती है, वह यहाँ नहीं है। यहाँ एक कनिंग चल रही है। एक ख़ूबसूरत पाखंड और एक बावला आडम्बर। सामनेवाले पर अपनी जानकारी का रौब ज़माना है, उसे उसकी अल्पज्ञता के लिए ज़लील करना है! वह नहीं कहना है जो महसूस कर रहे हैं, बल्कि वह कहना है जो कहा जाता है; कहा जाना चाहिए, कहना शोभनीय, प्रभावशाली और लाभप्रद रहेगा।

यानी जिसके बाप ने कभी मोटर नहीं देखी होगी वह रॉल्सरॉयस और टोयोटो की तुलना कर रहा है, जिसने कभी चने-मटर के परांठों से ज़्यादा कोई खाना पसन्द नहीं किया वह अशोका के हेम्बरगर और ओबेरॉय की सलामी याद कर चटखारे ले रहा है, और जो टीवी पर राजेश खन्ना की फ़िल्म कभी नहीं छोड़ता वह ऋत्विक घटक और कुरोसोवा की बात कर रहा है। और उनका हर वाक्य 'हैव यू सीन...?' और 'हैव यू रेड?' से शुरू होता है और 'आलदो आय हैव नॉट सीन, बट...' तथा 'दो आय हैव नॉट

रेड बट...' से समाप्त होता है! अरे सालो! फिर काहे का बट?

और खेल होते वहाँ दो। हाउसी और बैडमिंटन। हाउसी में सबसे ज़्यादा दिलचस्पी लेते कुँवारे अफ़सर, क्योंकि वहाँ सारी अफ़सरानियाँ सज-धजकर आती थीं—और उनमें से अधिकांश सुगठित शरीर, सुन्दर नाक-नक्श और कटे बालोंवाली थीं और जो निर्विवाद रूप से दूसरियों के पतियों में ज़्यादा दिलचस्पी दिखाती थीं, इसलिए वहाँ खेल कम, हँसी-ठिठोली और आँख-सिंकाई ज़्यादा होती थी।

लालूराम बैडमिंटन खेलने लगे। हालाँकि उनके पास सफ़ेद निकर और कपड़े के जूते और अपना बल्ला नहीं था, और उन्होंने भाँप लिया कि दूसरों से बल्ला लेकर खेलना शिष्टता नहीं माना जा रहा है, पर वह खेलने का लालच छोड़ नहीं पाए और धड़ाधड़ सबको हराने लगे। एक दिन उन्होंने एक मैनेजर को हरा दिया तो उनकी तरफ़ 'शाबाश' करनेवाले भी इस क़दर चिन्तित और उदास हो गए मानो लालूराम तो मरेगा ही, उनकी भी सी. आर. ख़राब हो जाएगी।

कॉलोनी से बाहर एक सूनी सड़क थी। ख़ूबसूरत! दोनों तरफ़ ऊँचे-ऊँचे पेड़। लालूराम ने रोज़ शाम उधर घूमने जाना शुरू कर दिया। अकेले। अकेले में बीते दिन बहुत याद आते। दोस्त, दोस्तों की बातें, अपना शहर, अपना दफ़्तर। 'अपना दफ़्तर!' कल्पना में खो जाते। दोस्तों से बातें करने लगते। एक दिन बोल-बोलकर बातें करने लगे। होश आने पर चौंके। हड़बड़ाकर आगे-पीछे देखा। कोई था तो नहीं? किसी ने देखा तो नहीं? वरना कल ही सारे दफ़्तर में बात फैल जाएगी कि नया अफ़सर थोड़ा-थोड़ा पागल है।

अगले दिन कुछ नहीं हुआ, लेकिन लालूराम इस बात का ध्यान रखने लगे कि बड़बड़ाहट 'बा-आवाज़े-बुलन्द' न हो जाए। लेकिन गुनगुनाने से वह ख़ुद को नहीं रोक पाए। और इसमें कोई हर्ज भी नहीं था। गाने का उन्हें बचपन से शौक़ था। लेकिन इसमें भी गड़बड़ हो गई। एक दिन ध्यान नहीं रहा। सूनी सड़क थी। अँधेरा हो चुका था। 'जीवन अपना वापस ले लेऽऽ' लाइन ही ऐसी है कि आवाज़ ऊँची हो ही जाए। सर्र-से कोई साइकिल-सवार पीछे आया और उन्हें घूरते हुए निकल गया। वर्कर!!

वर्कर ने कुछ नहीं किया, लेकिन दूसरी शाम लालूराम ने गुनगुनाने की कोशिश की तो उन्हें लगा कि उनकी आवाज़ गले में ही फँस गई है और उन्हें रास्तों के पेड़ों से भी डर लग रहा है कि कहीं यह साला भी कोई वर्कर न हो!

क्या ज़िन्दगी है! लालूराम ने सोचा। गुनगुनाने के लिए बाथरूम में जाना पड़े और मुस्कराने के लिए टॉयलेट में! ये भी कोई ज़िन्दगी है।

इसलिए जब शनिवार-इतवार की छुट्टी में पास ही के एक शहर में घूम आने का मौक़ा मिला तो लालूराम ख़ुश हो गए। नए शहर में—जहाँ किसी के द्वारा देख लिये जाने का डर नहीं होगा—सबसे पहले किसी फुटपाथिया होटल की चरमराती बेंच पर बैठकर, साथ बैठे मजूर-हम्मालों से, ज़िन्दा इनसानों से गपशप करते हुए चालू चाय पिएँगे। कड़क मीठी। गिलास में। और फिर बीड़ी। और दिल करेगा गुनगुनाएँगे-गाएँगे। सेकेंड क्लास में पिक्चर देखेंगे—जो भी चल रही होगी—गरमागरम मूँगफली कुतरते हुए—या गरम-गरम मक्का का सिंका भुट्टा! नमक और नीबू रगड़कर! और चाट? बेशक! दही-बड़े...और फिर गोलगप्पे और फिर उसका जलजीरेवाला पानी! लालूराम के मुँह में पानी आ गया। क़मीज़ के बटन उन्होंने बस में ही खोल लिये थे और उसे पतलून से बाहर भी निकाल लिया था...

लेकिन हुआ यह कि शहर के बस-स्टैंड पर ही एक 'वर्कर' मिल गया। लालूराम ने कतराने की कोशिश की, लेकिन वह चिपक गया और लालूराम का सारा मूड, सारी यात्रा, सारी आज़ादी पंचर हो गई।

लालूराम ने कुछ बराबरी के अफ़सरों से मित्रता करने की कोशिश की और इसमें किसी हद तक कामयाब भी हुए, लेकिन कुल मिलाकर वह उदास और अकेले होते जा रहे थे। उनका वज़न कम हो रहा था और उन्हें अपने पुराने दोस्तों की याद ज़्यादा आने लगी थी। फिर ऐसा हुआ कि उन्हें अपने माँ-बाप-खेत-गाँव और पत्नी की याद आने लगी—जो ए.जी. ऑफ़िस के ज़माने में कभी नहीं आती थी...और धीरे-धीरे उनकी मस्ती...मुट्ठी की रेत की तरह खिसकने लगी। वह गुमसुम रहते और बीच-बीच में चौंकते कि वह क्या कर रहे हैं, क्या होते जा रहे हैं? ऐसे में कोई अगर उनसे पूछता कि वह क्या सोच रहे थे तो वह मुश्किल में पड़ जाते। क्योंकि किसी देखी हुई फ़िल्म

का कोई दृश्य...किसी पुरानी बातचीत का कोई अंश...किसी बीत चुकी यात्रा का कोई प्रसंग...कोई भूला-बिसरा चेहरा...किसी गाने की कोई लाइन...यह सब बेमतलब...निस्संग...एक के बाद एक दिमाग़ के परदे पर कौंधकर लुप्त होते जा रहे हों और मन का चुम्बक इनमें से किसी को ज़रा भी देर लिए नहीं पकड़ पा रहा हो...तो इसे क्या सोचना कहा जाएगा।

लालूराम देख रहे थे कि अपने साथियों-अफ़सरों से उनका व्यवहार बहुत सतही, निर्वैयक्तिक और झूठा होता जा रहा है—जैसा पहले कभी नहीं हुआ! हाउ डू यू डू सर? फ़ाइन सर! शाम को आइएगा? इफ़ ओनली आई कुड...बट थैंक्स ऑल दे सेम! कम ऑन विल यू बी जॉइनिंग अस? वेल, यू टेम्प्ट मी टु...बट...वर्कर्स बेहद क्रुकेड और अनकल्चर्ड...आई सपोज़ आई एग्री विद यू!

लालूराम घर में बैठे रहने लगे हर शाम...और सोचने लगे कि क्या उन्हें फिर वैकेंसियाँ देखना शुरू कर देना चाहिए? पर यह विचार ही उन्हें बड़ा मनहूस-सा लगा। अटेस्टेड कॉपी कराना...और फॉर्म भरना...और ऐसी चीज़ें जो उन्होंने कभी नहीं कीं। नौकरी माँगना अपने देश में इतना शर्म भरा काम हो गया है...झेंपने की-सी बात...आप छाती ठोंककर असर्ट नहीं करते कि मैं यह काम जानता हूँ, कुशलतापूर्वक कर सकता हूँ, इतने पैसे लूँगा और ये-ये मेरी शर्तें हैं। नहीं, शर्तें आपकी नहीं...उनकी होती हैं। और आप जैसी योग्यता पचासियों के पास है...पर हुनर का गुरूर किसी को नहीं। वे घिघियाकर... खिला-पिलाकर काम पा लेंगे और आप चाटिएगा अपने हुनर का गुरूर!

अपने साथी अफ़सरों के बारे में सोचते तो तरस आता! खाते-पीते घरों के कमसिन लौंडे...जो अपंगों की तरह झाड़ू-बरतन, कपड़े-बिस्तर...हर चीज़ में दूसरी के श्रम पर आश्रित हैं और फिर भी जिनकी निगाह में हर मज़दूर हरामख़ोर है और हर ग़रीब चोर। ये ज़िन्दगी में एक बार ओबेराय शेरटन में ठहरे तो वहाँ से तौलिए चुरा लाए...और कारख़ाने से निकलते हर मज़दूर की तलाशी करवाना ज़रूरी समझ रहे हैं...जो अपनी कॉलोनी में मज़दूरों के आने पर प्रतिबन्ध लगाना चाहते हैं...क्योंकि वे इनकी बहन बेटियाँ छेड़ने ही इधर आते हैं...जो बाबुओं से यह अपेक्षा करते हैं कि बाज़ार में अपने परिवार के

साथ जाते भी मिल जाएँ तो साइकिल या रिक्शे से उतरकर नमस्ते करें...और वहाँ भी जो दफ़्तर की बात छेड़कर कल के बारे में कोई हिदायत ठोकने से बाज नहीं आते—मानो वहाँ परिवार के साथ घूमकर कोई बदतमीज़ी कर रहा हो जिसके लिए उसे 'वार्निंग' देना ज़रूरी हो—ये इस मुल्क की हुकूमत चलाएँगे! ये किसानों से अधिक अन्न उपजाने को कहेंगे—मानो वह जान-बूझकर इन्हें छेड़ने के लिए ही कम अन्न उपजा रहा हो! और मज़दूरों से उत्पादन बढ़ाने को कहेंगे—जैसे वह जल्दी आरी चलाकर या छोटे की जगह बड़े पेचकस को काम में लेकर उत्पादन बढ़ा सकता हो, प्रबन्ध और योजना की नीतियों को निर्धारित कर सकता हो! ये पुस्तकालय में आनेवाले सारे अख़बार-पत्रिकाएँ बाप का माल समझकर घर ले जाएँगे और निरक्षरताविरोधी सेमिनार पाँच सितारा सुविधाओं में छककर हवाई जहाज़ से निरक्षरों में वापस आ जाएँगे। और ये वेलफेयर फ़ंड के पैसे से ऑफ़िसर्स क्लब में चौड़ी देवी के कत्थक या लोक कलाकारों की सांस्कृतिक संध्याएँ भकोसकर मज़दूरों की शराबख़ोरी और बढ़ती आबादी पर ठाट से हिकारत उलीचेंगे।

लालूराम! ओ लालूराम! तुम भी इनमें से ही एक होने जा रहे हो! धीरे-धीरे अपनी उदासी और फिटमारेपन से निकलकर तुम भी इनकी उच्चभ्रू चोचलेबाज़ी में धँस जाओगे, और पत्नी को बाल कटाने और गाउन पहनने को कहोगे...और बच्चों को ट्विंकल-ट्विंकल सिखाओगे...और मजूरों को, वर्करों को हरामी समझोगे और बीच बाज़ार सपरिवार घूमते बाबू को उसकी औक़ात की याद दिलाओगे...और ए.जी. ऑफ़िस का ज़माना तुम्हें 'गर्दिश के दिन' लगेगा और पुराने दोस्त लिथार्जिक, ब्लॉकहेड और इरिटेटिंग! और तुम उन पर दया करोगे और तुम्हें ख़ुद भी यही लगने लगेगा कि तुम कठोर परिश्रम, पक्के इरादे और कड़े अनुशासन के बल पर ऊँची कुर्सी तक पहुँचे हो! और तुम्हें लगेगा कि यदि बाबू की कुर्सी में भी चार टाँगें होती हैं तो तुम्हारी कुर्सी में पाँच होनी चाहिए और यदि बाबू भी तुम्हारी तरह स्कूटर चला रहा है तो शायद वह तुम्हारा अपमान करने के लिए ही ऐसा कर रहा है...या वह ज़रूर रिश्वत लेता होगा...और तुम्हारे हाथ से उसकी सी.आर. बिगड़ जाएगी... और तुम विभागीय पदोन्नति के प्रावधान के कट्टर विरोधी हो जाओगे और

'फेमिली' और 'ब्रीड' और 'ब्लड' की बात करने लगोगे...! और सड़क पर गुनगुनानेवाले...और नीबू रगड़कर भुट्टा खानेवाले और क़मीज़ के बटन खोलकर यात्रा करनेवाले...और जाँघिया पहनकर सोनेवाले और कर्मचारियों के टॉयलेट में भूल से घुस जानेवाले तुम्हें 'अनकल्चर्ड' लगने लगेंगे!

उस दिन लालूराम डिक्शनरी में कोई शब्द ढूँढ़ रहे थे! फिर वह गोद में पड़ी रही और हाथ उसके पन्ने पलटते रहे, और कहावतों-मुहावरों वाला पृष्ठ खुल गया, और वहाँ एक मुहावरे पर नज़र ठहर गई—'कुत्ते की मौत मरना।' लालूराम देखते रहे इस वाक्य को...और फिर 'कुत्ते' को पेंसिल से काटकर 'अफ़सर' लिख दिया।

फिर उठे। ए. जी. ऑफ़िस के एक दोस्त को चिट्ठी लिखी—पता लगाकर लिखे, क्या उन्हें अपनी पुरानी जगह फिर मिल सकती है? और कपड़े उतारकर सिर्फ़ जाँघिया-बनियान पहनकर...टाँगे फैलाकर...आराम से सो गए।

रात में किसी समय हड़बड़ाकर उठ बैठे। क्या उन्हें नहीं मालूम कि वह पुरानी नौकरी अब उन्हें नहीं मिल सकती? और मान लो मिल भी गई तो... क्या वह नहीं जानते...कि वह नहीं जाएँगे?

नींद नहीं आई फिर। सुबह के क़रीब झपकी लगी। वह भी जल्दी टूट गई।

उनके पाले में वह अकेले बचे हैं...और सामने के पाले में विरोधियों की सारी टीम खड़ी इतरा रही है। क्या वह नहीं जानते कि उस पाले में जाकर उन्हें क्या करना है?

चोर की माँ

क्या आप इस आदमी को जानते हैं, जिसका चेहरा कीचड़ से, बाल ख़ून से और कपड़े उल्टी से सने हुए हैं और जो इस क़दर पिए हुए है कि ख़ुद चल नहीं सकता और जिसे चैनसिंह हवलदार और सत्तारभाई पानवाला एक तरह से अपने कंधों पर टाँगे थाने से बाहर ला रहे हैं? मैं जानता हूँ। यह पप्पू जी है। पप्पू वर्मा। टेलीफ़ोन ऑपरेटर। और इसके साथ आज कोई दुर्घटना नहीं हुई है। इसका इस तरह पीना, इधर-उधर गिरना-पड़ना और दूसरों द्वारा ढोया जाना पहले भी हो चुका है। महीने में एकाध बार तो हो ही जाता है। इसलिए चैनसिंह और सत्तार दोनों मुस्करा रहे हैं और बीच-बीच में उसे—यानी पप्पू जी को बच्चों की तरह बहलाते भी जा रहे हैं।

पप्पू को मैं उस दिन से जानता हूँ जिस दिन वह इस छोटे-से क़स्बे में टेलीफ़ोन ऑपरेटर की नौकरी जॉइन करने आया था। फ़र्स्ट ईयर की पढ़ाई छोड़कर। मसें भी ठीक से नहीं भीगी थीं। लहरदार जुल्फें थीं। पतलून पीछे से बिलकुल घिसी हुई थी और पाँव में टायर सोल की चप्पल फटफटा रही थी। पतलून की पीछे की जेब में लाल रंग का एक छोटा-सा कंघा रखता था और एक कॉमेट का माउथऑर्गन।

आज क्या कोई कह सकता है कि ये वही पप्पू है?

पप्पू के बैच के चार ऑपरेटर एक साथ एक ही दिन जॉइन करने आए थे। उस दिन एक्सचेंज की टंकी भी ख़ाली थी, क्योंकि नल नहीं आया

था, क्योंकि बिजली रात से ही गायब थी, क्योंकि बिजली का उत्पादन ही ठीक से नहीं हो रहा था, क्योंकि जलाशयों में पानी ही नहीं था। यानी पानी इसलिए नहीं था कि बिजली नहीं थी और बिजली इसलिए नहीं थी कि पानी नहीं था। और इस हास्यास्पद विडम्बना पर जहाँ सब हँस रहे थे, वे चारों सहमे-से लड़के...जो अभी दस बजे से अपनी नौकरी का पहला दिन शुरू करेंगे और टेलीफ़ोन ऑपरेटर कहाएँगे...सफ़र की गन्दगी, जगान और ऊब में सने हतबुद्धि-से खड़े थे।

मेरे मकान में कुआँ था। मैं उन्हें अपने घर ले गया। चारों छककर नहाए और कपड़े बदलकर दफ़्तर चले गए। वे सोते एक्सचेंज के रिटायरिंग रूम में, खाना होटल में खाते, पर नहाने मेरे यहाँ ही आते रहे—कोई महीने-भर तक—जब तक उन्हें मकान नहीं मिल गए। मैं ड्यूटी पर होता तो उन्हें चाबी दे देता और घर पर होता तो गपशप करता।

पप्पू के पिता नहीं थे। माँ थी। दो बड़े भाई थे। तीन छोटी बहनें थीं। माँ गली-मोहल्ले के कपड़े सीकर गुज़ारा चलाती थीं। बहनें स्कूल से आकर काग़ज़ के लिफ़ाफ़े बनाती थीं। सबसे बड़े भाई अस्पताल में कम्पाउंडर थे और शादी करके अलग हो गए थे। दूसरे भाई जो पप्पू से बड़े थे, टीचर्स ट्रेनिंग करके बेकार बैठे थे। बहनें छोटी थीं और पढ़ रही थीं। पप्पू ने पिछले साल हायर सेकेंडरी पास किया था। सेकेंड डिवीज़न में। कॉमर्स लेकर। और फ़र्स्ट ईयर में एडमिशन ले लिया था। और एक किताब की दुकान पर सेल्समैन की अस्थायी नौकरी कर रहा था। और एक दोस्त के कहने पर यह फॉर्म भी भर दिया था। और यहाँ सिलेक्शन हो गया तो अब यहाँ आ गया।

बाद में पता चला कि वह बहुत अच्छा माउथऑर्गन बजाता है और बड़े दिलचस्प लतीफ़े सुनाता है। उसे देखकर पहला ख़याल तो यही आया था कि यह भी कोई उमर है नौकरी करने की! इस बच्चे को क्लासरूम से उठाकर नौकरी में जोत देना कहाँ का न्याय है?

लेकिन वह मेहनती और तेज़दिमाग़ ऑपरेटर सिद्ध हुआ और छह महीने में ही उसे लोकल से निकालकर ट्रंक में भेज दिया गया।

पप्पू मुझे पसन्द करता था। हम लोग ख़ाली वक़्त में कैरम खेलते, साथ-

साथ सिनेमा देखते, कभी-कभी वह मुझसे किताबें माँगकर ले जाता पढ़ने के लिए और मैं उसे हमेशा यही सलाह दिया करता कि जैसे भी हो, वह अपनी पढ़ाई जारी रखे। वह मुझे भाईसाहब कहता, मेरे सामने ज़र्दा नहीं खाता, मुझे देखते ही उसके दोस्त खड़े हो जाते और नमस्ते करते और हँसी-मज़ाक़ के माहौल में भी वह मुझसे अबे-तबे या धौल-धप्पा नहीं करने लगता, एक दूरी और लिहाज़ बनाए रखता।

टेलीफ़ोन ऑपरेटरों की तनख़्वाहें बहुत कम थीं। इतनी कम कि परिवार का क्या, अकेले का गुज़ारा भी खींच-तानकर ही चलता था। इसलिए अधिकांश कर्मचारी ओवरटाइम करने को मजबूर थे। ओवरटाइम के लिए झगड़ा भी होता था, जबकि ओवरटाइम की उजरत तीन रुपए कुछ पैसे मात्र थी। प्रति घंटा। तीन रुपए कुछ पैसे में एक घंटे के लिए किसी नाई, धोबी, मोची, बढ़ई, मिस्त्री, लोहार, सुनार, चुड़िहार, राजगीर—यहाँ तक कि भाँड़ या हिजड़े को भी नहीं लाया जा सकता था। लेकिन टेलीफ़ोन ऑपरेटर को लाया जा सकता था। और वे ख़ुशी-ख़ुशी आते थे। वे एक-एक कोठरी का पचास-पचास रुपया भाड़ा देते थे, दस घंटे की कमरतोड़ किच-किच के बाद घर आकर अपने पेट के लिए दो टिक्कड़ थेपते थे और आहें-उसाँसें और बीड़ी का धुआँ छातियों से निकालते सो रहते थे। इनमें से कुछ ऐसे भी थे जो इस विभाग में नौकरी करते-करते बूढ़े हो चले थे और अपने रिटायरमेंट से कुछ ही क़दम दूर थे। उन्हें हर समय अपने परिवार की याद सताती रहती जिसे वे कभी अपने साथ कहीं रख पाए...और अपने बच्चों की फ़िक्र लगी रहती जो लगातार फेल हो रहे हैं या बिगड़ रहे हैं।

इस माहौल के चलते पुराने ऑपरेटर होली-दीवाली 'पार्टियों' से बख़्शीश माँगते जाते थे और नए ऑपरेटर बनियों-व्यापारियों-आढ़तियों-सटोरियों-कलालियों और घाँचियों-तेलियों से दस रुपए प्रति कॉल वसूल करते थे। बम्बई-अहमदाबाद दस रुपए, कलकत्ता बीस और जयपुर-जोधपुर पाँच। पैसे देना है तो बग़ैर कॉल बुक कराए भी बात हो सकती है, नहीं देना है तो अर्जेंट कराओ या लाइटनिंग। अव्वल तो कॉल लगेगा ही नहीं, लगेगा भी तो एक ही मिनट बाद लाइन ख़राब हो जाएगी या उस पर बिजली गिर

जाएगी या उसमें भूत घुस जाएँगे, और नहीं भी कुछ हुआ तो बिल चार गुना आएगा, जो एक बार तो जमा कराना ही पड़ेगा और कम्प्लेंट करेंगे तो वह काग़ज़ गाय खा जाएगी।

मैं जानता था। मैं आर.एस.ए. था। मैं बीच में लाइन सचमुच ख़राब कर सकता था। भले ठीक न कर सकता होऊँ। थोड़े-से प्रयत्न और मिलीभगत से ठीक भी कर सकता था। मुझे कई ऑपरेटर इस उम्मीद में चाय पिलाते थे कि उनकी ड्यूटी में मैं बम्बई-अहमदाबाद लाइनों को ख़राब नहीं होने दूँगा। बाज़ार में कई व्यापारी इसी उम्मीद में नमस्ते करते थे। मॉनीटर मुझे ऑफ़र दे चुके थे, बुज़ुर्गों की तरह नसीहत भी...कि इस नक्कूपने में क्या रखा है? डिपार्टमेंट क्या निहाल करनेवाला है? गवर्नमेंट कौन-सी 'पद्मश्री' दे देगी? चार दिन की नौकरी है। जब वे किसी ख़ास बोर्ड पर ड्यूटी देने के ऑपरेटरों से दो-दो सौ लेते हैं तो मेरे हाथ में तो सारी लाइनें हैं, मुझे कम से कम सौ तो लेने ही चाहिए। बल्कि डेढ़ सौ। चलिए दो सौ। हों राजी तो करा दूँ बात?

लेकिन मैं वहाँ यूनियन खोलने की कोशिश कर रहा था। और कैंटीन चालू करवाने की—जहाँ रात-बिरात कम से कम एक कप चाय तो मिल सके। यूनियनवाली कोशिश कामयाब नहीं हो पा रही थी, क्योंकि धंधेवाले कर्मचारियों को यूनियन में क्या दिलचस्पी हो सकती थी?

लगभग इन्हीं दिनों पप्पू एक दिन अपनी एक नैतिक समस्या लेकर मेरे पास आया था।

वह शाम को आया और रात तक इधर-उधर की बातें करता रहा। हमने खाना बनाया और खाया। उसने कहा—चलिए भाईसाहब, पान खाकर आते हैं। चलें। उसने दो पान बनवाए। मेरे लिए सादा और अपने लिए ज़र्दे का। मुझे अच्छा लगा। उसका वयस्क होते चलना मुझे अच्छा लगा। अब वह कुछ कहेगा। घर तक आ गए। उसने कुछ नहीं कहा। मैंने कहा, यहीं सो जा। उसने कहा, चलिए घूमकर आते हैं। हम क़स्बे के बाहर जाती एक सूनी सड़क पर निकल गए। अच्छा लग रहा था। मस्त हवा चल रही थी। हल्की-हल्की चाँदनी थी। चलते गए।

"आज झगड़ा हो गया।" आख़िर वह बोला।

मैंने पूछा, "किससे?"

"जोशीजी से और दवे साहब से।"

"किस बात पर?"

"वो मुझे कई दिन से तंग कर रहे हैं। जबसे ट्रंक में गया हूँ, तब से ही।"

मैं चुप रहा।

"इसका कॉल लगा दे। उसका मत लगाना। इसका अर्जेंट कर दे, उसका पेंडिंग में डाल दे। अब मैं तो भाईसाहब, नया-नया हूँ। झगड़ा भी नहीं कर सकता। कभी मान लेता हूँ, कभी नहीं भी मानता। आख़िर किसी भी पार्टी से मुझे क्या लेना-देना? अब टू फोर सिक्स चार दिन से बम्बई बुक करा रहा था। आज उसका नम्बर मिला; तो जैसे ही नम्बर मिला, जोशी आया मेरे बोर्ड पर और कॉर्ड निकाल ली। मेरे से हेडगीयर छीनकर बम्बईवाली ऑपरेटर को गाली देने लगा। थोड़ा पिए हुए तो रहता ही है। मैंने कहा, ये क्या कर रहे हो आप? तो दवे साहब भी अपना बोर्ड छोड़कर आ गए, मुझे कुर्सी से उठाकर खड़ा कर दिया और चिल्लाकर बोले—मॉनीटर साहब, एसडीओटी को घंटी कीजिए, इस लौंडे ने बम्बई ऑपरेटर को गाली दी। साले...नाक छिनकने की तमीज नहीं, कॉल लगाएँगे...लगाएँगे अपने बाप का सिर। आ जाते हैं कहाँ-कहाँ से उठकर। पता नहीं कौन भर्ती कर लेता है ऐसा कचरा। मैंने कहा—गाली क्यों दे रहे हो मेरे को आप?...तो कॉलर पकड़ लिया मेरा। मॉनीटर साहब एसडीओटी का नम्बर माँगने लगे। अब मैं क्या करता, बताइए?"

"तुमने क्या किया?"

"मैं खड़ा रहा।"

"फिर?"

"फिर मॉनीटर साहब ने लोकल फ़ोन पटककर जोशीजी को बम्बई बोर्ड पर बैठा दिया और मुझसे बोले, तू एसएएक्सवाले बोर्ड पर बैठ जा।"

"फिर ?"

"फिर क्या, मुझे भी ताव आ गया। मैंने कहा, मेरी ड्यूटी इस बोर्ड पर है। मेरे चार्ज में है यह बोर्ड। मैं नहीं हटूँगा। और जोशीजी आप हट जाओ नहीं तो हाथ पकड़कर उठा दूँगा आपको। दो-चार मेरा भी पक्ष लेने लगे। आख़िर

जोशीजी को मैंने खींचकर उठा दिया। वह गिर पड़ा और हेडगीयर फेंककर बाहर चला गया कि साले, देख लूँगा तेरे को। शाम को निकलना बाहर। फिर आया भी नहीं ड्यूटी पर।"

"और तुम?"

"मैं अपने बोर्ड पर बैठा रहा। पूरी ड्यूटी की और आपके पास आ गया।"

कुछ देर हम दोनों चुपचाप चलते रहे। मस्त ठंडी हवा चल रही थी, लेकिन मेरा दिमाग़ गरम हो रहा था।

"तुम क्या सोचते हो, जोशी मारेगा तुम्हें?"

"वो क्या मारेगा? दारू बिना खड़ा तो हो नहीं पाता ठीक से।"

"पिटवाएगा? किसी से? जब तुम नाइट ड्यूटी से घर लौट रहे होओगे?"

"नहीं। वह ऐसा भी नहीं करेगा। वह ट्रांसफ़र से डरता है। उसकी सीआर लाल हो चुकी है। तीन बार सस्पेंड हो चुका है। किसी गाँव में फेंक दिया गया तो उसका धंधा ठप हो जाएगा। और झगड़ा हुआ तो ट्रांसफ़र तो पक्का है।... पीटना होता तो वहीं पीट सकता था।"

"लेकिन तुम एकदम नए हो। झगड़ा हुआ तो मॉनीटर, जेई, एसडीओटी सब उसी का पक्ष लेंगे।"

"हाँ।" वह ज़ोर से बोला।

"और तुम्हारा प्रोबेशन एक्सटेंड हो जाएगा।"

"हाँ।" उसी स्वर में वह फिर बोला। आशंकित।

"और तुम ऐसा होने नहीं दे सकते। क्योंकि तुम्हारे परिवार के लिए तुम्हारा इस नौकरी में बने रहना, और बेदाग़ बने रहना, ज़रूरी है।"

"हाँ।" उसने फिर कहा। उदास।

"और वे तुमसे लड़ना चाहते तो ऊपर ट्रंक में बुलाते ही क्यों? सिर्फ़ तुम्हें धमकाना और लाइन पर लाना चाहते हैं, ताकि तुम उन्हीं की पार्टियों के कॉल लगाओ, हर कॉल पर पार्टियों से दस रुपए लो और हर महीने मॉनीटर को दो सौ रुपए दो।"

"हाँ" फँसा जाने के भाव से उसने कहा, "हाँ, आप समझ गए। मैं जानता था आप समझ जाएँगे।"

"और तुम तय नहीं कर पा रहे कि उनकी बात मानकर 'जियो और जीने दो' करो या कुछ रोज़ में दो-चार मेमो-चार्जशीट लेकर वापस लोकल में आ जाओ और सबसे दुश्मनी मोल ले लो।"

"हाँ। लेकिन यह सब आपको कैसे मालूम हुआ?"

"बल्कि एक बार तो तुमने यह भी सोचा कि इसमें हर्ज ही क्या है? जब सब कर रहे हैं तो तुम भी क्यों नहीं?"

"हाँ।" उसकी गरदन झुक गई। ज़मीन को घूरते हुए चलने लगा। रास्ते के पत्थरों को चप्पल से इधर-उधर करते हुए।

एक ट्रक सामने से आ रहा था। हम किनारे हो गए। ट्रक की रोशनी में पप्पू का चेहरा उतना मासूम नहीं लगा, जितना दिन में लगता था। फिर चुपचाप चलने लगे।

"उफ़! पतलून...दो सौ रुपए में बनता है पतलून...और कह दे कोई धर्म...कि आदमी को पतलून नहीं पहनना चाहिए। और घड़ी...ड्यूटी पर लेट पहुँचोगे तो कोई तुम्हें इसलिए माफ नहीं करेगा कि तुम्हारे पास घड़ी नहीं है। और एक टेबल...कुर्सी...घर...एमओ...स्टोव...माँ के लिए नया चश्मा... कितना आसान है इस व्यवस्था में किसी भी आदमी का भ्रष्ट हो जाना। और उसके लिए कितने प्रलोभन और दबाव हैं। और कितना मुश्किल है ख़ुद को भ्रष्ट हो जाने से बचाए रख पाना।"

पप्पू मेरी इस बकवास को चुपचाप सुनता रहा। ऐसी उच्छ्वासपूर्ण बातों में उसकी कोई दिलचस्पी भी नहीं थी। और याद नहीं कि ये बातें मैंने कही भी थीं या सिर्फ़ सोची थीं। यह ज़रूर याद है कि काफ़ी देर तक हम चुपचाप चलते रहे थे और फिर पप्पू ने पूछा था—मुझे क्या करना चाहिए?

"पप्पू...टेलीफ़ोन एक्सचेंज में नौकरी करके हम कोई देश-सेवा नहीं कर रहे हैं, जैसा कि कहा जाता है। हम सिर्फ़ टेलीफ़ोन उपभोक्ताओं की सेवा कर रहे हैं। जनता तो हम और तुम भी हैं, लेकिन टेलीफ़ोन न तुम्हारे घर है न मेरे घर। न कभी होगा। तो अब जितनी जल्दी तुम कॉल लगाओगे, तुम्हारे-हमारे लिए तेल का भाव उतनी ही जल्दी बढ़ेगा। तुम जितनी जल्दी कॉल लगाओगे अनाज की जमाखोरी उतनी ही जल्दी होगी। तुम जितनी जल्दी

कॉल लगाओगे कपास और राई का सट्टा उतनी ही जल्दी ज़ोर पकड़ेगा। तुम कॉल जितनी जल्दी लगाओगे, क़स्बे के नौजवानों में मटके के नम्बर उतनी ही जल्दी फैलेंगे। तुम्हें हर कॉल पर दस रुपए मिल जाएँगे...लेकिन उसी साँस में कितने ही लोगों की जेब से दस-दस रुपए निकलकर सेठों की तिजोरियों में चले जाएँगे।...और उन कॉलों में से एक कॉल ऐसा भी हो सकता है जो किसी ने किसी की जान बचाने के लिए लगाया हो। या किसी ने किसी को अपने बाप या माँ के अन्तिम दर्शन करने को बुलाने के वास्ते लगाया हो। या जिससे किसी की सगाई टूटते-टूटते बच जाए...या जिससे किसी को नौकरी मिल जाए। लेकिन फिर तुम्हें इन कॉलों को लगाने में कोई दिलचस्पी नहीं रह जाएगी...क्योंकि इनमें तुम्हें दस रुपए नहीं मिलेंगे। और तुम जान भी नहीं पाओगे कि आहिस्ता-आहिस्ता तुम गुनहगारों के किस गिरोह में शामिल हो गए हो।"

पप्पू सिर झुकाए चुपचाप चलता रहा।

"लानत है ऐसे सिस्टम पर...जिसमें एक तीस साल का आदमी एक चौबीस साल के आदमी को ईमानदारी के फ़ायदे और बेईमानी के नुक़सान बताता है!...पप्पू, तुम ख़ुद फ़ैसला करो। मैंने आज तक किसी से नहीं कहा कि वह महात्मा गांधी हो जाए। तुम्हें अच्छा लगे तो ज़रूर करो।"

"फिर आप क्यों नहीं करते?" पप्पू ने सीधे मेरी तरफ़ देखते हुए पूछा। अपना उत्तर सजाने में मुझे वक़्त लगा।

"पप्पू, मेरी बातें तुम्हें अजीब लग रही होंगी, ऐसी बातें हम बार-बार करेंगे भी नहीं, लेकिन तुम यदि विस्तार से ही सुनना चाहते हो तो ठीक है, विस्तार से ही सुनो। यहाँ आए मुझे सिर्फ़ छह महीने हुए हैं, लेकिन डिपार्टमेंट में मैं आठ साल से हूँ। बहुत ईमानदार देखे...बहुत बेईमान। लेकिन अजीब बात यह थी कि जो बेईमान थे उनमें से अधिकांश बड़े कार्यकुशल थे...स्मार्ट, एफिशिएंट, पंक्चुअल। और जो ईमानदार थे उनमें से अधिकांश लद्धड़, आलसी, निकम्मे, अपना काम ठीक से नहीं जाननेवाले और मेहनत और ज़िम्मेदारी से बचने और घबरानेवाले। गानो उन्होंने मान लिया था कि वे ईमानदार हैं और तनख़्वाह पाने के लिए इतना ही काफ़ी है। शायद वे इसीलिए ईमानदार थे कि उनमें बेईमानी करने की हिम्मत नहीं थी। उनकी ईमानदारी के पीछे भी कोई

कन्विक्शन नहीं था। उन्होंने मेरा साथ नहीं दिया। मैंने फ्री कॉल लगानेवालों को रँगे हाथों पकड़ा कई बार और उनकी ऊपर तक कम्प्लेंटें कीं, ईमानदारों ने मेरी ख़ूब जय-जयकार की, लेकिन इन्क्वायरी के टाइम ये ईमानदार ही मेरा साथ छोड़ गए। बल्कि उनकी तरफ़ हो गए गुलाबजामुन या दारू के अद्धे-जैसी चीज़ों के लिए। या डर के मारे। बल्कि कुछ तो सिर्फ़ इसलिए कि वे ऑफ़िस में शान्ति चाहते थे। अशान्ति और झगड़ेबाज़ी नहीं। इसलिए कैसी भी शान्ति। किसी भी क़ीमत पर शान्ति। शान्ति। कितना ख़तरनाक शब्द है शान्ति। ऊपरवाले भी शान्ति ही पसन्द करते थे और उनमें से भी अधिकांश भ्रष्ट थे। ये गिरहकट थे, तो वे सेंधमार। मैं किसी का कुछ नहीं बिगाड़ सका। एक को सस्पेंड कराया तो दो महीने बाद वह मूँछों पर ताव देता वापस आकर मेरी छाती पर खड़ा हो गया। और मेरी सीआर बिगाड़कर मेरा तबादला कर दिया गया। जैसा कि मेरी जगह कोई भी और होता तो करता, मैं काम करना छोड़ सकता था और हरामख़ोर हो सकता था और नौकरी मेरे लिए सिर्फ़ टाइम-पास करने का साधन रह जाती और कोई मुझे कुछ नहीं कहता। वे यही चाहते हैं कि ईमानदार भले ही काम नहीं करें, बल्कि नहीं ही करें, पर चुपचाप बैठे रहें और दूसरों को करने दें जो वे कर रहे हैं। और धीरे-धीरे मैं भी आलसी, लद्धड़, कामचोर, ज़िम्मेदारी से घबरानेवाला और शान्तिप्रिय हो जाता। और अगर मैं ऐसा हो जाता तो यक़ीन मानो वे मुझसे बहुत ख़ुश होते। मेरी एफिशिएंसी-बार आराम से क्रॉस हो जाती और मुझे सिलेक्शन ग्रेड दे दिया जाता। सत्ता इसी तरह प्यार से जिबह करती है किसी को...कि मरनेवाले को भी मज़ा आ जाए। लेकिन मैंने ऐसा भी नहीं किया।

"मैंने अपने आप से पूछा कि मैं पत्ते क्यों तोड़ रहा हूँ? और इस तरह कहाँ पहुँचा जा सकता है? जड़ कहाँ है? वहीं क्यों न वार किया जाए? चोर की माँ को ही क्यों न मारा जाए? और इसलिए मैं संगठन और यूनियन के लम्बे रास्ते पर निकल पड़ा, जिसका वैसे देखो तो ईमानदारी-बेईमानी से कोई सम्बन्ध नज़र नहीं आएगा, पर गहराई से सोचो तो है, और बहुत है।...लेकिन यह करने के लिए भी पहली शर्त ख़ुद ईमानदार होना होती है। तुम्हें बेईमानी करना है, करो। ज़रूर करो। लेकिन एक बात याद रखो। फिर तुम बेईमानी

और भ्रष्टाचार के ख़िलाफ़ बोलने का अपना नैसर्गिक अधिकार हमेशा-हमेशा के लिए खो दोगे। दस रुपए के एक नोट पर बेच दोगे किसी भी तरह की बेईमानी और धाँधली के ख़िलाफ़ आवाज़ उठाने का अपना अधिकार। और फिर जब भी जहाँ भी किसी चोर को कोई गाली दी जाएगी...वह गाली थोड़ी-थोड़ी तुम्हारे लिए भी होगी। यह है इसकी क़ीमत। सोच लो।"

लेकिन पप्पू पर और भी दबाव थे। मेरे दबाव से कहीं बड़े और प्रत्यक्ष। वह फ्री कॉल लगाने लगा और उसने नई पतलूनें सिलवा लीं, नए जूते पहन लिये, नई घड़ी बाँध ली और हर महीने घर पैसे भेजने लगा। उसने डरते-डरते शुरू किया, लेकिन धीरे-धीरे उसका दिल खुल गया और कुछ दिनों में तो वह मँज गया।

उसकी माँ गली-मोहल्ले में उसके गुण गाने लगी और भगवान से सबसे पहले अपने पप्पू की रक्षा और तरक़्क़ी का आशीर्वाद माँगने लगी। और दुआ करने लगी कि भगवान सब किसी को मेरे पप्पू जैसा बेटा दे। वह तब भी ख़ुश हुई जब पप्पू ने दीवाली पर सारे घर के कपड़े बनवा दिए और पचास किलो नई रुई ले आया और घर में मानो सदियों बाद नए रजाई-गद्दे बन गए। वह सिर्फ़ पप्पू के लिए बेसन के लड्डू बाँधने और एक बार उसके साथ चले जाने-भर का सोचती रही—जब पप्पू अगली बार एक ट्रांजिस्टर दे गया और राई का कट्ठा ले आया और बहन को समाज-कल्याण विभाग में तीन महीने की टेम्परारी नौकरी दिलवा गया।

काश! एक बार पप्पू की माँ ने उससे पूछ ही लिया होता कि उसे तनखा कितनी मिलती है? और यह सारा ख़र्चा वह कैसे करता है? और उसकी लाई सौगातें उठाकर बाहर फेंक दी होतीं या उससे इस हराम की कमाई को घर में लाने से मना ही कर दिया होता। लेकिन वह बहुत दिनों बाद मिली एक मामूली-सी हैंडलूम की साड़ी और बरसों बाद नसीब हुई एक गरम रजाई और एक सस्ते-से ट्रांजिस्टर और सामान्य-सी ख़ुशहाली से विमूढ़ हो गई। उसके पीछे दुखों का एक दारुण सिलसिला था और चारों तरफ़ समृद्धि की दिशा में घुड़दौड़ मचाती लदर-फदर दुनिया।

पप्पू कोई छह महीने तक अपनी नई आमदनी के मज़े लेता रहा, और उसके घरवाले भी। निर्विघ्न। और फिर उसका फ्री कॉल ऑब्ज़र्वेशन सुपरवाइज़र ने पकड़ लिया। और उसका एक मॉनीटर से झगड़ा हो गया। उसने सोचा और सही सोचा, कि मॉनीटर ने ही उसे पकड़वाया है। उसने बूढ़े मॉनीटर को कुर्सी से खींचकर ज़मीन पर रगेद दिया। वह सस्पेंड हो गया। लेकिन सिर्फ़ सात दिन सस्पेंड रहा। वह सीधा डीईटी ऑफ़िस चला गया और दो रोज़ रुककर अपनी बहाली के आदेश ले आया। हालाँकि इसमें उसका काफ़ी ख़र्चा हो गया, ऐसा सुनने में आया।

इस घटना के बाद उसे पहली बार इस बात का अहसास हुआ कि लूट के माल का हक़दार सारा कुनबा होगा, लेकिन जब सूली पर चढ़ने का वक़्त आएगा तब सब अलग हो जाएँगे। वही सूली पर चढ़ाया जाएगा और घरवाले रोने भी नहीं आएँगे। इस एक अहसास ने पप्पू की बहुत सारी मस्ती और अल्हड़ता के पर कतर दिए। लेकिन वह एक चिकनी रपट पर खड़ा था, जहाँ जोशी और दवे उसे पीछे से धक्का भी दे रहे थे। उसके लिए पीछे लौटकर आना दिन-ब-दिन मुश्किल होता जा रहा था और पीछे ऐसा कुछ उत्साहवर्धक और प्रेरक था भी नहीं। वह अब भी सिर्फ़ हायर सेकेंडरी पास था और इस नौकरी के बाहर उसका गुज़र आसान नहीं होता।

साल-भर बाद वह शहर में पप्पूजी के नाम से अवगाहा जा रहा था और बम्बई-अहमदाबाद की चार-चार ऑपरेटरों से एक साथ इश्क़ लड़ा रहा था और एक-एक बार ख़ुद भी बम्बई-अहमदाबाद हो आया था।

अब उसके पास एक सेठ का मकान था, जहाँ आए दिन दोस्तों की महफ़िल जमती थी, सेठों के लड़के जिनमें शिरकत भी करते थे और अक्सर जिनका ख़र्च भी उठाते थे। अब दवे, जोशी और पप्पू को जोशी की डबल इंजिन बीएसए मोटरसाइकिल पर दिन-रात इधर-उधर मटरगश्ती करते देखा जा सकता था। अपने बड़े भाई को पप्पू ने बम्बई में किसी सेठ की दुकान पर रखवा दिया था और एक बार फिर सस्पेंड होकर बहाल हो चुका था। ऊपरवालों को पता चल गया था कि यह मुर्ग़ी काफ़ी अंडे देगी।

मुझसे उसकी मुलाक़ातें काफ़ी कम हो चुकी थीं, लेकिन होती ज़रूर थीं।

उसके मुँह में हर वक़्त ज़र्दे का पान ठुँसा रहता। ज़र्दे का पान मेरे सवाल-जवाब से बचने में उसकी काफ़ी मदद करता। कभी मुँह ख़ाली भी होता तो या तो वह मुझसे आटे का हलुवा बनाकर खिलाने को ठुनकता या अपने नए गन्दे लतीफ़े सुनाने लगता। एक-दो बार वह मेरे लिए भी फाउंटेन पेन-डायरी क़िस्म की चीज़ें लाया, जिन्हें लेने से मैंने विनम्रतापूर्वक मना कर दिया। उसकी दाढ़ी में रेशमी सुनहरे बाल भरने लगे थे। ख़ूबसूरत तो वह था ही। कभी-कभी वह मौज़ में आकर घंटों मेरे कमरे में बैठा माउथऑर्गन बजाता रहता और मैं कुछ पूछता भी तो किसी बात का कोई जवाब नहीं देता। मैं उसकी सारी हरकतों के बारे में देखता-सुनता रहता था, लेकिन कहता कुछ नहीं था। मैं अब भी प्रतीक्षा कर रहा था कि एक दिन वह ख़ुद सँभल जाना चाहेगा और उस दिन वह मुझमें अपना एक सच्चा दोस्त पाएगा।

इन्हीं दिनों एक्सचेंज में एक ऐसी घटना हो गई जिसने पप्पू के और मेरे सम्बन्धों को एकदम बदल दिया।

ट्रंक के स्विच रूम में एक दिन एक अजीब-सी बदबू आती लगी। पहला सन्देह यही हुआ कि किसी केबल, वायर या रिले का इंसूलेशन जल रहा है। उसी समय मैकेनिकों की टोली ने एक-एक करके सारे बोर्ड चैक कर डाले। फिर यह सन्देह हुआ कि शायद किसी बोर्ड में कोई चूहा मर गया है। सारे बोर्ड खोल-खोलकर बेचमड़ी कर दिए गए। केबल की नाली के सारे कवर हटा दिए गए। बीसियों नाकें इधर-उधर सूँघासाँघी करने लगीं। कहीं कोई चूहा नहीं था। कोई बोला, लेटरीन से बदबू आ रही है। किसी ने कहा, पंखे की कॉइल जल गई है, कोई-कोई एक मोटे ऑपरेटर का नाम लगाकर हँसने लगे कि इसी में से बदबू आ रही है। वह उदास हो गया। एक घंटे की धमाधम के बाद भी बदबू के उद्गम का पता नहीं चला।

दूसरे दिन सुबह बदबू और बढ़ गई और जाँच-पड़ताल की पूरी प्रक्रिया फिर दोहराई गई। दोपहर तक एक्सचेंज में बैठना मुश्किल हो गया। लोगों ने अपनी नाकों पर रूमाल बाँध लिये। आख़िर एक लाइनमैन को सूझा कि हो सकता है रोशनदान में ही कोई कबूतर गर गया हो। ऊँचाई पर कई

रोशनदान थे। वे जालियों से बन्द थे, लेकिन कुछ की जालियाँ टूटी हुई थीं और उनमें कभी गिलहरियाँ, कभी गौरैयाएँ और कभी कबूतर घोंसले बना लिया करते थे। एक लम्बी नसेनी मँगाकर, हैंडलैंप की डोरी लम्बाकर एक लाइनमैन को चढ़ाकर इस बात की पुष्टि भी कर ली गई कि हाँ, वाक़ई कबूतर मरा है। बल्कि एक नहीं, दो। एक तो सूखकर काठ हो गया है और दूसरा ताज़ा-ताज़ा मरा है। उस पर असंख्य सफ़ेद-सफ़ेद कीड़े कुलबुला रहे हैं। वही बदबू कर रहा है।

लेकिन अब इसे फेंके कौन?

जेई को फ़ोन किया गया। वह झल्लाकर बोले कि उन्हें क्या यही एक काम रह गया है? और क्या उन्हें मरे कबूतर फेंकने की तनख़्वाह मिलती है?... और क्या इतनी-सी बात भी बाक़ी लोग मैनेज नहीं कर सकते? और ठीक है, कल सुबह स्वीपर आएगा तो उसे बता देंगे, तब तक सहन कीजिए और जिससे नहीं बैठा जाता वह घर चला जाए, उसकी अबसेंट मार्क हो जाएगी।

मुझे फ़ोन करके बुलाया गया। मैंने जेई की बजाय सीधे एसडीओ को घंटी की। लेकिन वह दौरे पर गए थे और शाम सात बजे की गाड़ी से लौटनेवाले थे। फिर जेई से ही बात की। वह मुझे पटाने लगा। आप तो इतने सीनियर आदमी हैं। ज़रा-ज़रा-सी बात पर जेई को घंटी क्यों की जानी चाहिए आपके होते हुए? कि मैं टेलीफ़ोन इंस्पेक्शन पर भी जा रहा होता तो आ जाता, पर अभी लॉयन्स क्लब के एक फ़ंक्शन में जा रहा हूँ। जैसे भी हो मैनेज कर लें किसी तरह। सुबह देख लेंगे। और कुछ नहीं तो अपने स्टाफ़ में ही इतने एससी एसटी हैं, किसी से भी कहिए, फेंक देगा। इनका तो काम ही है। इनको इसमें क्या दिक़्क़त होनी चाहिए?

लाइन पर कई लोग सुन रहे थे। कुछ भड़क गए। बात भी भड़कनेवाली ही थी। एक ने जेई को गाली दे दी। लोग बोर्ड छोड़कर उठ गए। और सबके सब बरामदे में इकट्ठे हो गए। अहमदाबाद, बम्बई, जयपुर, जोधपुर सब लाइन पर होल्ड करते रह गए।

डीईटी को फ़ोन किया गया। उसने बात करने से इनकार कर दिया। कोई सुनता नहीं तो फिर ठीक है। सब बाहर चलो रे! बोर्डों की बैटरी काट

दो। लोकल भी ख़ाली कर दो। मैकेनिक-आरएसए-मॉनीटर-ऑपरेटर लाइनमैन-वायरमैन सब बाहर आ गए। नारेबाज़ी होने लगी। दूसरे स्टेशन परेशान होने लगे। किसी भी रूट से यह स्टेशन जवाब क्यों नहीं दे रहा? हमारा अर्जेंट कॉल कट गया। अच्छा? आपका भी कट गया? डायरेक्टर के पास ख़बर पहुँची। वह जयपुर से डीईटी का नम्बर माँगने लगा।

दो घंटे बीत गए। जेई नहीं आया। सबके लिए चाय मँगाई गई। लोगों को अपनी पुरानी-पुरानी शिकायतें एक साथ याद आने लगीं। कइयों पर एकदम लौंडपन चढ़ गया। चार बज गए। ए शिफ़्टवाले घर नहीं गए। बी शिफ़्टवाले आए और बाहर ही खड़े हो गए। भीतर नहीं गए।

शहर में खलबली मच गई। क्या हो गया? एक्सचेंज में कोई उठाता नहीं। सारे टेलीफ़ोन एक साथ कैसे ख़राब हो गए? आग तो नहीं लग गई? चार दिन से ट्राइ कर रहा हूँ। आज बम्बई कॉल नहीं लगा तो मर जाएँगे बापू। गोदाम में चालीस हज़ार का रायड़ा पड़ा है।

जेई एक्सचेंज आने में डर रहा था। उसने दो सिपाही थाने से भिजवा दिए थे। सिपाहियों को देखकर सबका ग़ुस्सा भड़क गया और नारेबाज़ी बढ़ गई। सिपाही खिसियाने लगे तो बाक़ी लोग छेड़ख़ानी पर उतर आए। बूढ़े कर्मचारी डरने लगे और आ-आकर मुझे समझाने लगे कि इतनी-सी बात पर इतना बावेला मचाना अच्छा नहीं। बाद में जवाब देना मुश्किल पड़ जाएगा। किसी लाइनमैन को भेजकर स्वीपर को बुलवा लो और सफ़ाई करवाकर काम चालू करवा दो। उनकी बात एकदम ग़लत भी नहीं थी, पर इसके लिए भी जेई का आना तो ज़रूरी था।

सारा शहर उस समय सिर्फ़ तीन आदमियों को ढूँढ़ रहा था। पप्पूजी कहाँ हैं? जोशीजी कहाँ हैं? दवे साहब कहाँ हैं?

तीनों एक साथ मोटरसाइकिल पर सवार साढ़े चार बजे एक्सचेंज में घुसे। तीनों की शाम की शिफ्ट में ड्यूटी थी। स्टाफ़ ने उन्हें घेर लिया। कोई अन्दर नहीं जाएगा। वे नहीं गए।

सात बजे की ट्रेन से एसडीओटी आनेवाले थे। लेकिन सात बजे से ही हाफ रेट चालू होती थी। और फ्री कॉल का धंधा भी। साढ़े छह तक सब

ठीक-ठाक था। छह चालीस पर मैं चाय पीने बाहर गया...और जोशी-दवे भीतर घुस गए। वे पप्पू को भी चलने को कह रहे थे, पर पप्पू ने उन्हें चकमा दे दिया। चलो, मैं गुटका लेकर आता हूँ। और नहीं गया। पाँच ही मिनट में मैं वापस आ गया होऊँगा। पाँच मिनट पहले वहाँ हा-हा हू-हू थी, और अब सब चुप थे। चुप और क्षुब्ध। वे समझ नहीं पा रहे थे कि अब क्या किया जाए। वे गर्दन झटकने लगे और गालियाँ बुदबुदाने लगे। शायद इनमें से कुछ मेरे लिए भी होंगी।

मैं भीतर गया। दोनों नाक पर रूमाल लगाए फ्री कॉल लगा रहे थे।

मैं बाहर आ गया और मैंने वह किया जो सरकारी हैसियत में मुझे कभी नहीं करना चाहिए था। मैंने लाइनमैन को डीपी पर भेजकर सारी ट्रंक लाइनें कटवा दीं। अब जोशी और दवे चाहकर भी कोई कॉल नहीं लगा सकते थे। लेकिन वे फिर भी बाहर नहीं निकले। मैंने जो किया उसके लिए मुझे बेझिझक सस्पेंड किया जा सकता था और वह लाइनमैन भी फँसता, जिसने मेरे कहने से लाइनें काटीं। पर मैं इसके लिए तैयार था, और लाइनमैन को भी बचाया जा सकता था।

मैंने ज़ोर से कहा—गद्दारों की क्या सज़ा?...सब चुप रहे।

मैंने ही फिर कहा—जब तक एसडीओटी नहीं आते कोई लाइन चालू नहीं होगी और आज के बाद दवे-जोशी को कोई अपने घर में घुसने नहीं देगा। स्टाफ़ के साथ उनका चाय-पानी बन्द।

मैं बोल ही रहा था कि मैंने देखा एक्सचेंज के मुख्य द्वार से जेई हाँफते-हड़बड़ाते भीतर घुस रहे हैं।

उन्हें देखकर सब चुप हो गए। सन्नाटा हो गया। वे हरेक चेहरे के आगे रुके, लेकिन किसी चेहरे ने उनसे कोई बात नहीं की। फिर वे मेरे पास आए। मेरे दोनों हाथ पकड़कर बोले, "आयम सॉरी। मेरा यह मतलब नहीं था। मैं अभी कुछ करता हूँ। आप सबको भीतर जाने के लिए कहिए। मैं माफ़ी माँग रहा हूँ।"

मैंने कहा, "ज़ोर से बोलिए ताकि सब लोग सुन सकें।"

जेई ने चशमा उतारकर रूमाल से पसीना पोंछा और लोगों की तरफ़ मुँह करके यही बात ज़ोर से कही।

फिर भी कोई नहीं हिला। सुगबुगाहट ज़रूर फैल गई सबमें।

जेई अपने दोनों हाथों में मेरा हाथ भींचते हुए रुआँसे स्वर में 'प्लीज़-प्लीज़...बड़े साहब-बड़े साहब करने लगे।

कुछ सोचकर मैंने कहा, "ठीक है, आप सफ़ाई का इंतज़ाम करवाइए तब तक हम लोग मशविरा करते हैं।"

जेई ख़ुश हो गए। उन्होंने एक लाइनमैन को आवाज़ लगाई—रामस्वरूप जी!...लोग मुस्कुराने लगे। आज रामस्वरूप भी 'जी' हो गया है। जेई झेंपकर बोले—नहीं, मैं ख़ुद जाकर बुला लाता हूँ। और चले गए।

जेई के जाते ही हा-हू फिर शुरू हो गई। कुछ इसलिए ख़ुश थे कि उन्होंने हमेशा दुत्कारते-झिड़कते रहनेवाले जेई से सार्वजनिक रूप से क्षमा-याचना करवा ली, तो कई इसलिए भी ख़ुश थे कि मामला लम्बा नहीं खिंचा, जल्दी सुलट गया। अफ़सरों की नाराज़ी से भी बच गए और धंधा भी नहीं बिगड़ा।

और पप्पू कहाँ था? वह बाहर चाय की होटल में एक बेंच पर बैठा अकेला...माउथऑर्गन बजा रहा था।

सबने यह तय किया कि आज के लिए इतना बहुत है।

क्या यह कोई हड़ताल थी? कोई आन्दोलन था? कोई मुद्दा था? बेशक यह हड़ताल नहीं, एक छोटी-सी स्वत:स्फूर्त सामूहिक पहल थी, जिसने आधे घंटे में दोस्त दुश्मन को अलग-अलग क़तार में खड़ा कर दिया था, लेकिन इस छोटी-सी पहल में पिट जाना वहाँ एक ठीक-ठाक-सी यूनियन बनाने के मेरे प्रयत्नों को बहुत धक्का पहुँचानेवाला साबित होता।

धंधेबाज़ी अब भी होती थी, लेकिन जोशी और दवे आइसोलेट कर दिए गए थे। अब वे दुबई की कलाईघड़ी और हांगकांग के गैस लाइटर दिखा-दिखाकर स्टाफ़ पर रुतबा नहीं मार पाते थे। उनमें आपस में भी फूट पड़ गई थी और मनमुटाव हो गया था। पप्पू अब भी उनके साथ था लेकिन वह स्टाफ़ के भी साथ था। जब आख़िर हमारी यूनियन बनी तो वह जोशी-दवे की नाराज़गी की परवाह न करते हुए उसका सबसे पहला सदस्य बना। मेरे मन में उसकी

पात्रता को लेकर कोई सन्देह नहीं था, लेकिन दूसरे उसे पूरी तरह अपना नहीं समझते थे। उन्हें डर था कि कभी भी वह जोशी-दवे के लिए या अफ़सरों के लिए हमारी जासूसी करने लगेगा और मुसीबत के वक़्त दग़ा दे जाएगा।

वह मुझसे भी कटा-कटा रहने लगा। मैंने उसके पैरों के नीचे से थोड़ी-सी ज़मीन सरका ली थी। ग़लत काम करने के लिए आदमी को जितना विवेकशून्य बनना पड़ता है—और बड़ी मेहनत से—उतना तो वह अभी बन ही नहीं सका था, पर अब उसके सद्य:निर्मित हीले-वसीले भी भीगकर भुरभुराने लगे थे कि बेईमानी कौन नहीं करता? कि पैसा किसे अच्छा नहीं लगता? कि जब बड़े-बड़े कर रहे हैं तो हम क्यों नहीं करें? कि ये साले हमीं से तो लूटकर ले गए हैं, जिसमें से ज़रा-सा हम वापस खसोट रहे हैं, वग़ैरह। आरएसए बेईमान नहीं थे, मैकेनिक धंधा नहीं कर रहे थे, एसआईटी फ़र्ज़ीवाड़ा नहीं कर रहा था, लाइनमैन हाथ नहीं पसार रहे थे और सारे ऑपरेटर भी फ्री कॉल नहीं लगा रहे थे। वह एक गैंग था जो गू खाने में तल्लीन था, और जिसमें पप्पू भी ख़ुशी-ख़ुशी घिसट गया था।

और जैसे-जैसे यह कचोट उसके सिर चढ़ती गई, वह चिढ़ा हुआ और भन्नाया हुआ रहने लगा और मेरे लिए उसके भीतर एक क़िस्म का शत्रुभाव नागफनी की तरह पनपने लगा। वह जो कर रहा था, उसे सही नहीं समझ रहा था और फिर भी वही कर रहा था क्योंकि दूसरे रास्ते बहुत कँकरीले और थकानेवाले थे। और चूँकि जो वो कर रहा था वह मैं उसे चैन से करने नहीं दे रहा था, इसलिए मैं ही उसका शत्रु था। और चूँकि मुझ पर वह ग़ुस्सा भी नहीं उतार सकता था इसलिए यह ग़ुस्सा वह अपने आप पर उतारने लगा।

अगर मैंने उसे टोका-बरजा होता, उसका हाथ या कान पकड़ा होता कभी, या कभी उसका रास्ता या ज़रिया रोकने की कोशिश भी की होती, उसका निर्णय ख़ुद ले लिया होता, तब बात उसके लिए काफ़ी आसान हो जाती। तब मुझ पर इल्ज़ाम लगाना उसके लिए कितना सरल होता! तब वह कितने सुभीते से धंधेबाज़ी में मगन हो जा पाता!

पप्पू शराब पीने लगा। उसके तबादले हुए और रद्द करा दिए गए। दवे से उसका झगड़ा हो गया और दवे को जाना पड़ा। कुछ दिन बाद जोशी

मोटरसाइकिल-एक्सीडेंट में मर गया। अब पप्पू था और उसके चेले और उसकी शराब। और उसकी कमाई। मुझसे अब वह कतराकर निकलता और कभी घर नहीं आता। हालाँकि अब भी दूसरों से मेरा ज़िक्र वह भाईसाहब कहकर ही करता, लेकिन सच यह है कि हम न भाई थे न दोस्त। छोटी-सी उमर में रोज़ पीने लगा। बाल उड़ने लगे और आँखों के नीचे काले-काले गढ़े पड़ गए। घरवालों ने भी उसके साथ कोई अच्छा सलूक नहीं किया। वे उसकी लाई वस्तुओं और उसकी बेईमानी की कमाई से घर आई 'शान-शौकत' के आदी होते गए और पप्पू से यह सब पाना अपना हक़ समझने लगे, यह जानने के बावजूद कि यह सब बेईमानी की कमाई से आता है। पहले वे फ़रमाइशें करते थे, बाद में तक़ाज़े करने लगे। पप्पू एक लड़की से शादी करना चाहता था। लड़की गुजराती ब्राह्मण थी और अहमदाबाद में ऑपरेटर थी। माँ ने नहीं करने दी।

धीरे-धीरे पप्पू भी रॉबिनहुड की अपनी इस भूमिका से ऊबने लगा। कभी छोटी-छोटी सौगातें माँ-बहनों को देता था तो गद्‌गद हो जाता था, अब झुँझला उठता, पर देता अब भी। उसे उसके घरवालों ने एकदम कोई सहारा नहीं दिया। मान लिया कि उसे तो वह सब करना ही चाहिए जो वह कर रहा है। यह तो उसका फ़र्ज़ है। दूसरे बेचारे नहीं कर सकते, वरना वे भी क्यों नहीं करते? अब घरवालों के पास रेडियो था, घड़ियाँ थीं, रजाइयाँ थीं, पतलूनें और साड़ियाँ थीं, टेपरेकॉर्डर और टीवी था, चूड़ियाँ और बुंदे थे, इत्र और पाउडर थे,...सब कुछ था...एक बेटा नहीं था...पप्पू नाम का बेटा...और इसकी उन्हें कुछ ख़ास फ़िक्र भी नहीं थी।

आज यहाँ हम लोगों की एक मज़बूत यूनियन है। और पप्पू भी उसका मेंबर है। पर बस, मेंबर ही है। यूनियन बेईमानी के ख़िलाफ़ कोई मुहिम या कर्मचारियों में सदाचार का कोई अभियान नहीं चला रही है, लेकिन किसी भी दिन ऐसा हो सकता है कि यूनियन और बेईमान आमने-सामने हो जाएँ। जैसे एक दिन स्टाफ़ और दवे-जोशी आमने-सामने हो गए थे। और पप्पू जानता है कि अगर ऐसा हुआ तो उसके साथ भी वही सलूक होगा जो दवे-जोशी के साथ हुआ था।

लोग कहते हैं पप्पू के बिगड़ने का दोषी वह ख़ुद तो है ही, कुछ-कुछ मैं भी हूँ। क्या पता! कभी-कभी मुझे भी लगता है कि जैसे एक अदृश्य सर्वग्रासी सर्वभक्षी गिद्ध है, जिसकी मनहूस छाया हम सब पर पड़ रही है और हममें से कोई भी किसी को चाहते हुए भी नहीं बचा पा रहा है। जो शिकारी है वह भी शिकार है। और क्या होता कि जैसा हुआ वैसा न होकर कुछ और होता-जैसे सवाल हमें वह भी नहीं करने देते जो अपनी समझ से हम करने में लगे हैं।

क्या पूछते हैं? मैं अब भी होटल से टिफिन मँगाकर उसे सामने बिठाकर खाना खिलाऊँगा? जी हाँ, क्यों नहीं? मैं उसकी उल्टी भी साफ़ करूँगा और उसके जूते खोलकर उसे ठीक से सुलाऊँगा भी। क्यों नहीं? क्या जो यूनियन में नहीं होते या दूसरी यूनियन में होते हैं, वे सब वर्गशत्रु होते हैं? मैं तो ऐसा नहीं मानता। हो सकता है कल ही पप्पू मेरे घर आ जाए और मुझसे आटे का हलुआ बनाकर खिलाने के लिए ठुनकने लगे...और मस्त होकर माउथऑर्गन बजाने लगे...और मुझे अपने नए-नए लतीफ़े सुनाने लगे। यह भी हो सकता है कि वह मुझे बताए कि उसने फ़र्स्ट ईयर का फ़ॉर्म भर दिया है और शराब से तौबा कर ली है! क्या ये मुमकिन नहीं है? या क्या आप यह सोचते हैं कि हमें लोगों से इस तरह की उम्मीद नहीं रखनी चाहिए?

आलेख

सोते-सोते अचानक जनेश्वर बाबू को लगा कि वे सो नहीं रहे, बहुत देर से जाग रहे हैं। धुँधली होती आँखों से काँच की बन्द खिड़की के उस पार धूतपापेश्वर की जलती-बुझती रोशनी के लाल-हरे क्रास नज़र आए। खिड़की बन्द है और काँच लकीरोंदार, इसलिए उस पार जलती एक बत्ती भी इस पार कई अक्स उभारती है। क्या बजा होगा? पता नहीं। आसपास सब सो रहे हैं। छोटा बेटा मानव उनकी खटिया के पास ही सोता है। इच्छा हुई करवट लेकर उसे, उसकी निश्चिन्त नींद को दो पल देखें और तसल्ली महसूस करें...पर करवट नहीं बदली जाती। रात सोने से पहले मानव ने उनके आजू-बाजू इस तरह तकिए अड़ा दिए थे कि हिल-डुल की तकलीफ़ न हो! बच्चा! कैसी फ़िकर करता है। इसकी तीमारदारी का तरीक़ा भी अजीब है। अपने बाप को अपना बच्चा समझता है। सो भी तुतलाता बच्चा। बायोलॉजी ली है। डॉक्टर बनना चाहता है। कहाँ से हो सकेगा? अब वे दे भी क्या सकते हैं दुआओं के सिवाय। भाई साब की तरह रेलवे में एपीडब्ल्यूआई हुए होते तो...एक मास्टर अपने बच्चों को क्या दे सकता है...संस्कारों के सिवाय? और अच्छी शिक्षा के...नहीं, उसके दाम लगते हैं। दाम! पैसा! मुनाफ़ा! सम्पत्ति! पूँजी! कैपिटल!

ऐसा ही होता है। नींद उचटती है और सोचना शुरू हो जाता है। पढ़ने की आदत थी। आँखों की वजह से छोड़नी पड़ी। पर सोचना कैसे रुके? असाधारण संवेदनशीलता उन्हें विरासत में मिली है अपने ख़ानदान से! बाबूजी

भी ऐसे ही थे। ज़रा-सी कोई बात होती तो उस पर क्या-क्या नहीं सोच जाते! एक बार जनेश्वर बाबू शाम को छुट्टी के बाद घर जाने की बजाय एक दोस्त के यहाँ रुक गए। और बाबूजी ने एक्सीडेंट से लेकर, आत्महत्या से लेकर बम्बई भाग जाने तक का सोच लिया। यह उन्होंने उस समय तो नहीं बताया। माँ को भी उस समय बताया जब जनेश्वर बाबू वाक़ई भाग गए थे बम्बई—हीरो बनने के चक्कर में। वह ज़माना ऐसा ही था। बम्बई भागने का फ़ैशन था। भागनेवाला चाहे चार रोज़ बाद ही वापस आ जाए, या पकड़ लाया जाए... साथवाले लड़कों की नज़रों में हीरो बन जाता था। सुरैया-मोतीलाल का ज़माना था। पंत झूम-झूमकर पढ़े जाते थे। बड़ा कवि वह माना जाता था जिसे टी.बी. हो। जिन्ना-गांधी से लेकर स्तालिन और हिटलर तक गलियों, होटलों में चर्चा का विषय रहे थे। बाबूजी दो बार जेल जाकर आए थे और उनकी हर बात में एक ख़ास जोशीली कड़कदार फुर्ती हुआ करती थी। जैसे आज 'कुंठा' और 'क्रान्ति' गरम शब्द हैं...उस ज़माने में 'आज़ादी' और 'चरित्र' थे!

औरों की देखा-देखी या पता नहीं क्यों...शायद कुछ असाधारण कर गुज़रने की धुन में जनेश्वर बाबू भी एक संस्था में जाने लगे थे। वहाँ अजीब खेल खिलाए जाते और सीने के आगे हाथ रखकर बड़ी निराली अदा से नमस्ते की जाती। एक खेल अब तक याद है। सब बच्चे पीछे से हाथ डालकर एक-दूसरे की कमर पकड़ लेते और एक 'साँप' बन जाते। सबसे आगेवाला लड़का मुँह और सबसे पीछेवाला दुम। तब मुँह दुम को खाने की कोशिश करता और दुम दूर भागने की। वे अक्सर दुम बनते और हमेशा पकड़े जाते। वे कभी नहीं समझ पाए कि ऐसा क्यों होता था? यह खेल क्यों खिलाया जाता था? इसका क्या अर्थ था? इससे कैसे चरित्र बनता था, जिसकी इतनी दुहाई दी जाती थी?

खेल और भी थे पर उनके लिए संस्था का सबसे बड़ा आकर्षण था भ्राताजी के मिलिट्री-जैसे एन्कल शूज। चमड़े के चमकदार ऊँचे फ़ौजी जूते, जिन्हें देखकर वे सोचते—काश! कभी उन्हें भी ऐसे जूते पहनने को मिलें। सचमुच! उन्हें पहनकर आदमी 'कुछ' हो जाता है।

टाइम क्या हो गया? पता नहीं। बीमार पड़ना भी एक मुसीबत है। बचपन में क्या, बुढ़ापे में क्या! नौकरी की अब चिन्ता नहीं है, पर ये भी क्या बात

हुई कि सुबह-शाम-दिन-रात बस पड़े रहो। पड़े रहो। कितने दिन हो गए!! बीस तारीख़ से बीस तारीख़ तक एक महीना और आज पन्द्रह। या शायद सोलह। लगभग दो महीने! क्या जाने क्या है। बुख़ार उतरता नहीं। छाती जकड़ी रहती है। साँस ठीक से ले नहीं पाते। अजब ज़माना है। मलेरिया निमोनिया बन जाता है। निमोनिया टाइफाइड। और टाइफाइड रिलेप्स होकर पता नहीं क्या। जितने डॉक्टर उतनी बीमारियाँ। जितनी बीमारियाँ उतनी दवाइयाँ। जितनी दवाइयाँ उतना मुनाफ़ा। मुनाफ़ा...सम्पत्ति...कैपिटल। और जितनी कैपिटल उतनी बीमारियाँ!!

आहट हुई। कौन आया? कोई आया? नहीं...कोई नहीं है। कोई तो था। दरवाज़ा कैसे बजा? कोई बिल्ली थी क्या? सावधान रहने की ज़रूरत है। कॉलोनी में कई चोरियाँ हो चुकी हैं। पिछले साल पड़ोस में मर्डर भी हो चुका है। कोई छिपा है क्या वहाँ? आँखें फाड़-फाड़कर देखा। वहीं खिड़की... धूतपापेश्वर की जलती-बुझती रोशनियों के लाल-हरे क्रॉस। नहीं...कोई है, ज़रूर कोई है। खिड़की पर कुछ हिला...कुछ हिल रहा है। हाँ, हिल रहा है। यह क्या हैं? क्या चीज़ है? यह झंडा कौन लाया? यह पहाड़ी कहाँ से आ गई? हाँ, पहाड़ी ही तो है। पहाड़ी पर एक किला...किले पर लाल झंडा। लाल झंडे में चमकता स्वस्तिक का निशान! यह कौन मुँह फाड़े चीख़ रहा है? जैसे कोई फ़ौज को हुकुम देता है? मक्खीकट मूँछें किसकी हैं ये? ये आदमी यहाँ किस रास्ते से आ गया? मानव! मानव! सो गए क्या? तुमने दरवाज़ा खुला छोड़ दिया था क्या? ये गन्दा डरावना आदमी किधर से घुसा? ये मेरे सामने खड़ा क्या बोल रहा है? क्या चीख़ रहा है? क्या चाहता है? ये मेरे पैर क्यों खींच रहा है? इधर आओ मेरे पास आओ भाई, मेरी नज़रें कमज़ोर हैं। पास आओ। अपना चेहरा इधर करो। अरे! तुम्हें ये इतनी लम्बी दाढ़ी कहाँ से आ गई? ये बाल? क्या बात है? झोले में भेष बदलने का सामान साथ रखते हो क्या? तुम क्या कर रहे हो? कुटिलता से मुस्करा क्यों रहे हो? तुम...ठहरो! मैं कहता हूँ, ठहरो.! मानव! मानव! देख बेटा, ये कौन आदमी अपने घर में घुस आया है। ये मेरे पैर क्यों खींच रहा है? मानव! ठहर, भागता कहाँ है साले! मानव, उठ बेटा! देख ये पहाड़ी पर चढ रहा है। किले पर पहुँच गया। उसे पकड़ बेटा!

अरे! यह क्या किया इसने? झंडे का रंग उतर रहा है। बारिश हो रही है क्या? भगवा हो गया यह तो। यह लाल-लाल क्या बहने लगा? ये मेरे पलंग पर आ रहा है। पलंग गीला हो रहा है...। ये पानी है या झंडे का रंग? या ख़ून?

अजहद तकलीफ़ के साथ बायाँ हाथ सरकाकर तकिया हटाया और दिल फाड़ देनेवाले दर्द को दाँत पीसकर बर्दाश्त करते हुए करवट ली। और उधर देखा जहाँ मानव...लाल-लाल...सारा बिस्तर ख़ून से तर!

वहाँ मानव नहीं था।...अजीब बेआराम मुद्रा में रशीद की लाश पड़ी थी।

साला, उल्लू का पट्ठा, हरामी का पिल्ला! पहले ही मना किया था कि मत पड़ इस झगड़े में। ये तो सब साले पागल हो गए हैं। तुझे मतलब क्या उनके झगड़े से? साले मारते हैं मारने दे, तुझे तो नहीं मार रहे, तू अपनी ख़ैर मना। अजमेर छोड़कर नहीं जाएँगे। मत जा। पर सारे में इसका प्रचार क्यों करता फिरता है? अपने घर बैठ। दाल-रोटी खा। वो आग लगाएँ, जान से मारें, लड़कियाँ पकड़कर ले जाएँ, तुझे क्या? तू साला ताल क्यों ठोकता फिरता है। ये तो मर्दों के सामने करने की बात है नादान! वो बुजदिल हैं! कायर! दोगले! वो तुझे पीछे से छुरा घोंपकर भाग जाएँगे...तू क़मीज़ की बाँहों को भी नहीं चढ़ा पाएगा। बेवकूफ़! अब मर गया! मर गया न? मुझे अकेला छोड़ गया न? कमीने! अब मैं तेरे बिना कैसे जिऊँगा?

दूसरे दिन पता चला कि केसरगंज के गुंडे रात को सलमा को पकड़कर ले गए। वे आपे से बाहर हो गए थे। और जाँघिया-बनियान पहने ही रोते-रोते, गालियाँ बकते-बकते, ख़ून, दहशत और सन्नाटे से आबाद, इनसान और इनसानियत से वीरान सड़कों पर भागते-भागते केसरगंज के अड्डे पर और वहाँ उसके न मिलने पर रामदीन पहलवान के घर के सामने पहुँच गए थे। पहलवान था नहीं और नशे में धुत्त उसके साथियों ने उन्हें एक कुआँ बता दिया था। चक्कर के बगीचे का बन्द कुआँ, जिसमें दसियों राष्ट्रप्रेमियों ने सलमा को भोगकर फेंक दिया था।

उस दिन बाबूजी ने दूसरी बार गाल पर एक सन्नाता हुआ झापड़ मारा था और जनेश्वर बीमार पड़ गए थे। और उस बीमारी में उनका दिमाग़ इतना कमज़ोर हो गया था कि दो महीने बाद बाबूजी आँखों में आँसू भरे स्लेट पर

कुछ लिखकर उनके आगे कर रहे हैं और कह रहे हैं—पढ़ो जनेश्वर! और स्लेट पर चाहे 'दो' लिखा है या अंग्रेज़ी का 'बी', 'ऊँ'...जनेश्वर या तो बोल रहे हैं...रशीद...या बोल रहे हैं...सलमा!

और बाबूजी ने पहला झापड़ कब मारा था? हाँ, याद है न। जब उन्हें पता चला था कि जनेश्वर स्काउट रैली में जयपुर जाने को कहकर गए हैं और दस रोज़ के संस्था के शिविर में हो आए हैं। क्या झापड़ था! जनेश्वर धड़ाम से फ़र्श पर गिर पड़े थे। सारा बदन सन्नाहट हो गया था। दाँतों से ख़ून निकलने लगा था। आँखों में फुलझड़ियाँ भर गई थीं। और फिर वे बीमार पड़ गए थे।

पर इससे क्या? शिविर का मज़ा तो ले ही लिया। क्या मज़े की बात थी। सुबह जल्दी उठो। एक क़तार बनाकर दौड़ते हुए मैदान में जाओ और ध्वज के चारों तरफ़ कवायद की तरह खड़े हो जाओ। फिर प्रार्थना...फिर परेड...फिर एक गिलास दूध पीकर लाठी-युद्ध का अभ्यास! नाक-मुँह-सिर पर कपड़े बाँधकर...सामने से आती दुश्मनों की टोली पर आँख मूँदकर टूट पड़ना। सीधी लाठी कोई सर पर मारे तो अपनी लाठी आड़ी करके उस पर अड़ा दो। और कोई पैर पर मारने की नीयत से आड़ी लाठी घुमाए तो सीधी लाठी से उस पर बीच में चोट मारो। पैंतरे लगाते वक़्त नज़र दुश्मन के हाथों की तरफ़ रखो...और मत भूलो...एक क्षण के लिए भी मत भूलो कि तुम राणा प्रताप की वीर सन्तान हो! तुम्हारी रगों में वीर शिवा, बंदा बैरागी, झाँसी की रानी और आल्हा-ऊदल का पवित्र हिन्दू रक्त बह रहा है। तुम्हें न कोई काट सकता है, न जला सकता है, न गला सकता है, न मार सकता है।

और रात को? रात को कितना मज़ा आता जब ऊँची आवाज़ में एक साथ वीरतापूर्ण गीत गाए जाते! 'हिन्दू तन-मन, हिन्दू जीवन, रग-रग हिन्दू मेरा परिचय!' या भ्राता जी की आदेशात्मक स्नेहभरी आवाज़ सुनाई देती—जनेश्वर! और वे गर्व के साथ उठकर जोशपूर्ण आवाज़ में गाना शुरू करते—

अट्टहासी रुद्र के विषपान की
सौगंध ओ माँ!
राम के अव्यर्थ शर-संधान की

सौगंध ओ माँ!
चारणों के सिद्ध भैरव गान की
सौगंध ओ माँ!
हम बढ़ेंगे जाति के सम्मान की
सौगंध ओ माँ!

सारा वातावरण एक झंकारमय तन्मयता में डूब जाता। त्याग और बलिदान की भावना ख़ून में ठाठें मारने लगती और हिन्दुत्व के शत्रुओं का नाश करने हित सम्पन्न महानतम धर्मयुद्ध की कल्पना मन में से होकर इस प्यार से उस प्यार बहने लगती।...बाद में सब उनकी प्रशंसा करते और भ्राता जी के विशेष स्नेहपात्र होने के कारण ईर्ष्या भी। और फिर भ्राता जी का ओजस्वी प्रवचन होता, जिसमें वे पुराणों की या इतिहास-वीरों की कोई कहानी सुनाते या बहुत ही मार्मिक शैली में बताते कि हमारी माँ भारती को म्लेच्छों ने परतंत्रता की बेड़ियों में जकड़ रखा है...माँ सिसक रही है...और हमारा भाग्य हमें ललकार रहा है...कि हम अपने प्राणों की बाज़ी लगाकर उसे मुक्त कराएँ।

लेकिन उस रात...वह क्या था? शायद वह शिविर की आख़िरी रात थी। देर तक भ्राता जी उनसे उनकी भविष्य की योजनाओं पर बात करते रहे थे और फिर उन्होंने जनेश्वर को वहीं सुला लिया था। रात...शायद वे सपना देख रहे थे कि एक घनघोर अँधेरा जंगल है जिसके बीचोबीच एक सूना मन्दिर है, जिसमें भारतमाता को वे लोग ज़ंजीरों से जकड़ गए हैं और वे, अकेले साहसी बालक, किसी तरह वहीं पहुँच जाते हैं और भारतमाता उन्हें देखकर पुलकित हो जाती है और तभी कहीं से भ्राता जी प्रकट हो जाते हैं और दोनों आगे बढ़कर काँपते हाथों से भारतमाता की ज़ंजीरें खोल देते हैं...अचानक! हाँ, अचानक ही तो! अचानक उनकी आँख खुल गई थी और एक झटके के साथ उन्हें आभास हुआ था कि वे भ्राता जी की बाँहों में चिपके हुए हैं और उनके पाजामे का नाड़ा खुला हुआ है और एक काला-मज़बूत-घिनौना-रोएँदार हाथ उनके पाजामे में घुसकर...

सुबह वे उस आदमी के तम्बू में नहीं...अपने तम्बू में उठे थे और उन्होंने

काफ़ी कोशिश की उस आदमी के चेहरे पर कोई झिझक, कोई ग्लानि, कोई लज्जा ढूँढ़ने की...और बुरी तरह नाकामयाब रहे।

...टाइम क्या हो गया होगा? लगता है अभी काफ़ी रात बाक़ी है। फिर बाद में जब उन्हें पता चला कि 'मलेच्छ' में बाबर और खिलजी और महमूद गजनवी ही नहीं...वह पिंजारे का बेटा रशीद भी आता है, और वह इसकी नटखट ख़ूबसूरत बहन सलमा भी आती है, तो वे सचमुच काफ़ी चक्कर में पड़ गए कि ये साला गुड़चोर रशीद हिन्दुत्व का सबसे बड़ा शत्रु कैसे बन गया! और यह सलमा...इसकी ग़ज़ब गोरी पिंडलियों पर लाठी मारने से माँ भारती की बेड़ियाँ कटने का क्या सम्बन्ध है? फिर और बाद में जब उन्होंने यह सुना कि इन सारे मुसलमानों को अपना डिग्गी बाज़ार और अपना तारागढ़ और अपने दरगाह साहब और अपने सुरैया-मोतीलाल छोड़कर पाकिस्तान चले जाना पड़ेगा तो उनकी बड़ी आफत हो गई। उन्हें लगा वे कैसे रहेंगे इन गुड़चोरों के बिना? फिर रंग ही क्या रह जाएगा इस अजमेर का, अगर इसमें से ये साला रशीद का बच्चा चला गया, या इस सलमा चुड़ैल का ख़ूबसूरत चूड़ीदार पायजामा और घेरदार हरी क़मीज़ चली गई, या कड़क्का चौक का मदीना होटल चला गया, और उसका बड़ा-सा चूड़ीबाज़ार चला गया, और नूरजहाँ की फड़कती आवाज़ चली गई! नहीं यार, फिर कौन रशीद उसे घर से गुड़ चुराकर खिलाएगा और इस उपलक्ष्य में पिंजारिन बी की रसभरी गालियाँ सुनवाएगा? फिर कौन सलमा उसे 'ऐ बाबूजी के लड़के' कहकर चिढ़ाएगी? ज़रा तो सोचिए मिस्टर जिन्ना, क्या कटार आँखें हैं उस चुड़ैल सलमा की! क्या लजीज सिवइयाँ पकाती हैं पिंजारिन बी! क्या नशीली आवाज़ है नूरजहाँ की! क्या प्यारी गालियाँ बकता है ये साला रशीद का बच्चा! क्यों आप हमें इन नायाब चीज़ों से महरूम करने पर तुले हुए हैं। भाड़ में जाओ। उन्होंने सोचा। मिस्टर जिन्ना सुनें न सुनें, वे साफ़ कहे देते हैं कि उन्हें किसी की परवाह नहीं है। होगी जो देखी जाएगी। वह भी रशीद के साथ चुपके से पाकिस्तान चले जाएँगे, अगर इन लोगों को जाना ही पड़ा तो। पर...हिश्ट, कौन भेज सकता है किसी को ज़बरदस्ती?

...फिर एक-एक करके सब जाने लगे। मोहल्ले के मोहल्ले वीरान हो

गए। हिन्दुओं के घरों में लूट का माल जमा होने लगा। साइकिल, छतरी, पलंग, मटके—जो भी जिसे मिला। उन्होंने तब पहली बार आदमी का ख़ून देखा था। सड़क की धूल में मिलता-सड़ता बदबू मारता, काला-काला, गाढ़ा-गाढ़ा आदमी का ख़ून! कुत्ते पगलाए-से घूम रहे थे। हवा को न जाने क्या हो गया था। हर चेहरे पर दहशत थी...हर निगाह में शक...हर दिमाग़ में नफ़रत या दहशत और हर दिल में आँसू। कुछ गुंडे उन्माद से काँप रहे थे, लूट रहे थे, जला रहे थे...भोग रहे थे और उनसे तादाद में हज़ार गुना शरीफ अपने-अपने घरों में बन्द, अपनी-अपनी पोटलियाँ और अपनी-अपनी जान सँभाल-छुपा रहे थे। अपने ही मोहल्ले में घूमना नामुमकिन हो गया था। रात कभी उधर से कभी इधर से नारों का शोर सुनाई देता और काले धुएँ के गुब्बारे उठते... फिर, आग की रोशनी। शरीफ लोग छतों पर चढ़कर तमाशा देखते और सुबह अफ़वाहें बिना पर-पैर भागतीं।

और पट्ठा रशीद ऐसे माहौल में भी छाती के बटन खोल दिन-रात सड़कों पर खुलेआम घूमता और चिल्लाता रहता—अजमेर छोड़कर नहीं जाएँगे!... अजमेर छोड़कर नहीं जाएँगे! साला...आख़िर मर गया!...प्रोफ़ेसर साहब को हम दोनों ने कितना समझाया। नहीं माने। सातेक रोज़ बाद घूमता-फिरता एक पोस्टकार्ड आया बाबूजी के नाम। आप सौ रुपए में मेरी दीवाल-घड़ी, साइकिल, रेडियो, पलंग मय दीगर फ़र्नीचर, सब ख़रीद लीजिए। बराए मेहर पैसे जल्द-अज-जल्द इस पते पर भेज दीजिए—केयर पोस्ट मास्टर...। बाबूजी ने 500 रुपए, जो किसी तरह भाई साहब को लाहौर सेंट्रल कॉलेज में भेजने के लिए जोड़े गए थे, भेज दिए। लेकिन मनीऑर्डर प्रोफ़ेसर साहब को कभी नहीं मिला। दस-बारह रोज़ बाद ख़बर मिली कि उन्हें मय बीवी-बच्चों के नागपुर स्टेशन पर छुरा भोंककर मार डाला गया और सबकी लाशें दिल्ली ले जाकर चील-कौओं के खाने के लिए ताजमहल के कंगूरे में छेदकर टाँग दी गईं।

ताजमहल! लाशें!! माँ भारती!!! भ्राता जी!! नागपुर!! ये नागपुर कहाँ से आ गया? और ताजमहल दिल्ली में कब से होने लगा?? रशीद! बेटा रशीद! तुम अब तक सो रहे हो?? टाइम क्या हो गया!!

...उस दिन मानव का बेल्ट देखकर वे चौंके थे। यह तो वही बेल्ट है

जो...मानव!! ये बेल्ट तुम कहाँ से लाए? शाम को तुम कहाँ जाते हो आजकल? इतने बड़े बच्चों को झापड़ मारने का रिवाज अब नहीं रहा। मन ही मन मानव की कुटाई कर दी थी। दाँत पीसते हुए घर से बाहर निकल गए थे। सारी शाम लड़के की जासूसी करते रहे। देर रात तक अपने पुरानेवाले मोहल्ले में घूमते रहे—जहाँ आजकल सिन्धियों के आलीशान मकान हैं। जहाँ रशीद को कत्ल करके डाल दिया गया था!! फिर चक्करवाले बगीचे में जा बैठे। उसी कुएँ की मुँड़ेर पर जिसमें...ए बाबूजी के लड़के! कौन बोला? कहाँ से आवाज़ आई? अच्छा तो उन्होंने उसे मारा नहीं था! छिपा दिया था! लेकिन चक्कर आ गए...गन्दा-काला डरावना हिलता पानी...उसमें तारों की छाया...कोई कबूतर फड़फड़ाया...कोई चमगादड़ कान के पास से निकल गया...बदबू...ख़ुशबू...बू!

सुबह उठे तो छाती जकड़ी हुई थी। साँस घर्र-घर्र बोल रही थी। शाम तक एक सौ दो बुख़ार हो गया। डॉक्टर कहता है, निमोनिया हो गया है। इंजेक्शन... कैप्सूल...दवाइयाँ...पैसा...पूँजी...कैपिटल...बीमारी...मैं कहता हूँ टाइम! टाइम!

ओह! आधा शरीर काँटों से छिदा जा रहा है। हे ईश्वर! पैर...सो गए क्या? चलो...शरीर भी क्या करे! साँस भी कहाँ तक...चलो...जो गुज़र जाए सो ठीक!

...इस बात को सातेक...किस बात को? सातेक रोज़ हुए होंगे...हैं?... हाँ...तीस तारीख़ की ही तो बात है...दस रोज़...कि पता चला गोकुल भाई को किसी ने जान से मार डाला। रात दूसरी पाली की मीटिंग से घर लौट रहे थे कि रेलवे फाटकवाली पुलिया पर कुछ गुंडों ने...बेचारा सन्त आदमी। अजातशत्रु। उसका मौन सच भी किसी को इतना डरा सकता है!! सिहर गए। ख़ैर, जैसी हरि इच्छा। पर जब दोपहर को मानव ने आकर बताया कि लाश अभी तक नहीं उठाई गई है, क्योंकि गुलाब बाड़ी के गुंडों के डर से कोई उनके घर नहीं पहुँचा...सिवा कुछ कॉलेज के लड़कों के (जो साले कम्युनिस्ट हैं), तो उनके सारे बदन में जैसे आग लग गई। एक अभूतपूर्व गुस्सा उन्होंने अपने भीतर महसूस किया। जल्दी-जल्दी कुरता-पाजामा पहना और बुख़ार की हालत में भी, घर-भर के मना करने के बावजूद मानव के साथ उसकी साइकिल पर पीछे बैठकर पहुँच गए। उन्होंने गुलाब बाड़ी के स्कूल में तीस साल तक पढ़ाया है...

देखें...कोई कैसे नहीं आता। बेचारी दो छोटी-छोटी बच्चियाँ...जिनकी रोते-रोते हिचकियाँ बँध गई थीं...देखते ही उनसे एकदम चिपक गई। यों मानव की ख़बर ग़लत थी। पचासियों आदमी जमा हो गए थे। पर जिसको जाना था वह तो चला ही गया। गोकुल भाई की बच्चियों की रोते-रोते हिचकियाँ बँध गई थीं। उनकी पत्नी का तो बुरा हाल था। देखा नहीं जाता था। ईश्वर ऐसा दिन किसी को न दिखाए। सत्यानाश हो उन कायरों का जिन्होंने...पर कैसे हो?

हें???... हाँ! कैसे हो?

अरे सबके सब बहरे हो क्या? मैं कब से पूछ रहा हूँ, टाइम क्या हो गयाऽऽआ??

अब डॉक्टर कहते हैं टाइफाइड है। मरो। सुबह से रात तक पड़े रहो और मरते रहो। उस खिड़की पर परदा डालना पड़ेगा। यह धूतपापेश्वर चैन नहीं लेने देगा। लेकिन...परदा डालने से भी क्या होगा? पीछे तो वही मक्खी मूँछोंवाला चीख़ता रहेगा। बल्कि उसे तो और छिपने को जगह मिल जाएगी।

उन्हें लगा, उनका समय आ गया है। इतने दिन तो हो गए, बुख़ार उतरने का नाम नहीं लेता। डॉक्टरों को कुछ समझ में नहीं आ रहा। अनाप-शनाप पैसे ख़र्च हो रहे हैं और इसी रफ़्तार से तकलीफ़ भी बढ़ती जा रही है। और इस पर यह मक्खी मूँछोंवाला और छाती पर चढ़कर बैठ गया है। ज़िन्दगी की लौ अब बुझा ही चाहती है। डॉक्टर जोशी यहाँ कुछ नहीं बोलता, बाहर जाकर मानव से खुसपुस करता रहता है। कल भाई साहब को तार करके बुलाने की बात चल रही थी। हो सकता है सुबह तक सब कुछ ख़त्म हो जाए। वे मर जाएँ। फिर क्या होगा? कुछ नहीं। लोग इकट्ठे होंगे। रोना-धोना होगा। काठी-कफ़न ख़रीदकर लाया जाएगा। टिकठी बनेगी। मानव के ख़ूबसूरत बाल उतार लिये जाएँगे। कोई कंधा...कौन रशीद...काश! एक दोस्त से दूसरे दोस्त का कंधा नहीं छीना जाता! रशीद और छोटे...अगर छोटे ज़िन्दा होता!!

मानव की पीठ पर एक बेटा और था। जाता रहा। आदमी बुरी बातें कितनी जल्दी भूल जाता है।...लेकिन फिर वे रशीद को क्यों नहीं भूल सके? सलमा को क्यों नहीं भुलाया जा सका? क्यों? कहीं ऐसा तो नहीं कि...हाँ, शायद इसीलिए कि उन्हें लगता है कि रशीद की मौत की कुछ ज़िम्मेदारी

उन पर भी है। लगता क्या है, है ही। हाँ, यही बात है। तभी एक कचोट, एक अपराध-भावना उनकी छाती जकड़ लेती है जब ये लोग याद आते हैं। भोले-भाले लोग! क्या बिगाड़ा था उन्होंने किसी का? क्यों जाने दिया उन्होंने प्रोफ़ेसर साहब को? क्यों वे रशीद को समझाते रहे कि कुछ नहीं होगा! काश! उन्हें पहले पता चल जाता कि सलमा को वे लोग...कुत्ते...उनकी इच्छा हुई एक बार फिर से यह सब हो...वे अपने हाथ से एक कटार तेज़ करके रशीद को पकड़ा देंगे और कहेंगे—चलो...मुझे उस शख़्स का पता मालूम है जो भारत माता की बेड़ियाँ नहीं, कमसिन छोकरों के नाड़े खोलता है...और वे सलमा से कहेंगे—बहन...ये जो लाश पड़ी है...अंग्रेज़ों के टुकड़ख़ोर कुत्ते की...इसके मुँह पर थूको! तुम्हें हमारी मोहब्बत की क़सम!!

...उनकी ऐसी कोई भावना नहीं थी। दरअसल वे किसी भी तरफ़ नहीं थे। पर कुछ चीज़ें उन्हें पसन्द थीं और कुछ से चिढ़। बस यही सब बात थी। अब इसे कोई कैसे ही समझे! उस दिन...वह सुबह का वक़्त था। अन्दर से कुछ नहीं हो रहा था, पता नहीं आँखों को क्या हो गया था कि बार-बार आँखें भरी आ रही थीं...बार-बार वे आँखें पोंछते और अख़बार में छपी तस्वीर को ध्यान से देखने की कोशिश करते...बार-बार सब कुछ धुँधला हो जाता। गांधीजी तो चौड़े काले फ्रेम का चौखट चश्मा नहीं लगाते थे...मूँछें भी नहीं रखते थे...सर पर बाल भी नहीं थे, कुर्ता-बास्कट भी नहीं पहनते थे...और चुरुट...हो ही नहीं सकता। फिर ये अख़बारवालों ने किसकी तस्वीर छाप दी? किसी और को गोली मारी होगी भ्राताजी ने! इन्होंने गांधी जी समझ लिया। इन्होंने किन्होंने? इस लाताद भीड़ ने? पंडित जी धोखा नहीं खा सकते! पर आँखों को क्या हो गया है? ज़रूर आँखों को ही कुछ हो गया है। मरे तो गांधी जी हैं। उन्हें बार-बार प्रोफ़ेसर साहब क्यों याद आ रहे हैं।

...नए मकान में आए ही आए थे। बाहर से मानव चीख़ा। वे अख़बार छोड़कर लपके। दोनों भाई मिट्टी में खेल रहे थे। पता नहीं कहाँ से एक काला साँप निकल आया था और छोटे को काटकर अब बड़ी बहादुरी से फन खड़ा किए कुंडली मारे बैठा था। दोनों बच्चे चीख़-चीख़कर रो रहे थे। छोटे के मुँह से ख़ून...उन्हें कुछ याद नहीं। हाँ, वे भूल गए हैं। नहीं, उन्हें याद है...।

उन्होंने लपककर छोटे को गोदी में खींच लिया था और रूमाल से उसके मुँह से बहता ख़ून पोंछने लगे थे। मानव साँप की तरफ़ इशारा करके चीख़ रहा था—पापा! उसे मार डालो। पापा, उसे जान से मार डालो। पा...पा...पा...उसे मा...र...डालो! बच्चों के फेफड़ों में कितनी ज़ोर से चीख़ने की ताक़त होती है। वे बूदम! पूरी पीढ़ी बूदम! उनसे कुछ नहीं हुआ था। विमूढ़-से खड़े रह गए थे। एक अबोध बच्चे की पवित्र घृणा ने उनके सारे जीवन-दर्शन के चिथड़े उड़ा दिए थे। अदम्य प्रेम से प्रसूत उस सात्त्विक ग़ुस्से को देख जैसे वे ठगे-से रह गए थे। उनसे कुछ नहीं हुआ था। मानव ने एक पत्थर ज़ोर से साँप की तरफ़ मारा था जो छिटककर कहीं दूर जा गिरा था...। पर साँप भाग गया था।

छोटे को बचाया नहीं जा सका। साँप को मारा नहीं जा सका। कुछ दिन उस तरफ़ के किवाड़ बन्द रखने की सावधानी बरती गई। फिर सब पहले जैसा चलने लगा। मानव महीनों तक रात को सोते-सोते चौंक जाता, जाग जाता और बड़बड़ाने लगता—पापा, उसे मार डालो...पा...पा...उसे जान से मार डालो।

तो ये साला वह बेल्ट क्यों लाया? कहाँ से लाया? गोकुल भाई को इसने या इसके दोस्तों ने...नहीं-नहीं। अभी हालत इतनी नहीं बिगड़ी है। उस दिन पढ़ रहे थे कि किसी शहर में किसी लेखक को इन लोगों ने जाकर लाठियों से मारा...साले! कौन करवा रहा है यह? यह दाढ़ीजार? या वह मक्खीकट मूँछोंवाला? पर वह तो एक ही आदमी है। झोले में भेष बदलने का सामान रखता है। अभी देखा था न!!

फिर उनकी भी सनक देखिए। कायदे से पड़े रहते तो अब तक चंगे हो चुके होते। वे लोग सिर्फ़ सूचना ही देने तो आए थे। सुन लेते और ठीक था। घर बैठे रहते। ख़ुशी ज़ाहिर कर देते। गोकुल भाई जैसे आदमी का सदमा देर से ही सही, अगर लोग महसूस करते हैं—और शोक-सभा करते हैं और अपराधियों को दंड देने की माँग लेकर जुलूस निकालते हैं तो जो भी हो, यह इतनी ख़ुशी की बात तो हरगिज़ नहीं है कि आप बुख़ार में खटिया छोड़कर चले जाएँ और जुलूस में शामिल हो जाएँ! ठीक है आपने स्वेटर-मफलर पहन रखा था। आप पैदल भी नहीं चले, जीप में बैठ गए...लेकिन...अब भुगतिए।

टाइम क्या हो गया? अब तो सुबह होने ही वाली होगी।

कमरे में फिर कोई आहट हुई। रशीद की लाश हिली-दुली। नहीं, रशीद की लाश नहीं, मानव, उनका अपना बेटा। उसने करवट ली। कैसी निश्चित नींद होती है जवानी की भी। उनकी इच्छा हुई कि वे भी करवट लेकर सीधे हो जाएँ। आधे शरीर में लाखों चींटियाँ घुस गई थीं और रेंग रही थीं। पैर पता नहीं कहाँ चले गए थे। वह ले तो नहीं गया गन्दा आदमी? नहीं, सुन्न हो गए हैं। करवट बदलकर सीधे हो जाएँगे तो फिर कुछ देर में सब ठीक हो जाएगा। करवट लेने की कोशिश में अकेले हड्डियों से पूरा भरा एक ट्रक एक मील तक खींचना पड़ा...हाथों को चप्पू बनाकर एक भारी-भरकम जहाज़, तड़पती ज़िन्दा मछलियों से भरा...बीच समुद्र से किनारे तक लाना पड़ा। एक पहाड़ यहाँ से खोदकर वहाँ जमाना पड़ा। माथे पर पसीना चुकचुका आया। कनपटियाँ दर्द के मारे फटने लगीं। आँखों के डेले बेतरह दुखने लगे। एकदम उठकर भाग पड़ने की...या फिर किसी मीनार से नीचे छलाँग मारने की तबीयत ज़ोर मारने लगी। आह! समुद्र! तुम कितने सुन्दर हो! सुबह की धूप में इधर से उधर तक फैला नीला-कच्च ठंडा पानी! अबकी गर्मियों में बम्बई जाएँगे...क्या भागती हुई लहरें आती हैं!...जैसे कोई जवान कुँआरी लड़की...छोटे-छोटे बच्चों को डराने के लिए बाँहें फैलाकर, आगे झुककर...खो...खो...करती हुई...अंडे-सा मुँह खोले...भागती हुई आए!!

कुछ देर में सब ठीक हो गया। सामने खिड़की नज़र आने लगी। उसके काँच पर चमकते हुए लाल-हरे बहुत सारे क्रॉस। छोटे-बड़े। सब पर एक-एक ईसा टँगा हुआ...नहीं...रेडक्रास...कुछ नहीं...सिर्फ़ खिड़की का काँच...और उस पार जलती-बुझती धूतपापेश्वर की नियॉन रोशनी। कल्पना को इतनी छूट नहीं देना चाहिए कि वह यथार्थ के साथ मज़ाक़ करने लगे।

पौ फटने लगी थी। बाहर पंछियों की चहचहाहट शुरू हो गई थी। उन्हें लगा, उनकी नज़रें इतनी कमज़ोर नहीं हुई हैं जितना वे अब तक समझते थे। बल्कि अब तो सब कुछ साफ़-साफ़ नज़र आ रहा है। यह रशीद की लाश नहीं, उनका अपना बेटा मानव है, जो अभी उठ बैठेगा, उन्हें सीधा कर देगा। और समझ आएगी तो वह बेल्ट भी उतार फेंकेगा। जैसे एक दिन उन्होंने फेंक दी थी।

संहारकर्ता

वह दफ़्तर की दीवार से टिका सिगरेट पी रहा था और दूर किसी रेडियो से आती मेंहदी हसन की आवाज़ कानों से लपकने की कोशिश कर रहा था।

यूनियन सेक्रेटरी इसी समय उधर से गुज़रा, उसे देखकर मुस्कुराया और नज़दीक आकर खड़ा हो गया। मुस्कुराकर बोला, "आप ही बन जाइए।"

वह चुपचाप सिगरेट पीता रहा। हाँ, मेंहदी भाई...

सेक्रेटरी बहुत ख़ुशमिज़ाज और सज्जन था। वह कभी-कभी ही चिन्ता में पड़ा दिखाई देता था—जैसे अभी—और ऐसे में वह इतना तनहा और मासूम लगता था कि उसकी मदद करने की इच्छा होने लगती थी।

"वैसे हम लोग सोचते हैं कि अब बागडोर आपके हाथ में आनी चाहिए।"

वह फिर भी चुपचाप सिगरेट पीता रहा। हाँ, मेंहदी भाई...इरशाद...

आख़िर सिगरेट ख़त्म हो गई और मेंहदी भाई भी ख़ामोश।

उसने कहा कि वह आर्ट और कल्चर के फ़ील्ड का आदमी है, यूनियन का काम उसने कभी किया नहीं, नियम से चन्दा देता है और वफ़ादारी से यूनियन के सभी कार्यक्रमों में शिरकत करता है, इतना ही बहुत है।

अब लेकिन सेक्रेटरी यह बताने लगा कि इस छोटे-से क़स्बे में यूनियन की शाखा है भी या नहीं, इसकी किसी को परवाह नहीं है, प्रान्तीय महासचिव तक को नहीं, और कि उसने बड़ी मेहनत से यहाँ शाखा बनाई और अपनी अकल से इसे तीन साल से चला रहा है, पर कई बार ऐसे मौक़े आए जब

उसे लगा कि कोई 'गाइडेंस' देनेवाला हो, और उसने शास्त्री जी को लिखा और शास्त्री जी न आज तक ख़ुद आए न कभी चिट्ठी का जवाब दिया। शास्त्री जी यानी यूनियन के प्रान्तीय महासचिव।

अब सेक्रेटरी तनहा और मासूम ही नहीं, उदास भी लग रहा था। कोई भी—जिसमें ज़रा-सी भी इनसानियत होती—उसका भार बँटाना चाहने लगता। पर यहाँ सवाल यूनियन चलाने का था।

उसने कहा—मिश्राजी, आप कहो जो कर दूँ मैं आपके लिए, लेकिन यह काम करने को आप मत कहो। क्योंकि बुनियादी बात यह है कि मैं यूनियन का मेंबर ज़रूर हूँ और सबको होना भी चाहिए—पर पर्सनली ऐसी मिडिल क्लास और खालेड़ यूनियन में मेरी आस्था एकदम नहीं है।

यूनियन सेक्रेटरी मिश्रा चौंका। और ये आदमी, जिसने अपना माँ-बाप का दिया नाम सेवाराम बदलकर सत्यकान्त कर लिया है, उसके लिए दिलचस्प हो गया। ये आदमी सत्यकान्त जो अभी-अभी तबादलित होकर यहाँ आया है, जो न किसी से ज़्यादा बोलता-चालता है न किसी के सुख-दुख में दिलचस्पी लेता है, बस या तो अकेले में खड़े-खड़े सिगरेट फूँकता रहता है या किताब पढ़ता रहता है या भीड़ में दिलचस्प लतीफ़े सुनाता रहता है और पेड़हिलाऊ-पंछीडराऊ ठहाके लगाता रहता है—ये आदमी मिश्राजी के लिए कुछ और दिलचस्प हो गया इस एक बात से, और अब वे ब्रांच की चिन्ता से थोड़ा ऊपर उठकर कुछ सिद्धान्तों की बहस के लिए तैयार हो गए। एकदम जैसे बौद्धिक।

"क्यों-क्यों?"

नहीं थे मेंहदी हसन अब कहीं। सत्यकान्त ने फ़ाइलें समेटने की अदा में ख़ूब सारी साँस फेफड़ों में खींची, त्योरियाँ भींचीं और आक्रामक कटुता के साथ बोला, "क्यों लड़ते हैं आप? क्यों चलाते हैं यूनियन? कुछ सुविधाओं के लिए? तबादले करवाने और रुकवाने के लिए? वेतन और भत्ते बढ़वाने के लिए? क्यों बढ़ना चाहिए वेतन? आप बताइए मुझे? क्यों बढ़ना चाहिए वेतन? ऐसा क्या तीर मार रहे हैं हम लोग? और वेतन बढ़ने से होगा क्या? क्या आप ज़्यादा सुखी हो जाएँगे? उन्नीस सौ पचहत्तर में मेरी बेसिक पे डेढ़ सौ रुपए थी। मैं ठाट से गुज़ारा चलाता था, अच्छा भी खाता था और दस-पाँच

किताबें भी ख़रीद लेता था। अब सात सौ पाता हूँ और तीस रुपए चन्दा नहीं भेज पा रहा इस पत्रिका का। वार्षिक। जो, नो प्रॉफिट नो लॉस पर निकलती है। नहीं, नो लॉस नहीं। लॉस तो हुई। और आपका अनुभव क्या मुझसे अलग है? सरकार और बाज़ार यहाँ आमने-सामने हैं। और दोनों एक सम्मिलित साज़िश में शरीक। सरकार बढ़ाएगी आपके बीस रुपए। आप ख़ुश। और बाज़ार खसोटेगा पचास रुपए। वह भी ख़ुश। बन गए न आप?

"हाँ...यह बात तो है, लेकिन यह भी नहीं बढ़ता तो..."

"बढ़ा कहाँ? रुपए की क्या औक़ात रह गई है भाईजान? बढ़े तो चलो आप ख़ुश भी हो जाओ। सन् पचास में सोने का, गेहूँ का, ज़मीन का क्या भाव था? आपकी तनखा दिनोंदिन बढ़ रही है या घट रही है? एक ज़माना था जब कोई सरकारी नौकरी पा गया तो समझो उम्र-भर को बेफ़िक्र हो गया। अब सरकारी नौकरी में सिर्फ़ वो आते हैं जो बिजनेस नहीं कर सकते। या जो नौकरी में भी बिजनेस करते रह सकते हैं।

"लेकिन..."

"मिनिमम वेजेस। जानते हैं आप? यूनियन की डिमांड होना चाहिए—वेज फ्रीज़। हमें सरकार से कहना चाहिए कि तनखा बढ़ाई हमारी तो हम हड़ताल कर देंगे।"

"क्या मतलब? सत्यकान्त भाई..."

"और प्राइस फ्रीज़। ख़ूब भौंका जाता है रात-दिन कि इतना उत्पादन बढ़ा। बढ़ा तो गया कहाँ? चीज़ों के दाम बाँधने में सरकार को डर लगता है क्या?"

"पर सत्यकान्त भाई, उससे तो कालाबाज़ारी बढ़ेगी। माल दबा लिया जाएगा और लोग मुँह-माँगे दामों पर ज़रूरतमंद लोगों को तरसा-तरसाकर मार देंगे। व्यापारी और ट्रेचरस हो जाएगा। उपभोक्ता और निरीह। डिमांड एंड सप्लाई..."

"डिमांड एंड सप्लाई!!" सत्यकान्त कड़वा-सा मुस्कुराया। दाहिनी तरफ़ दूर तक शून्य में देखा और जेब से सिगरेट निकालकर सुलगाई। कुछ देर बाद बोला, "आप फ्री हैं?"

"बिलकुल!" मिश्राजी ने मुँह से भी कहा। हाथों से भी। आँखों से भी।

"तो चलिए, चाय पीते हैं।"

दोनों दफ़्तर-कम्पाउंड से निकलकर बाहर खड़े जबरसिंह के चाय के ठेले पर आए और मूढ़ियाँ खींचकर बैठ गए।

जबरसिंह इसी विभाग का भूतपूर्व कर्मचारी है। गाँव का है। मैट्रिक पास है। किसी बात पर जूनियर इंजीनियर से झगड़ा हो गया। उसने इसे अंग्रेज़ी में गाली दी, इसने उसे देसी भाषा में झापड़ मार दिया। सस्पेंड हो गया। जूनियर इंजीनियर—जिसे जँचा रखा गया था कि वह कर्मचारी नहीं, अधिकारी है, इस बात पर तुल गया कि वह जबरसिंह को गुज़ारा-भत्ता भी नहीं मिलने देगा। जबरसिंह थोड़े दिन चक्कर लगाता रहा, दारू पीकर गुबार निकालता रहा और हताश होकर उसने यह चाय का ठेला लगा लिया। सारे जान-पहचान के थे, यार-दोस्त थे,। काम चल निकला। बाद में बहाली हुई तो भी ड्यूटी पर नहीं चढ़ा। और तबसे चाय ही पिला रहा है। पता नहीं ओनली विमल, लिम्का ऑफटर रागा, हीरो होंडा, गरवारे और भला उसकी क़मीज़ मेरी क़मीज़ से सफ़ेद क्यों जैसे उद्‌घोषों का उसके दिल पर क्या असर पड़ता है, लेकिन इतना तो सब देखते हैं कि जबरसिंह दो अख़बार रोज़ लेता है, छाछ या मक्खन से रोटी खाता है, कान में सोने की मुँगरी पहनता है, मूँछों पर मलाई लगाता है और कुत्ते को खुरचन खिलाता है। आड़े वक़्त पर कर्मचारी भाइयों को सौ-दो सौ की मदद भी उसी से मिलती है।

"सरकार काम के बदले अनाज योजना चलाती है। हर साल हमें फूड ग्रेन अलाउंस देकर बाज़ार भेज देती है। क्या वह बाज़ार पर हमारी निर्भरता कम नहीं कर सकती? क्या पार्टली हमें वस्तुओं के रूप में वेतन नहीं दिया जा सकता? अनाज-दलहन, बच्चों की कॉपी-किताब, साइकिल-घड़ी। हमारे कोऑपरेटिव स्टोर्स हैं; यूनियनें हैं, हम आदमी एम्पलॉय कर सकते हैं... सरकार के पास वितरण की ईमानदार मशीनरी न सही, हम ख़ुद कर लेंगे। क्या यूनियन लेगी ये जिम्मा? सरकार से कहेगी? ये भी एक तरह का आन्दोलन ही है..."

"सरकारी कर्मचारी तो देश की आबादी का बहुत छोटा हिस्सा हैं।"

"तब तो और भी आसान है। लेकिन आप कहेंगे नहीं। और कहेंगे भी तो सरकार मानेगी नहीं। और मान भी गई तो यह सफल होगा नहीं। हमारे यहाँ

उत्पादन मुनाफ़े के लिए होता है, समाज की ज़रूरतों के लिए नहीं। प्लास्टिक बन रहा है तो सब प्लास्टिक में ही घुसे जा रहे हैं। टीवी चला तो सब टीवी-टीवी। इलेक्ट्रॉनिक्स आया तो घुसा हर आढ़ती इलेक्ट्रॉनिक्स में। सरकार उत्पादन पर काबू नहीं रख सकती तो वितरण पर क्या रखेगी?"

"अच्छा, यूनियन किसी का ट्रांसफ़र कराती है तो इसमें क्या ग़लत है?"

"नहीं, पहले ओटी। आप ओटी देने और ओवरटाइम का रेट बढ़ाने को क्यों कहते हैं?"

"नहीं कहना चाहिए?"

सत्यकान्त ने देखा, जबरसिंह सिर्फ़ चाय नहीं बना रहा, उसकी बातें भी ध्यान से सुन रहा है। और भी दो-चार, जो आसपास बैठे हैं। वह सकुचा गया और चुप हो गया। और चाय आने तक चुप ही रहा। फिर सुर धीमा करके बोला, "ओवरटाइम क्यों दिया जाता है? ओवरटाइम की फ़िलॉसफ़ी क्या है? ओवरटाइम वैकेंट पोस्ट के अगेंस्ट में ही दिया जाता है न? काम ज़्यादा है और आदमी कम हैं। काम दस आदमियों का है—उनके हिसाब से—और आदमी हैं सात। इसीलिए ओटी दिया जाता है न?"

"बिलकुल।"

"क्यों? बाक़ी तीन आदमी कहाँ हैं? क्या कर रहे हैं? क्या वे भूखे नहीं बैठे हैं? उन्हें नौकरी क्यों नहीं दी जाती? क्या इस पढ़े-लिखे बेरोज़गारों के मुल्क में ओटी करना, भूखे के हिस्से की रोटी खाना नहीं है?"

कुछ नहीं बोल पाए मिश्राजी इस बार।

"इसमें भी एक साज़िश है। ओटी देकर काम कराने में कोई लफड़ा नहीं है। तीन आदमी रखोगे तो उनके लिए अलग मेज़-कुर्सी-फ़ाइल-लॉकर-क्वार्टर-प्रमोशन-ट्रांसफ़र-बीमा-पेंशन-ग्रेच्युटी-छुट्टी-दवा-दारू—सब करना पड़ेगा। ख़ाली पोस्ट क्या माँगेगी? दिन-भर के थके-हारे कर्मचारी के मुँह पर पैसे मारकर चार घंटे और काम करा लिया जाएगा। और छुट्टी।"

"ओटी कोई शौक़ से थोड़ी करता है। तनखा में गुज़ारा चलेगा तो क्यों करेंगे?"

"इस एहसास को ओटी कुछ हद तक कुंद नहीं करता? बाबू दिन-भर काम नहीं करेगा, ताकि ओटी मिले, और ओटी में नौकरी ने जो समय खाया

वह किसका खाया? बाबू का? नहीं। उसके परिवार का। खेल का। बच्चों को पढ़ाने का। घरवाली से गपशप का। शाम की सैर का। उसकी सामाजिकता का। ये कितना बड़ा अन्याय है, जो कर्मचारियों के साथ हो रहा है। क्या हमें इसका विरोध नहीं करना चाहिए? कर्मचारियों को साफ़ कहना चाहिए कि ओटी बन्द करो। पूरे आदमी काम पर रखो। उन्हें रोज़गार दो। लीव रिज़र्व रखो। हमें ओटी दिया...तो हम तुम्हारा मुँह तोड़ देंगे।"

मिश्राजी हँसने लगे। बच्चों-जैसी निर्मल हँसी। जबरसिंह भी। वह एक बेंच पर उकड़ूँ बैठने के लिए धोती समेट रहा था। एक हाथ में बीड़ी थी, दूसरे में माचिस। पीले-पीले दाँत दिखाकर हँसा, जब सत्यकान्त से नज़र मिली। मज़ेदार हँसी। कौतुकवाली।

"तो कैसे निभेगी मिश्राजी?" सिगरेट सुलगाता हुआ सत्यकान्त बोला, "मैं कहूँगा तनखा मत बढ़ाओ, यूनियन कहेगी तनखा बढ़ाओ। मैं कहूँगा, ओटी बन्द करो, यूनियन कहेगी सबको ओटी दो। मैं कहूँगा तबादले के बारे में यूनियन कुछ न बोले; यूनियन ज़रूर बोलेगी। मैं कहूँगा बदमाश और भ्रष्ट कर्मचारियों को यूनियन ख़ुद सज़ा दिलवाए, यूनियन उन्हें डिफेंड करेगी..."

"तबादले के लिए यूनियन को क्यों नहीं बोलना चाहिए? अपने घर के पास कौन नहीं रहना चाहता? किसी को कोई प्रॉब्लम है, किसी को कोई। आप उठा के किसी अंटसंट जगह फेंक दोगे तो यूनियन होती किसलिए है? आदमी यूनियन का मेंबर क्यों बनता है? इसीलिए न कि उसे देर-सबेर अपनी मनपसन्द जगह मिलेगी और उसके साथ कोई अन्याय हुआ तो यूनियन उसकी रक्षा करेगी! अब जहाँ तक फ़ैसिलिटीज़ की बात है, अफ़सर कुछ सुनते नहीं, देखते नहीं तो कर्मचारियों का दबाव बनाने के लिए यूनियन होती है। अब आप जानते नहीं, पहले यहाँ लोगों के पास बैठने के लिए कुर्सियाँ तक नहीं थीं। लोग ज़ंजीर से बाँधकर रखते थे अपनी कुर्सियाँ। न रेस्टरूम में कोई खटिया-वटिया थी। जोशीजी के टाइम की बात है। अरे और तो और, लेटरीन में डिब्बा तक नहीं था। और ये बात ठेठ डिवीज़नल कॉन्फ्रेंस तक गई। तो ऐसा तो नहीं है कि यूनियन कुछ नहीं करती या यूनियन ने कुछ नहीं किया। आज आप देख लीजिए। बाक़ायदा फ़र्नीचर है, रेस्टरूम है। रिक्रिएशन की फ़ैसिलिटीज़ हैं।

कैरम बोर्ड तक है। ट्रांसफ़र की हर एप्लीकेशन हमने फॉरवर्ड करवाई है और बाक़ायदा ट्रांसफ़र भी करवाए हैं। आख़िर..."

मिश्राजी उत्तेजित हो गए। पर यह उत्तेजना दिखावटी ज़्यादा थी। वह भाषण नहीं दे रहे थे। सिर्फ़ सत्यकान्त को उकसा रहे थे, ताकि वह यह न समझे कि वह दीवार से बात कर रहा है।

"मिश्राजी, आप तो यूनियन की उपयोगिता पर भाषण देने लगे।"

मिश्राजी हँस दिए। जबरसिंह और दूसरे लोग भी। एकदम खुली-खिली और दोस्ताना हँसी। और फिर सब उसकी तरफ़ उलूक निगाहों से देखने लगे। सत्यकान्त को थोड़ी झेंप लगी। बहुत लोगों के आकर्षण के केन्द्र में आना उसे स्वभावत: पसन्द नहीं। पीछे बैठना, कोने में खड़े रहना, नेपथ्य में रहना ही उसे अच्छा लगता है। लेकिन अभी वह कमिट हो चुका था। उसका कोना ही केन्द्र बन चुका था। भागना अच्छा नहीं लगता।

बोला, "मैंने सुना है सोवियत संघ में जब किसी कर्मचारी का तबादला होता है, तो उससे कहा जाता है—ये लीजिए आपका ट्रांसफ़र ऑर्डर, नए शहर के लिए आपके टिकट, नए स्कूल में आपके बच्चों के दाख़िले, नए फ़र्निश्ड मकान की चाबियाँ और रिलीज़ ऑर्डर। शाम को आपके घर ट्रक पहुँच जाएगा। और आदमी।"

सुननेवालों के मुँह गोल-गोल खुल गए। आधे उत्साह में, आधे अविश्वास में।

और इसके बाद एक मज़ेदार बात यह हुई कि मिश्राजी उठ खड़े हुए और जबरसिंह बोला, "आज की चाय के पैसे मिसराजी से हम नहीं लेगा। आज की चाय जबरसिंह की तरफ़ से। रेडीफेंट संड सेलूट!" और हँस दिया। उसके और ग्राहक समझ गए, जबरया आज ख़ूब ख़ुश है।

दूसरे दिन जबरसिंह ने सत्यकान्त से पूछा, "आप माटसाब थे क्या पेले? उसने कहा, "नहीं तो।" जबरसिंह बोला, "आप इतनी सारी बातें जानते हो, पर किसी से जादा बतलाते नहीं हो। चुपचाप किताबाँ पढ़ते हो, सिगरेटाँ धूँकते हो और घर चले जाते हो। क्या बात है? आपको किसी से बतलाना अच्छा नहीं लगता?"

सत्यकान्त मुस्कराकर रह गया।

और तीसरे दिन सत्यकान्त के लाख हुज्जत करने, भागने, बचने, छिपने और अड़ने के बावजूद उसे सबने मिलकर यूनियन का नया शाखा-सचिव बना दिया।

चौथे दिन उसने किसी से सुना, जबरसिंह किसी से कह रहा था—'माटसाब का यूनियन में खटाव नहीं होगा। फालतू बना दिया उनको सिकेटरी।'

सत्यकान्त ने यूनियन के सैद्धान्तिक पक्ष को मज़बूत बनाने का प्रयास आरम्भ किया। नौकरी की सेवा-शर्तें, नियम-उपनियम, प्रशासनिक विधान, दंड-व्यवस्था, सुविधाओं के प्रावधान आदि। उसने विभागीय, ट्रेडयूनियन सम्बन्धी और वामपंथी राजनीति की पत्रिकाएँ-पुस्तिकाएँ और समाचार-पत्र मँगाना चालू किया। ख़ुद पढ़ना और दूसरों को पढ़ने के लिए उकसाना चालू किया और इस चक्कर में कई राज़ खुले। पता चला सेवा-नियम वही चल रहे हैं जो उन्नीसवीं सदी में अंग्रेज़ों ने बनाए थे, उसमें संशोधन पर संशोधन ख़ूब हुए हैं, उसे नए सिरे से लिखा नहीं गया है। स्थायी और पूरक नियम ऊपर से नीचे तक किसी दफ़्तर में उपलब्ध ही नहीं हैं। उन्हें एक भूतपूर्व कर्मचारी ने किताब की शक्ल में छाप रखा है, और सारे दफ़्तर उसी को प्रमाण मानकर काम चला रहे हैं। जैसे-जैसे सत्यकान्त इस सबके बारे में लम्बे समय से उलझे मामलों, अधिकारी-कर्मचारी और यूनियन के परस्पर सम्बन्धों आदि के बारे में परिचय पाता गया, वैसे-वैसे उसका आत्मविश्वास कम होता गया। और जैसे-जैसे उसका आत्मविश्वास कम होता गया, वैसे-वैसे यूनियन में उसकी इज़्ज़त बढ़ती गई। लोग उसे माटसाब और गुरुजी कहने लगे। यह सुनना उसे ख़ूब अच्छा लगता। और जितना अच्छा लगता, उतना ही वह आशंकित होता जाता कि वह फिसल रहा है...पर्सनाल्टी कल्ट में। आत्ममुग्धता में। व्यक्तिवाद में। मध्यवर्गीय आदर्शवाद में।

इन्हीं दिनों एक उच्चाधिकारी दौरे पर आए। परिपाटी थी कि स्थानीय समस्याओं को लेकर यूनियनवाले भी उनसे मिलने जाएँगे। वह नर्वस हो गया। मिश्राजी को उसने साथ ले लिया। मुलाक़ात के लिए निश्चित समय पर उन्हें

बुलाया गया। स्थानीय अधिकारी भी थे। वह नर्वस भी था और झुँझलाया हुआ भी। उसने लड़ने की मुद्रा अख्तियार की और उच्चाधिकारी द्वारा झिड़क दिया गया। मिश्राजी ने बात सँभाली। वह अकेला होता तो यक़ीनन उठकर आ जाता, चाय भी छोड़कर आ जाता। मिश्राजी बेबात हँस रहे थे। हक़ के लिए भी गिड़गिड़ा रहे थे और दयनीयता की मुद्रा में महामहिम की मेहरबानी चाह रहे थे। इससे महामहिम का अहं ख़ूब तुष्ट हुआ। वह मिश्राजी से ही मुख़ातिब रहा। और उसने—मानो सत्यकान्त को सबक़ सिखाने के लिए—स्थानीय यूनियन की आधी से भी ज़्यादा माँगें फ़ौरन मान लीं, बाक़ी पर शीघ्र एक्शन लेने का वादा कर, उन्हें डायरी में नोट करके ले गया, और जाते-जाते यूनियनवालों से हाथ भी मिला गया।

मुलाक़ात अत्यंत सफल रही। सब कर्मचारी ख़ुश हो गए। सेहरा सत्यकान्त के ही सिर बँधा। सिर्फ़ उसी से मिश्राजी ने कहा, "आप बुरा मत मानिएगा। मैंने थोड़ी व्यावहारिकता से काम ले लिया। इन गधों को फुसलाकर कुछ भी ले लो। लड़कर भी ले सकते हैं, पर अभी अपनी स्ट्रेंग्थ इतनी नहीं है।"

यहाँ असफल होने के बाद वे यूनियन के क्षेत्रीय सम्मेलन में गए, जहाँ सत्यकान्त के ओजस्वी भाषण ने सबको 'फ़्लैट' कर दिया। उसने जबकि पूरी यूनियन को लताड़ा था कि वे संघर्ष की नहीं, समझौते की भाषा बोलने लगे हैं। छीनने की नहीं, माँगने की संस्कृति विकसित कर रहे हैं। उन्होंने श्रमिकों के आत्मसम्मान को अफ़सरों के क़दमों में कालीन की तरह बिछा दिया है, आदि-आदि। और सबने ख़ूब ज़ोर से तालियाँ बजाईं और उसे संगठन-सचिव चुन लिया। सर्वसम्मति से। बल्कि ज़बरदस्ती।

उसे रुककर सोचना चाहिए था कि ऐसा क्यों हो रहा है? वह जिन्हें गाली दे रहा है, वे गाली खाकर ख़ुश क्यों हो रहे हैं? क्या वह एक बुर्जुआ, आरामतलब और यथास्थितिवादी यूनियन द्वारा इस्तेमाल किया जा रहा है? क्योंकि वह अपने थोड़े-बहुत अध्ययन और लच्छेदार भाषा के बूते पर इस यूनियन को एक क्रान्तिकारी छवि दे सकता है? या वह वर्तमान नेतृत्व के लिए परिवर्तनकारी सोच के ख़िलाफ़ किसी सेफ़्टी वॉल्व का काम कर रहा है? लेकिन उसने ऐसा नहीं किया। वह आत्ममुग्धता की चपेट में आ गया

और आम मध्यवर्गीय लल्लुओं की तरह जय-जयकार और फूलमाला-गुलाल-ज़िन्दाबाद के सुरूर में रपटकर सचमुच ख़ुद को वैसा ही समझने लगा, जैसा दूसरे उसको बता रहे थे। उसकी चाल में महत्त्वपूर्ण होने की ठसक आ गई और बातों में उपदेशक का लहज़ा। ऐसा एक दिन में नहीं हुआ, लेकिन हो गया। अब वह किसी की तबादले की अर्ज़ी लिख रहा था, किसी का ओटी लगवा रहा था और किसी के वेज रिवीज़न के तर्क गढ़ रहा था, और समझ रहा था कि वह बड़ी भारी जनसेवा कर रहा है। उसका पढ़ना भी कम हो गया। टाइम कहाँ था? और धीरे-धीरे असफलता, अस्वीकार, असहमति और अपमान को विचारपूर्वक झेलने-सहन करने के उसके स्नायु कड़े और नाकारा पड़ने लगे और सरल शब्दों में कहें तो उसे नेतागिरी की लत पड़ने लगी।

धीरे-धीरे जबरसिंह का होटल उसकी स्थायी बैठक हो गई। वह चाय पर चाय पीता, सिगरेट पर सिगरेट फूँकता और इस-उस के छोटे-छोटे सवालों के बड़े-बड़े जवाब देते-देते ख़ुद को थका डालता, और सोचता, बड़ा अच्छा काम कर रहा है। शाम होते-होते लेकिन एकदम ख़ाली हो जाता, और उदास, और तनहा। उसे श्रोताओं की लत पड़ रही थी और उसने सारे स्टाफ़ पर, बल्कि कुछ अधिकारियों तक पर एक क़िस्म का बौद्धिक आतंक जमा दिया था। लोग फ़ुरसत में वहाँ आ बैठते, चाय के पैसे उसे कभी नहीं देने देते और उसकी बातें ग़ौर से, मज़े से सुनते। वह लोकप्रियता के नए शिखर छूने लगा और धीरे-धीरे अपने ही साथियों से उसकी दूरी बढ़ने लगी। लोग उसका लिहाज़ करते, उसके सामने गाली नहीं देते, लड़की नहीं छेड़ते, सिनेमा के गाने नहीं गाते, सेक्स या रिश्वत की बातें नहीं करते, ऐसी-वैसी किताब पढ़ रहे होते तो छिपा लेते, क़मीज़ का ऊपर का बटन बन्द रखते, उबासी आने पर मुँह भींच लेते और उसे चाय-पान को पूछते रहते। दफ़्तर में यह लिहाज़ और भी ज़्यादा था। लोग उसके हिस्से का काम मिल-बाँटकर निबटा देते और अफ़सरों की ख़ामोश रज़ामंदी से पूरा वक़्त यूनियन के काम के लिए छुट्टा छोड़ देते।

सिर्फ़ जबरसिंह ऐसा था जो उसका भक्त या श्रोता नहीं था। वह चुपचाप अपना काम करता रहता, दोपहर होने पर धीरे-से पूछता— रोटी खाई माटसाब?

ज़ाहिर है इस सवाल का जवाब सत्यकान्त के पास नहीं होता। वह इस सवाल से मानो असुविधा में पड़ जाता। 'जाऊँगा यार होटल' या 'छोड़ो यार, शाम को ही बना लूँगा एक साथ' जैसा कुछ बुदबुदाकर वह एक सिगरेट और सुलगा लेता और बेंच पर ही लेट जाता। जबरसिंह चुपचाप एक प्लेट में मलाई भरकर, उस पर शक्कर डाल उसे पकड़ा देता, या किसी जान-पहचान के स्कूटर-मोटरसाइकिल को रोककर उस पर 'माटसाब' को ज़बरदस्ती बैठाकर होटल भिजवा देता। या कभी-कभी ऐसा भी होता कि वह कहता—'आओ, अपन भेले ही ठोक लेते हैं एक-एक सोगरा' और अपनी मैली पोटली खोल, उसमें से सुबह का बनाया बाजरी का सोगरा और उस पर मिर्च की चटनी, छाछ के गिलास के साथ उसे पकड़ा देता, लेकिन इस पर कभी ज़ोर नहीं देता। इस मुद्दे पर दोनों की दुविधा दर्शनीय थी। जबरसिंह सोचता, पता नहीं हम ग़रीबों का खाना माटसाब को पसन्द आएगा या नहीं, और सत्यकान्त सोचता, इसके हिस्से का आधा खाना मैं खा लूँगा तो यह भूखा रह जाएगा।

उस साल के प्रान्तीय अधिवेशन में सत्यकान्त की शास्त्री जी से पहली बार भेंट हुई। शास्त्री जी एक गांधीवादी क़िस्म के अधेड़ आदमी थे। उन्हें ज़्यादा भाषण-वाषण देना नहीं आता था। उनके स्मृति-भंडार में दस से भी कम लतीफ़े थे जो पिछले बीस साल से हर जगह सुनाए जा रहे थे और सबको रटे पड़े थे। शास्त्री जी को ट्रेड यूनियन की फ़िलॉसफ़ी से कुछ लेना-देना नहीं था। वे यूनियन के संस्थापक सदस्यों में से थे और जनसेवा की भावना से हरेक का काम कर देना उनकी आदत थी। बल्कि धर्म था। इस धर्म को वे अत्यंत विनम्रतापूर्वक और व्यावसायिक कुशलता से निभाते थे। उनकी स्मरण-शक्ति लाजवाब थी और वे किसी से चाय तक नहीं पीते थे। उलटे दूर-दूर से आनेवाले कर्मचारियों को ख़ुद चाय पिलाते थे, परिचितों को खाना खिलाते थे और मित्रों को घर ठहराते भी थे। उनके घर पर शायद ही किसी दिन अचानक यह घोषणा न हुई हो कि सुनो जी! चार आदमी या दो आदमी या तीन आदमी और खाएँगे। और शायद ही किसी दिन बच्चों से यह नहीं कहा गया हो—बेटे, तुम

उस कमरे में पढ़ लो, या आज मम्मी के कमरे में सो जाओ। कुल मिलाकर शास्त्री बड़े देवता क़िस्म के आदमी थे। और उनके इस देवतापने ने यूनियन के जुझारूपन का भट्ठा बैठाकर रख दिया था।

शास्त्री जी को हर समय लोग घेरे रहते थे। उनके साथ के अधिकांश लोग अफ़सर बनते गए थे और वे यूनियन की ख़ातिर लगातार पदोन्नति ठुकराते रहे थे। इसलिए ये अफ़सर छोटी-छोटी बातों के लिए शास्त्री जी की बात टाल नहीं सकते थे। इसी लिहाज़दारी के चलते शास्त्री जी, जैसे भी हो, हरेक का काम करा देते थे। लेकिन उनसे ही काम निकालकर लोग अपने-अपने शहरों में जाते और दूसरी यूनियन खोल लेते। उनसे कितनी ही बार कहा गया कि सिर्फ़ उसका काम कराइए जो अपना मेंबर हो, लगातार चन्दा देता हो और ब्रांच सेक्रेटरी का पत्र साथ लाए। लेकिन उन पर इसका कोई असर नहीं। इस महकमे में एटक-सीटू, बीएमएस, इंटक, हिन्द मज़दूर आदि सब रंग की यूनियनें थीं, कैडरवाइज़ यूनियनें भी अलग-अलग थीं। चार-पाँच तो महासंघ थे और बीस-पच्चीस महासचिव। स्थिति यह थी कि कई जगह तो हर चौथा कर्मचारी यूनियन का पदाधिकारी था। जिसे स्थानान्तरित होकर दूर-दराज़ देहात में फेंके जाने का डर होता, वही यूनियन का पदाधिकारी बन जाता और उस अवधि के लिए तबादले के डर से मुक्त हो जाता। ऐसा भी देखने में आता कि कल तक जो आदमी शास्त्री जी का दाहिना हाथ माना जाता था, आज उन्हें धता बताकर दूसरी यूनियन का महासचिव या मंडल सचिव बन गया है और इसी आधार पर राजधानी में चिमटा गाड़कर बैठ गया है, और अब अनंतकाल तक यहीं रहने का जुगाड़ बैठा रहा है, ताकि इस बीच अपना मकान का काम पूरा करवा सके या बैंक लोन लेकर भाई के नाम से ऑटोरिक्शा चलवा सके या वाइफ़ को बी. एड. करवा सके।

प्रबंधन को इस सबमें ख़ूब मज़ा आता था, क्योंकि इस तरह कर्मचारी इतने छोटे-छोटे टुकड़ों और मनसबदारियों में बँट जाते थे कि उन्हें किसी से भी डरने की ज़रूरत नहीं रह जाती थी। पिछले दस साल से विभाग में कोई बड़ी हड़ताल नहीं हुई थी और आगे दस साल तक होने की कोई आशंका भी नहीं थी। ख़ुद शास्त्री जी की सेहत पर इससे कोई फ़र्क़ नहीं पड़ता था,

क्योंकि उनका देवत्व सुरक्षित था। कोई लाख महासचिव बन जाए, अपने काम करवाने के लिए उसे अब भी शास्त्री जी के पास ही आना पड़ता था। शास्त्री जी की यूनियन में हालाँकि दर्जनों ऐसे लोग थे जो इस सबका मतलब समझते थे और शास्त्री जी से दुखी भी रहते थे, बल्कि उनके विरोधी भी थे, लेकिन इस 'अपनी' यूनियन के प्रति धार्मिक क़िस्म की निष्ठा के चलते वे न तो इस यूनियन को छोड़कर जाते थे न उन्हें शास्त्री जी का कोई विकल्प नज़र आता था।

सत्यकान्त ने अपने पहले ही भाषण में इस विरोध को विस्फोट में बदल दिया। उसने—पुराने कवियों के अन्दाज़ में कहें तो शब्द और वाक्य नहीं, लपट और शोले उगले। उसने परम्परागत लिहाज़वादी नेतागिरी की धज्जियाँ उड़ा दीं। उसने नौजवान कर्मचारियों का आह्वान किया कि वे इस कचरे के ढेर में आग लगा दें। उसने साफ़ कहा कि यह ट्रेड यूनियन नहीं, शुद्ध अर्थवाद है...प्योर एंड सिंपल, जो अनंतकाल तक लड़ाई का भ्रमजाल खड़ा करके वर्तमान व्यवस्था के पैने नाख़ूनों की हिफ़ाज़त करता रहेगा। उसने लताड़ते हुए कहा कि ये लीडर नेता नहीं, वकील हैं, चतुर वकील, बल्कि दल्ले, जो मुवक्किलों की मूर्खता खाकर ही जीवित रहते हैं, आदि-आदि।

लोग गद्गद हो गए। लोगों के बदन में फुरफुरी छूटने लगी। सब सबसे उसके बारे में पूछने लगे। वह जहाँ जाता, भीड़ लग जाती। बहुत अरसे बाद शास्त्री जी ने आपा खोया। लोग सत्यकान्त को 'शास्त्री जी के बाद कौन' का भावी उत्तर मान भी चुके। सबने सबसे कहा कि प्रान्तीय अधिवेशन में कई साल बाद इतना मज़ा आया। और इस सबका परिणाम यह निकला कि वह प्रान्तीय परिषद में संयुक्त सचिव के रूप में ज़बरदस्ती और सर्वसम्मति से चुन लिया गया। माला, गुलाल, ज़िन्दाबाद, अख़बार में फ़ोटो...शास्त्री जी के दरबार का एक और रतन।

सत्यकान्त ने माथा कूट लिया। सर पीट लिया। क्या यही...क्या यही वह पाना—करना चाहता था? क्या उसने ओटी, अन्तरिम राहत, प्रमोशन, पे-कमीशन, पिटीशन रिप्रेजेंटेशन और आर्बिट्रेशन की नक़ली और वाहियात माँगों की दलदल में लोट रहे इन मध्यवर्गियों के सोच को ज़रा भी हिलाया?

क्या वह भी वैसा ही नहीं हो गया, जैसा कि वह नहीं है? क्या वह ख़ुद को चुपचाप शास्त्री जी बन जाने देगा? एक स्वतंत्र व्यक्ति की विचार-चेतना का इससे बड़ा अपमान और क्या हो सकता है? क्या वह अभी, इसी वक़्त इस्तीफ़ा दे दे? लेकिन फिर? क्या यह किला अभेद्य है? या दुर्भेद्य? इसे कहाँ से और कैसे तोड़ा जाए?

उसे मालूम था कि संयुक्त सचिव मात्र शोभा की चीज़ है। सम्मेलन के बाद हुई कार्यकारिणी की बैठक में यह सिद्ध भी हो गया। उसने कुछ सुझाव रखे, जिनका किसी ने विरोध नहीं किया, लेकिन समर्थन भी नहीं किया, वे उसे सुनने के फ़ौरन बाद सबके बीच में मसनद के टेके से पसरे शास्त्री जी की तरफ़ देखने लगे जो माचिस की तीली से दाँत कुरेद रहे थे। दाँत में फँसा कुछ सामने ही थूककर उन्होंने फ़रमाया कि सुझाव कॉमरेड के अच्छे हैं, लेकिन प्रैक्टिकल नहीं हैं। हो नहीं सकते।

सत्यकान्त आधे घंटे तक शराफ़त से हुज्जत करता रहा, जानना चाहता रहा कि उसके सुझाव व्यावहारिक क्यों नहीं हैं? फिर तैश में आ गया। जवाब में शास्त्री जी के एक पुराने चमचे ने चिढ़कर उसे डपट दिया—आप बच्चे हैं अभी। आपने देखा क्या है अभी? तीस साल से यूनियन चला रहे हैं। जितनी आपकी उम्र नहीं हुई उतनी हमारी सर्विस हो गई। ये कोई स्टेज पर लच्छेदार भाषण देने का काम नहीं है। आधे घंटे से मीटिंग को होल्ड-अप कर रखा है। हाँ नहीं तो...क्या नाम से...शास्त्री जी ने उसे रोका और कहा कि हमें नए लोगों के विचारों को भी सुनना चाहिए।

बैठक के फ़ौरन बाद शास्त्री जी ने सत्यकान्त के सामने सुझाव रखा कि अगले महीने वे राज्य की सभी शाखाओं का दौरा करने निकल रहे हैं, सत्यकान्त चाहे तो साथ चले, घूम-देख भी लेगा सभी शाखाएँ और दूसरा यह कि इस उम्र में शास्त्री जी के लिए अकेले यात्रा करना भी आसान नहीं, कोई साथ रहे तो गपशप भी रहेगी और यह भी कि भई ज़रा स्टेशन पर उतरकर पानी ला दिया, चाय ले आए, बिस्तरा लगवा दिया, टिकट ख़रीद लाए...जीव को जीव का सहारा। एक से भले दो। वैसे भी वह संयुक्त सचिव है...वह चाहे तो शास्त्री जी उसके रिलीज़ के लिए बात करें? एक तरफ़ का किराया

ब्रांचें देंगी, एक तरफ़ का सीईसी से दिलवा देंगे। और सत्कार तो होगा ही हर जगह। क्यों?

बग़ैर सोचे-समझे सत्यकान्त ने मना कर दिया। साले की हिम्मत तो देखो!

सत्यकान्त को समझ में आया कि चुनौती बहुत बड़ी है। उसके अन्दाज़े से हज़ार गुना ज़्यादा बड़ी। शास्त्री जी एक साँचा हैं, जो अपने इर्द-गिर्द सैकड़ों छोटे-छोटे शास्त्री ढाल देते हैं। शास्त्री जी एक मानसिकता हैं जिसकी जड़ें मध्यवर्गीय आदर्शवाद में से फूटती हैं और तमाम परिवर्तनकारी सोच को ढक लेती हैं। हर पीढ़ी एक कल्ले की तरह फूटती है और हर बार मौक़ा ताड़कर यह फफूँद उसे शास्त्री जी बना डालती है। लेकिन समस्या सांस्कृतिक है या सामाजिक? या आर्थिक? या राजनैतिक? कहाँ से इस किले में पलीता भरा जाए? आसान और सीधा विकल्प है इस यूनियन को छोड़कर दूसरी में चले जाना, या कोई नई यूनियन बना लेना। लेकिन क्या यह सही विकल्प है? क्या यह कोई विकल्प भी है? यूनियन छोड़कर भागने और घर छोड़कर भागने और देश छोड़कर भागने में क्या बुनियादी फ़र्क़ है? सबसे बड़ी यूनियन यही है। ओटी, डीए, इंटरिम रिलीफ़ और ट्रांसफ़र की सुविधापरस्त, रतौंधियायी, लिहाज़वादी राजनीति के विरोध में क्या वह अकेला खड़ा होगा? वह अकेला खड़ा होकर क्या करेगा? शहीद होना क्या अच्छी बात है? कर्मचारियों की मानसिकता वह कैसे बदलेगा? जबकि यह सारा ढाँचा सत्ता और यूनियनों ने मिलकर खड़ा किया है। पैसा इतना हरामी और बाज़ार इतना हरजाई क्यों है? उपभोक्तावाद सिर्फ़ पश्चिम का रोग है क्या? शास्त्री जी ने अपनी ड्यूटी कितने सालों से नहीं की है? अगर महासचिव न रहें, सामान्य कर्मचारी की तरह ड्यूटी करनी पड़े, तो कर पाएँगे? इन शास्त्रियों का क्या इलाज है उसके पास?

इस उच्छ्वासपूर्ण भावुक सोच में बहने की बजाय ठीक इसी मुकाम पर सोचना चाहिए था सत्यकान्त को कि आख़िर कहीं तो होंगे उसके भी हमख़याल! इसी महकमे में। कम ही सही। अकेले और अजनबी और गुमसुम ही सही। और निकल पड़ना था उन्हें ढूँढ़ने। लेकिन चूक गया। यह बात उसके दिमाग़ में आई ही नहीं।

इसलिए जब अधिवेशन से लौटकर वापस अपने शहर आए, तो सब ख़ुश थे, बल्कि गौरवान्वित, कि इस बार प्रान्तीय कार्यकारिणी में उनके यहाँ का भी कोई आदमी लेना पड़ा शास्त्री जी को। मानो वह चुनाव नहीं जीता हो, शास्त्री जी ने उसे मनोनीत किया हो। और सब उसे घेरे हुए थे कि कब वह मुस्कराए तो वे ठहाका लगा दें और कब वह भौंहें सिकोड़े तो वे आगबबूला हो जाएँ। सिर्फ़ एक आदमी दुखी था, और उदास और तनहा, और वह सत्यकान्त ख़ुद था, जिसे दिन-भर जबरसिंह के होटल पर पड़े-पड़े कुछ सोचते या सिगरेट फूँकते या जबरसिंह के छोटे-से टेपरेकॉर्डर पर मेंहदी हसन को चींथते देखा जा सकता था।

सत्यकान्त के प्रान्तीय संयुक्त सचिव बनने के बाद कर्मचारियों की उससे अपेक्षाएँ भी बढ़ गईं। अब स्थानीय ही नहीं, आसपास के शाखा-कार्यालयों से भी लोग उससे मिलने आने लगे, इस आशा से कि वह शास्त्री जी से कहकर उनका तबादला, प्रमोशन, पेफिक्सेशन, कन्फर्मेशन, लोन-सेटलमेंट आदि-आदि करवा देगा। हर केस उसे जेनुइन नज़र आता; हर आदमी की तकलीफ़ सुनकर उसे लगता उसका इस पर हक़ बनता है...हर बार राजधानी जाने से पहले उसके पास ऐसे कामों की एक लिस्ट होती, और इस लिस्ट में कर्मचारियों के ही नहीं, कई बार कुछ अधिकारियों के भी नाम होते। यदि वह कहता कि वह ये काम नहीं कर सकता या कराना ठीक नहीं समझता, तो लोग दुखी हो जाते या इसे मज़ाक़ समझकर हँस पड़ते। हर बार वह यह देखकर तड़प उठता कि अपनी मेहनत की रोटी खानेवाले ये लोग अपने हक़ की बात के लिए, अपनी जायज़ माँग के लिए भी कैसे अपने ही साथवाले एक कर्मचारी की भी चमचागिरी करने लगते हैं। क्यों? क्यों और किसने उन्हें इसके लिए विवश कर दिया? बल्कि कभी-कभी तो उसे लगता कि यदि वह किसी की रुकी हुई तनखा दिलाने, या पेंशन चालू करवाने या ऐसे लोन की कटौती रुकवाने, जो अगले ने लिया ही नहीं, या मेडिकल बिल पास करवाने आदि के लिए सौ-दो सौ रुपए ख़र्च-पानी के लिए भी माँगने लगे तो कोई इनकार नहीं करेगा। सरकार के बाज़ाब्ता कर्मचारियों की ऐसी दुर्दशा देखकर उसे हैरानी भी होती, दुख भी, ग़ुस्सा भी आता और पछतावा भी होता। ये लोग! ये

भोले लोग! इनकी क्या ग़लती है? नौकरी में लेते समय सरकार ने इनसे कुछ वादे किए थे। सरकार तरह-तरह के बहाने बनाकर उनसे मुकरती है। इनके दिए बिल गाय खा जाती है, इनके तबादले की अर्जी बिना वज़न हवा में उड़ जाती है, इनकी भविष्यनिधि फ़ाइलें बाढ़ में डूब जाती हैं...इनसे दस-दस घंटे ओटी करा लिया जाता है और इसकी जा चुकी मज़दूरी का दस-दस महीने तक भुगतान नहीं किया जाता। उजरत माँगने पर इन्हें टरकाया जाता है, या लॉटरी के बीस टिकट ख़रीदने को या नसबन्दी के दो केस लाने को कहा जाता है! इन्हें कुर्सी-पंखे-औज़ार-पीने का पानी और साइकिल स्टैंड के लिए भी यूनियन की मारफ़त चीख़ना-चिल्लाना पड़ता है। क्या ये ज़बरदस्ती गले पड़े लोग हैं। क्या इनके बग़ैर महकमा चल सकता है? क्या इनसे सिद्धान्तों की बातें करना सम्भव भी है?

लेकिन शास्त्री की काट भी शास्त्री ही हो सकती थी। और शास्त्री बनना भी आसान नहीं था। बल्कि एक शास्त्री के रहते दूसरा शास्त्री बनना सम्भव ही नहीं था। और एक शास्त्री को हटाकर दूसरे किसी का मुख्य शास्त्री होना तभी सम्भव था जब इतिहास पीछे मुड़कर भागना शुरू कर दे और रनिवासों-तलवारों-विषकन्याओं और षड्यंत्रों से भरे राजमहलों में पहुँच जाए। अपने साल-भर के संगठनात्मक अनुभव के बाद सत्यकान्त इसी नतीजे पर पहुँचा कि कर्मचारी ताली तो उसके भाषण पर ज़्यादा बजाते हैं लेकिन पीछे शास्त्री जी के ही लगे रहते हैं—क्योंकि उन्हें मालूम है कि उनके बरसों के अटके काम सत्यकान्त नहीं, शास्त्री जी ही करा सकते हैं। उसे शास्त्री जी ने सिर्फ़ इसलिए रख रखा है कि वह भाषण अच्छे दे लेता है और उसके बहाने मीटिंग ज़रा अच्छी जम जाती है। प्रान्तीय कार्यकारिणी में भी मानो एक षड्यंत्र के तहत उसकी बात बड़ी शान्ति और धैर्य से सुनी जाती, लेकिन मानी कभी नहीं जाती। इसकी प्रशंसा तो ख़ूब की जाती लेकिन यह भी कहा जाता कि उसे और व्यावहारिक होना चाहिए। वे कर्मचारियों को कर्मचारी नहीं, 'मास' कहते, और 'मास' से पार्टीसिपेशन नहीं, 'फॉलोइंग' चाहते। उनकी सारी नीतियाँ इसी मुद्दे के गिर्द बनतीं कि मास क्या चाहता है। न कि ये कि मास को क्या चाहना चाहिए। शास्त्री जी कोई भोले आदमी नहीं थे, जिनसे जो चाहे कुछ भी

करवा ले। उन्होंने उलटी-सीधी, जायज़-नाजायज़ माँगें मनवाकर कर्मचारियों की एक बड़ी संख्या को मुट्ठी में कस रखा था, ख़ासकर बड़े शहरों में बरसों से जमे धंधेबाज़ कर्मचारियों को, और वे जानते थे कि शास्त्री जी भला करवा सकते हैं तो बुरा भी करवा सकते हैं। कुल मिलाकर वे अपने देवत्व की बहुत मुस्तैदी से चौकसी कर रहे थे और जिस परिमाण में सत्यकान्त उनसे अपनी तरफ़ के कर्मचारियों के काम करवाता, उसी परिमाण में शास्त्री जी के सामने उसकी चुनौती ढीली पड़ती जाती थी।

धीरे-धीरे सत्यकान्त की चाल-ढाल में कुछ और परिवर्तन भी दिखाई देने लगे। अब वह कर्मचारियों की पूरी बात सुनने से पहले ही उन्हें मिश्राजी के पास भेज देता। उसी को केस समझाना चाहनेवाले कर्मचारी से संक्षेप में और 'टु द पॉइंट' बात करने को कहता और पूरे काग़ज़ साथ नहीं होने या पूरी तारीख़ें याद न होने पर कर्मचारियों को डाँट भी देता। मिश्राजी पर भी वह अक्सर झुँझला जाता और जबरसिंह की रोटी अनुग्रह नहीं, अधिकार समझकर खा जाता। चार आदमियों के जुटते ही वह कोई ऐसी बात सोचकर बोलता जिस पर ठहाका लगे, और कोई उसकी चाय के पैसे दे देता या कोई उसके लिए पान या सिगरेट ले आता तो इसमें वह दिखाने के लिए भी कोई संकोच नहीं करता। स्थानीय प्रबंधन पर वह शास्त्री जी के अपने अंतरंग सम्बन्धों की झूठी धौंस मारकर अपने 'मास' के सारे काम करवा लेता और अन्त में यह पूछने में भी नहीं शरमाता कि अमुक तारीख़ को वह शास्त्री जी से मिलने राजधानी जा रहा है—कोई काम हो तो निस्संकोच हुकुम करें।

कभी-कभी अकेले में उसे अपने सिद्धान्त, यूनियन की अपनी आदर्श कल्पना और कर्मचारी परिवार को लेकर देखे गए सपने भी याद आते। वह एकदम उदास हो जाता। बल्कि कुंठित। उसके मुँह का ज़ायक़ा बिगड़ जाता। वह कूदकर इस नतीजे पर पहुँच जाता कि वह एक सुविधाजीवी, पेटी बुर्जुआ वर्ग की यूनियन में है और इन नाशुकरों से तो कोई उम्मीद करना ही बेवकूफ़ी है। ये किसी करम के नहीं हैं। इनके लिए तो जितना करो, उतना ही कम है। और जब ऐसे कोसनों से भी तसल्ली नहीं मिलती, मन की छटपटाहट और आत्मा की बेचैनी कम नहीं होती, तो...किसी के साथ पीने

बैठ जाता। मरो सालो! फूटे करम तुम्हारे। जब कुएँ में ही भाँग पड़ी है तो...

लेकिन कभी-कभी तकलीफ़ भी होती। सच्ची और व्यक्तिगत तकलीफ़। वह किस निरर्थक-बेसूद-बेस्वाद चक्कर में फँस गया है। यह दिन-ब-दिन फलती-फूलती बलवती होती भ्रष्ट शास्त्रीपंथी हमें कहाँ ले जाएगी? इसका संहारकर्ता अगर कहीं है तो कहाँ है! कहाँ है??

ऐसी ही एक मूड-लहर में एक दिन सत्यकान्त जबरसिंह के होटल पर बैठा रोटी खा रहा था कि कार्यालय का एक नौजवान लाइनमैन जगदीश उसके पास आया और नमस्ते करके पास बैठ गया। जबरसिंह कहीं चाय देने गया हुआ था। उसकी अनुपस्थिति में सत्यकान्त ने ख़ुद ही रोटी निकाल ली थी। जगदीश बोला, "साहब बहादुर! शाम को थोड़ा टैम होगा क्या ख़ाली?"

"क्यों? क्या काम है?" सत्यकान्त भरे मुँह से बोला।

"कुछ नहीं। वैसेई। सोचा आपको अपणे घर ले चलना है।"

"कुछ काम है?"

"काम तो अपणा हम ख़ुद ही कर लेते हैं। बात ऐसी है कि आज बच्चे के झंटूले उतरवाए हैं...क्या बोलते हो आप...मुंडन...तो यार-दोस्त बोले के ढूँढ़ होणी चइए। तो अब आप तो अपनी हैसियत जानते ही हो। तो हमने सोचा के चलो थोड़ी पार्टी-शार्टी कर देते हैं। दाल-बाटी-चूरमे का प्रोग्राम। तो सब लोग बोले के भई नेताजी को भी बुलाणा चइए। तो आपसे अरज है के आप पधारजो। मैं लेने आ जाऊँगा आठ-साढ़े आठ बजे आप कहो तो।

अटक-अटककर जगदीश ने अपनी बात पूरी की और हाथ जोड़े ठिठोली की मुद्रा में मुस्कराते हुए उसकी तरफ़ देखता रहा।

सत्यकान्त उँगलियाँ चाट रहा था। एक-एक कर चारों उँगलियाँ चाटने के बाद उसने हस्बमामूल बग़ैर जगदीश की तरफ़ देखे पहले तो अन्धविश्वासों और रूढ़ियों के ख़िलाफ़ एक संक्षिप्त भाषण दिया और फिर आने के लिए सहमत भी हो गया।

जगदीश के कच्चे मकान में औरतों की चहल-पहल थी। बाहर गोबर से लिपा

काफ़ी बड़ा अहाता था, जिसमें सात-आठ फोल्डिंग कुर्सियाँ रखी हुई थीं। उन पर दफ़्तर के चपरासी, लाइनमैन और कुछ और लोग—जिन्हें सत्यकान्त नहीं जानता—जमे हुए थे। मकान की बाहरी दीवार पर एक साठ वाट का लट्टू टाँग दिया गया था, जो कुर्सियों से फिर भी काफ़ी दूर था। अहाते के दोनों तरफ़ नीम के बड़े-बड़े पेड़ थे, जिनसे कुछ चाँदनी छनकर आ रही थी। सत्यकान्त को देखते ही सब उठ खड़े हुए। पहले जगदीश ने उससे हाथ मिलाया, फिर उसने एक-एक करके सबसे, और एक ख़ाली कुर्सी पर आ बैठा। सबके हाथ में पीतल-काँच-स्टील के गिलास थे। कुर्सियों के बीच एक औंधा खोका रखा था, जिस पर केसर-कस्तूरी की एक बोतल और एक प्लेट में प्याज़ के टुकड़े और कुछ नमकीन रखा था। नीमअँधेरे में अल्प परिचितों के बीच पीने-पिलाने का यह माहौल काफ़ी कुछ रोमांटिक और ज़रा-ज़रा रोमांचक भी लग रहा था।

जगदीश ने एक गिलास पूरा भरकर, दोनों हाथों से पकड़, बड़े अदब से उसे पेश किया।

शराब बेहतरीन थी। दो-चार घूँट में ही सत्यकान्त मूड में आ गया और यूनियन की बातें करने लगा, बल्कि भाषण देने लगा। जैसा कि लोग करते थे—लाइनमैन पहले ध्यान से सुनने लगे, मुस्कराने लगे, हँसे भी, और जैसा कि सत्यकान्त महसूस करता था—सत्यकान्त ने महसूस किया कि उसने रंग जमा दिया है।

अचानक बीच में उसकी बात काटकर जगदीश बोला—तो ये बताओ वकील साब...! हँसा। दूसरों की तरफ़ देखा। सब चुप थे। उसकी तरफ़ किसी ने नहीं देखा। सत्यकान्त चौंका—तो ये बताओ वकील साब! के जब आप इस सबको ग़लत समझते हो, शास्त्री जी को, यूनियन को, तो इससे अलग क्यों नहीं हो जाते? इस्तीफ़ा क्यों नहीं दे देते? मिश्राजी बेचारे जैसे भी चला रहे थे, उसे गाली तो नहीं दे रहे थे कम-से-कम। आपकी ज़्यादा समझदारी है तो दे दो मिश्राजी को सारा राजपाट!

सत्यकान्त सुट्ट रह गया। उससे कुछ बोलते नहीं बना। एक कौंध की तरह उसे याद आया कि वह यूनियन के जलसे में नहीं, जगदीश के घर में

बैठा है, जगदीश के निमंत्रण पर, उसके बच्चे के मुंडन पर आयोजित सहभोज में। और देखो! बच्चे के लिए कुछ लाना तो दूर रहा, उसने बच्चे को गोद में भी नहीं लिया है, बल्कि बच्चे का नाम तक नहीं पूछा है। उसे अपना आचरण असंगत ही नहीं, अनर्गल भी लगा। यह उसके हाव-भाव से प्रकट भी हो गया होगा, क्योंकि उसने खिसियाकर शास्त्री जी सम्बन्धी कोई लतीफ़ा छोड़ने की और इस बहाने बात बदलने की कोशिश भी की। लेकिन अब दूसरे बात बदलना नहीं चाहते थे। बात शुरू हो गई है तो हो ही जाए।

बालकिशन नाम का एक लाइनमैन बोला, "नहीं, किसी की अच्छी बात हो तो माननी भी चाहिए, उसमें ऐसा कुछ नहीं है, और अपन ने मानी भी है, अब जैसे ओटी करना अपन ने छोड़ दिया के नहीं? चाहे कित्ताई लालच दे कोई। सोच लिया सबने के नहीं करना तो नहीं करना बस। लेकिन जिस थाली में खाना खाना उसी में हगना...ये बात ज़रा...बॉस..."

"या डिब्बेवाली बात ही ले लो।" एक दूसरा बोला। माँगीलाल नाम का।

"अब जगदीस उस्ताद ने बोला के गुरुजी को पसन्द नईं। छोड़ दो। तो भैया अपसर लोग चाहे जित्ताई पदा लें, नहीं उठाणा तो नहीं उठाणा, बस।"

"डिब्बा क्या?" सत्यकान्त ने पूछा।

"नाज का डिब्बा जी! अफ़सर लोगों को खाणें में शर्म नहीं आती, नाज पिसाणे में शर्म आती है। इसलिए लाइनमैन जाए कन्धे पर डिब्बा रखके चक्की। क्यों जाए?" जगदीश ने समझाया और हँसा।

सत्यकान्त चुपचाप इस हैरानी में डूब गया कि यह कब हो गया? इतनी बड़ी बात हो गई और उसे पता भी नहीं चला? मिश्राजी ने तो उसे कुछ नहीं बताया। तभी जैसे उसकी आत्मा में से किसी ने पूछा—सत्यकान्त! तुम कितने दिन से दफ़्तर के भीतर नहीं गए हो?

"नहीं, आप बुरा मत मानना। मैं ऑफ़िस में नहीं कह रहा हूँ कोई बात। वहाँ हम लाइनमैन हैं, आप साब लोग हैं। और घर में साथ बैठकर कह रहा हूँ। बुरा लगे तो छोटा भाई समझकर माफ़ कर देना। पर आप ही बताओ वकील साब! हममें से कोई सस्पेंड हो जाएगा, चार्जशीट मिलेगी, तो आप साब लोगों में से कौन बचाने आएगा? आप तो दिलवाओगे उलटा।"

"क्या मतलब?"

"मतलब?" हँसा। जगदीश फिर हँसा। "नाज पिसाणे में अपसर लोगों को ही शर्म नहीं आती, बाबू लोगों को भी आती है वकील साब! जबसे हमने उनका नाज पिसाणा बन्द किया, वो धमकी ठोक रहे हैं के जगदीश को सस्पेंड कराके ए छोड़ेंगे।"

अचानक सत्यकान्त को बहुत कुछ समझ में आ गया। जबरसिंह के होटल से पिछले कुछ दिनों से अपने साथियों की अनुपस्थिति और माहौल में फैला एक घुटा हुआ तनाव। जगदीश के घर ढूँढ के बहाने इस पार्टी का आयोजन और इसमें उसके किसी साथी का न होना। मिश्राजी की तरफ़दारी करनेवाले जगदीश द्वारा मिश्राजी को नहीं, सिर्फ़ उसको बुलाना...अच्छा... अच्छा—तो यह बात है...यहाँ भी राजनीति है...

कोई फिर गिलास भर गया।

वह कुटिल हो जाना चाहता था, चौकन्ना तो ज़रूर ही। लेकिन अवसाद ने कुटिल नहीं होने दिया...और नशे ने चौकन्ना नहीं।

अचानक उसने सुना कि वह ख़ुद कह रहा है, "तुम मुझे बार-बार वकील साब क्यों कह रहे हो जगदीश?"

"क्योंकि...दल्ला कहना नहीं चाहते!" वह बोलकर ज़ोर से हँसा। दूसरे भी। शायद जगदीश को चढ़ गई थी। शायद इन सबकी कोई मिलीभगत है। अच्छा...अच्छा...तो उसे घेरकर लाया गया है सुनाने के लिए...।

"आप बुरा मत मानना वकील साब! बुरा लगे तो छोटा भाई समझकर माफ कर देना...पर आपकी बात आप पर ही पड़ रही है। आप सबको गाली देते हो। पर इनमें और आप में क्या फर्क है? हें? आप बतलाओ। शास्त्री जी में और आप में क्या फर्क है? वो भी पब्लिक को बेकूफ बणा रहे हैं और आप भी बणा रहे हो!" फिर हँसा।

"कैसे-कैसे?" आश्चर्य की बात है कि सत्यकान्त ने बड़ी नरमी से ख़ुद को पूछते पाया, जबकि उसके कान जल रहे थे और कनपटी की हड्डी ऊपर-नीचे कदमताल कर रही थी। उसने गिलास फ़र्श पर रखकर प्याज़ का एक टुकड़ा उठाया, उसे मुँह में डाला और जेब से सिगरेट-माचिस निकालकर,

सिगरेट सुलगा, चप्पल उतार, एक पैर को दूसरे पर चढ़ाकर आराम से बैठ गया। हाँ जगदीश...

लेकिन वे हँस रहे थें। मुस्कुराते हुए एक-दूसरे की तरफ़ देख रहे थे और नशे का फ़ायदा उठाकर उसकी ठीक गत बना देना चाहते थे। सारी धूल झाड़कर एकदम औक़ात पर ले आना।

मारो पत्थर दोस्तो! पत्थर मारो! बहुत दिनों से दोस्तों के पत्थर नहीं खाए। सत्यकान्त के भीतर कोई बोला। लेकिन क्यों? उसे ग़ुस्सा आने लगा। क्या बत्तमीज़ी है! घर बुलाकर अपमानित करना!

बालकिशन बोला, "साब! हम तो मजूर आदमी हैं। आपकी तरह पढ़े-लिखे तो हैं नहीं। किसान के बेटे हैं। हमारे हाथ-पाँव में आज भी भगवान की दया से खूब गिरीस है। मोटा खाते हैं और मोटा पहनते हैं। थोड़ा-बहुत नसा-पत्ता जरूर करते हैं पर वो भी लिमिट में रखते हैं। हम न तो ट्रांसफर से डरते हैं, न सस्पेंड से, न टर्मिनेशन से। दो हाथ हैं। थोड़ा-बहुत भेजा भी है। जहाँ भी जाएँगे दाल-रोटी तो काढ़ ही लेंगे। तो हमारे मतलब की बात क्या है?"

"भई तुम यह क्यों और कैसे मान रहे हो के मैं तुम्हें सस्पेंशन करवाने की धमकी ठोकनेवालों की तरफ़ हूँ?" सत्यकान्त बोला।

"भोले बाश्शा! घुटने तो पेट की तरफ ही मुड़ेंगे!" जगदीश बोला, "कहो क़ुर्बान जाऊँ आपकी सादग़ी पर...क्या...जैसे कि वो कहते हैं न..."

"तुम नशे में बोल रहे हो या जैसे भी बोल रहे हो पर समझ भी रहे हो कि क्या बोल रहे हो?" सत्यकान्त बोला। सब चुप हो गए। "तुम कहते हो मैं दूसरों को बेवकूफ़ बना रहा हूँ। बताओ मुझे कि कैसे मैं किसको बेवकूफ़ बना रहा हूँ? रात-दिन खटने का यह नतीजा है! यूनियन कैसे चलाई जाती है, तुम्हें मालूम है? तुम कराकर लाओ किसी का एक भी काम! बताओ मुझे, किसका काम नहीं कराया मैंने? क्या अपने फ़ायदे के लिए मैं यूनियन में आया? और क्या आज तक मैंने किसी से कुछ भी लिया उसका काम करने के बदले?"

...यह आख़िरी बात पता नहीं कैसे सत्यकान्त के मुँह से निकल गई। ऐसी बात तो न वह सोचता था न बोलना चाहता था।

जगदीश भी गिलास रखकर आगे झुक आया। हाथ जोड़कर बोला, "साहब बहादुर! वकील साब! गुरू जी! आप बुरा मत मानना। और बुरा लगे तो छोटा भाई समझकर माफ कर देना। या चार जूते मार लेना सबके सामने। लेकिन..." उँगली पर गिनाते हुए बोला, "...पहली बात तो ये कि आप रात-दिन खटते हो। तो रात का तो अपणे को मालूम नहीं, पर दिन-भर तो आप जबरया के होटल की बेंचाँ तोड़ते दिखाई देते हो। और दफ्तर में आपके हिस्से का काम करते हैं रावत साहब और पालीवाल बाउजी। अब वो बापड़े अपणा काम भी करें, आपका भी करें और कोई कसर रह जाए तो चौहान साब की डाँट भी खाएँ..."

"क्यों? चौहान साहब को मालूम नहीं है क्या कि..."

"अपसर लोगों ने आपको जान-बूझकर छूट दी हुई है। क्योंकि आप उनका काम करा देते हो...जैसे शास्त्री जी कराते फिरते हैं अपसर लोगों का काम। लीडर तो उनके हुए फिर आप...।" कोई तीसरा बोला।

"दूसरी बात..." अब जगदीश का सुर भी तेज़ हो गया, "दूसरी बात के आपणे किससे क्या लिया? तो बुरा मत मानना वकील साब...कोई हाथी की लीद खाता है, कोई बकरी की मींगनी ही खाकर खुस हो जाता है। आपका छै महीने का चा-पानी-पान-सिगरेट का खर्चा कौन चुका रहा है? पता है आपको? और तो और आपने तो जबरसिंह तक को नहीं छोड़ा। रोज की रोज उसकी रोटी ठोक जाओगे तो अब वो भी मजूर आदमी है। उस बेचारे के पास भी कोई खत्ती तो गड़ी नहीं है। क्या?"

"और अपसर लोग बगैर काम लिये हाजिरी मान रहे हैं, जबरसिंह की होटल पर पड़े-पड़े दिन पूरा करने की भी तनखा दे रहे हैं, ये भी तो एक तरह की रिश्वत ही है!" बालकिशन बोला।

सत्यकान्त तैश में आ गया और उठकर खड़ा हो गया, "रिश्वत! तुमने मुझे समझ क्या रखा है? तुम मुझे घंटे-भर से जाने क्या-क्या बक रहे हो! वकील साब! शास्त्री जी! रिश्वत! तुम उस हरामख़ोर शास्त्री से मेरी बराबरी करते हो? अरे, तुम्हें नहीं पसन्द है मेरे काम करने का तरीक़ा तो मुझे हटा क्यों नहीं देते? मैं कोई हाथ जोड़ने आया था तुम्हारे पास के मुझे सेक्रेटरी

बना लो? पूछो किसी से, कौन मुझे ज़बरदस्ती पकड़कर ले गया था। तुम्हारे मिश्राजी।"

सत्यकान्त बोल चुका। हकलाने लगा। लड़खड़ाने लगा। नशे में और ग़ुस्से में। लेकिन कोई हंगामा नहीं हुआ। कोई अपनी कुर्सी से नहीं उठा। सब चुप रहे। कोई बोला तक नहीं।

सत्यकान्त कसमसाकर रह गया। कोई कुछ बोले। हाथापाई ही करे। थककर कटे पेड़ की तरह अपनी कुर्सी में गिर गया और काँपते हाथों से गिलास उठाकर उसमें की पूरी शराब एक साथ गटक ली।

सब चुप थे। जैसे एक ज़रूरी युद्ध अभी-अभी होकर चुका हो। जैसे एक आवश्यक वध अभी-अभी सम्पन्न किया गया हो। थोड़ी देर पहले वहाँ आवाज़ें थीं—लपकती और लपलपाती हुईं। अब चाँदनी थी और नीम की पत्तियों की हल्की सरसराहट। एक निःशब्द करुण विलाप की तरह।

एक बच्चा आया और जगदीश को बुलाकर भीतर ले गया। लोगों ने बैठकें बदलीं, गिलास ख़ाली किए और बीड़ियाँ सुलगा लीं।

सत्यकान्त कचरे का ढेर हो चुका था। एक नेता का सारा दर्प, एक बुद्धिमान का सारा वैभव पिचका हुआ कनस्तर हो चुका था। सत्यकान्त के कान बुरी तरह जल रहे थे। नशा हिरन हो गया था। जबरसिंह। जबरसिंह की रोटी। और भाई लोगों के चाय-पान। वह कौन-सा हलक़ चीरे कि यह सब साबुत निकल आए! कितना सुखी था वह साल-डेढ़ साल पहले! और कितना मूर्ख! सिर्फ़ साल-डेढ़ साल ने उस बात-बहादुर की सारी कलई खोल दी। आज वह, जिसे गुरुजी कहा जाता है और दल्ला समझा जाता है, मेहनतकशों की चौपाल में नंगा खड़ा है और हर दिशा से उसके अन्तर्विरोध एक भुतहा अट्टहास कर रहे हैं। साला सेवाराम! मिनी शास्त्री!

अँधेरे में न जाने कितनी देर बैठा रहा सत्यकान्त। लोग अपनी भाषा में अपने छोटे-छोटे दुख-सुखों की बातें करते रहे। अचानक उठा सत्यकान्त। सिगरेट-माचिस जेब में डाली और बाहर की तरफ़ चल पड़ा।

जब कुछ देर में किसी का ध्यान गया कि वह जा रहा है तो उसने जगदीश को आवाज़ दी। जगदीश भीतर से लपका-लपका आया और कन्धे

पकड़कर उसने सत्यकान्त को रोका। हाथ जोड़े...पाँव भी छूने लगा। सत्यकान्त ने जगदीश के दोनों हाथ पकड़ लिये और उसकी आँखों में आँखें डालकर मन ही मन कहा—'मैंने अपना कन्फेशन कर लिया है दोस्त!' और जगदीश के हाथ को धीरे से दबाकर बाहर सड़क पर आ गया।

कोई साढ़े ग्यारह बजे होंगे। सूनी सड़क पर चाँदनी पसरी हुई थी। सड़क के दोनों तरफ़ नीम के पेड़ थे जो हल्की हवा में सरगोशियाँ कर रहे थे। सत्यकान्त का चेहरा आँसुओं से भीगा हुआ था। एक कातर-सी, कोमल-सी ख़ुशी उसे अपनी रगों में सनसनाती महसूस हो रही थी। बहुत हल्का-हल्का लग रहा था। पता नहीं कब अपने डगमगाते-सँभलते क़दमों की मस्ती में मुग्ध वह मेंहदी हसन की एक भूली-बिसरी ग़ज़ल गुनगुनाने लगा।

नैनसी का धूड़ा

सूनी, काली, पानीदार, बड़ी-बड़ी आँखें टग-टग आसमान को ताक रही हैं। उनमें कोई ऊष्मा, कोई जीवन, कोई हरकत नहीं है। एक त्रासद याचना है सिर्फ़। "मुगती दिराओ!" बस...बहुत हो चुका...अब मुक्ति दो।

मुक्ति कहीं है? मुक्ति का रंग शायद हरा है। डंडों की मार में...भूख में...अपमान में...उपेक्षा में...हर अनसुनी फरियाद में हरहमेस हरा रंग दिखाई दिया है। हरा-कच्च! सुग्गे की पाँखड़ी-जैसा।

उस हरियाली में एक चितकबरा धब्बा है...अक्सर अचल...वह माँ है। और एक झक्क सफ़ेद बिन्दु है...कूदता-फाँदता...फिर-फिर पलटता...कुदकता...वह उसका बचपन है। ख़ुद का।

खेत के बीच मचान पर खड़ी 'बाई' की तरह...चारों तरफ़ नज़रें, दौड़ाती...कान खड़े करती...सारे परिदृश्य पर नज़र रखती...देर हो जाने पर बुलाती...संकट देखकर दौड़ी आती...कानों को, पुट्ठों को, बदन को प्यार से चाटती...यह माँ है।

माँ के गुलाबी तने हुए थन हैं। दूध से लबालब भरे हुए...। वे दौड़ते हुए आते हैं और एक टहोके में अमृत की धार छोड़ने लगते हैं। एक नहीं...चार-चार। सबके-सब भरे हुए। हरहमेस। कभी एक से पीता है...फिर उसे छोड़ दूसरे पर लटूमता है...फिर तीसरे को जाँचता है। है। सबमें। क्या-क्या पी ले। जल्दी-जल्दी। और माँ पुट्ठे चाटती रहती है...प्यार से...ममता से...

तृप्ति से। लेकिन बहुत जल्दी उसे खींचकर परे कर दिया जाता है। विरोध में टाँगें फटकारती माँ के पैर बाँध दिए जाते हैं। उसे थनों से फुटेक-भर की दूरी पर रखा जाता है...तरसता हुआ...और माँ की आँखें अटूट कातरता में नम हो जाती हैं...और दोनों की आँखों के सामने उसके हिस्से का आहार दूसरे छीन ले जाते हैं।

यह अन्याय से उसका पहला परिचय था। और विवशता से भी।

लेकिन बचपन के दुखों की उम्र छोटी होती है। फिर कुदानें शुरू हो जाती हैं। नैनिया उसे चुहल में लगा लेता है। कभी गरदन पर हाथ फेरता है, कभी पीठ पर धप्प लगाता है...कभी सामने बैठकर मुँह में पत्तियाँ ठूँसता है, कभी अपनी भाषा में जाने क्या-क्या बातें करता है। उसके स्वर में प्यार है। अत: वह दोस्त है। दोस्त उसे अपने पीछे दौड़ाता है। चकमा देकर पीछे पलटता है।...वह दोस्त को देखते हुए ठिठककर खड़ा हो जाता है। मानो थक गया हो। और नैनिया किलकारियाँ मारते हुए तालियाँ बजाता है। अचानक वह सिर आगे झुका तेज़ी से लपकता है...और सीधे नैनिया के ढूँगों से टकराता है। धीरे से। नैनिया खिलखिल हँस पड़ता है और उसकी गरदन से लिपट जाता है।

दोस्त और भी कई हैं। उनके नाम नहीं हैं। उन्हें 'केड़ा-केड़ा' के सामूहिक नाम से पुकारा जाता है। वे अभी छोटे हैं। उसके हमउम्र। जब वे कुछ बड़े हो जाएँगे, तब उनके नाम रखे जाएँगे।

वे सब सुबह घूमने जाते हैं। खूब सारे। साथ-साथ। जुलूस की तरह। पीछे-पीछे छोटी-छोटी लकड़ियाँ लिये, मुँह से टर्र-टिरिक आवाज़ें निकालते दो-तीन नन्हे रबारी होते हैं। बड़ों की तरह पगरखी पहने, पोतिए पहने (जबकि हो सकता है अँगरखी तो हो, नीचे धोती जैसी चीज़ सफ़ा गायब हो) पहले नैनिया भी साथ आता था। उसकी आवाज़...उसकी हँसी...उसकी किलकारियाँ दूर से ही पहचान में आती थीं। नैनिया बुलाता तो वह कान खड़े कर, पूँछ उठा फ़ौरन भागता। ज़रूर कोई मज़ेदार बात होगी। पर अब नैनिया नहीं आता। वह स्कूल जाने लगा है।

रबारी लोग पेड़ों के नीचे पसर जाते, सोलासार खेलते, गप्पें ठोकते, मोरचंग बजाते, ऊलजलूल ताने भरते...सो जाते...इस बीच तुम गस्ती से टहलते

रहो, कच्ची दूब ढूँगते रहो, एक-दूसरे से माथे लड़ाते रहो...एक-दूसरे की पीठ पर चढ़ते रहो...थक जाओ तो बैठ जाओ और आँखें मीचकर जुगाली करते रहो। मस्ती से। सिंजारे वे टिरिक-टिरिक करते सबको समेटकर घर ले जाएँगे...जहाँ किसी दूसरी जगह से माँ आएगी...अपने गुलाबी, तने हुए, दूध भरे थनों के साथ...और नैनिया...और अँधेरा...विभिन्न आवाज़ें...और एक खूँटे के पास की ठंडी ज़मीन।

घर बहुत बड़ा था। और उसमें बहुत सारे जने थे। कुछ नैनिया-जैसे, और कुछ बहुत बड़े-बड़े। एक ख़ूब बड़ी लुगाई थी जो ख़ूब बड़ा काले रंग का घाघरा पहनती थी। और उसके हाथ भी ख़ूब बड़े-बड़े थे। उसका ख़ूब रौब था। पर वह भी दोस्त थी। वह बाजरी के सोगरे खिलाती थी, कभी राबड़ी, कभी लापसी, और कभी मौज़ में आती तो गुड़। वह बहुत ज़ोर से बोलती थी और सब लोगों पर रुआब छाँटती थी। उसे सब 'बाई' कहते थे। एक ख़ूब बड़ा आदमी था। वह सिर्फ़ सिंजा के बाद दिखाई देता था। कभी-कभी उसके मुंडे से ख़ूब सारा धुआँ निकलता था। और भी बहुत जने थे।

एक दिन घूमने जाते समय रास्ते में एक खेत में उसे ख़ूब बड़ी-बड़ी घास दिखाई दी। लाइन से लगी हुई। टाँगों तक ऊँची। वह रुक गया। टोले से अलग हो गया और खाने लगा। यह मीठी घास थी। ख़ूब रसदार। उसने सोचा, वह रोज़ यहाँ रुककर यह घास खाया करेगा। लेकिन तभी एक रबारी दौड़ता हुआ आया और उसकी पीठ पर कसकर चार-छह लकड़ी जमा दीं। वह हड़बड़ा गया और भाग छूटा। काफ़ी आगे जाकर रुका और सोच में पड़ गया। क्यों? क्यों मारा उसने? तुम मुझे दूध भी नहीं पीने दोगे और घास भी नहीं ख़ाने दोगे। क्यों? वह उस रबारी से नाराज़ हो गया। उसके जी में आया...उसने सोचा, जब वह बड़ा हो जाएगा तो ज़रूर इस रबारी के ढूँगे में सींगड़े मारेगा।

समय आने पर सींग भी आए...लेकिन वह अपना बचपन का निर्णय भूल गया। और भी बहुत सारी बातें थीं...एक से एक नई और दिलचस्प, कि वह बात याद न रहना स्वाभाविक ही था। माँ का दूध उससे एकदम छुड़ा दिया गया था। और कुछ दिन बाद माँ ने दूध देना ही बन्द कर दिया। अब माँ की नाँद ख़ाली पड़ी रहती थी और उसके बदन की चिकनाई ख़त्म हो

चुकी थी—बल्कि हड्डियाँ निकलने लगी थीं। अब न माँ उसे देखकर कोई प्यार जताती थी न उसे माँ के प्रति पहले जैसा उछाह महसूस होता था। न माँ में पहले-जैसी व्याकुलता थी...न उसमें पहले-जैसी ललक। नैनिया रोज़ दफ़्तर-पट्टी लेकर स्कूल चला जाता था और शाम को इस-उस काम में लगा दिया जाता था। उसके दोस्त भी दूसरे हो गए थे और खेल भी दूसरे। वह कभी-कभी ही उसके पास आता। आता भी तो पहले की तरह बातें या खिलवाड़ नहीं करता...चुपचाप इधर-उधर से उसका बदन टटोलता-सहलाता, पुट्ठे ठपकारता, पूँछ मरोड़ता...मुँह खोलकर दाँत देखता...और चला जाता। उसका नाम भी नैनिया से बदलकर नैनसी हो गया था।

नैनिया के व्यवहार में एक महत्त्वपूर्ण परिवर्तन यह भी था कि अब वह उसे 'धूड़ा' कहकर पुकारता था, और यह बात वह सचमुच काफ़ी कोशिश और वक़्त के बाद ही समझ सका कि धूड़ा कहकर उसे ही पुकारा जा रहा है, उसी का नाम धूड़ा है।

समय आने पर वह यह भी समझा कि उसके टोले के केड़े 'जिनावर' होते हैं और सब केड़े एक जैसे नहीं हैं। कुछ केड़े हैं, कुछ केड़ी हैं। दोनों के शरीरवैज्ञानिक अन्तर को उसने लक्षित किया। अब तक उसके साथियों में से कइयों के दाँत और सींग निकल आए थे और टोले में कई नए केड़े आ मिले थे। छोटे-छोटे। जिनकी वह उपेक्षा करना ही ज़्यादा पसन्द करता था। जिस अनुपात में उसकी भूख बढ़ती जा रही थी, उसी अनुपात में दूब-घास-हरियाली कम होती जा रही थी। हरियाली सिर्फ़ खेतों में थी। और खेतों में मुँह मारने की मनाही थी। पानी पीने के बेरे पर जाते...हरियाली के ऐन बीच...पर हरियाली में मुँह कोई नहीं मारता। भूख की कसर घर पर सूखे भूसे-चारे से किसी हद तक पूरी होती, पर उस सूखे-पीले-निर्जीव पदार्थ को मुँह में भरना, लार से गीला करना, चबाकर नरम करना और सटकना भी वह काफ़ी मेहनत और कष्ट से सीख पाया। उसे मनपसन्द ख़ुराक नहीं मिलती थी, लेकिन उसके रग-पुट्ठों में चढ़ती जवानी की ताक़त थी और वह चलता तो दबंग की तरह सिर उठाए... आँखों में विश्वास और चाल में मस्ती। नदी की उठती हुई लहरों की तरह मग़रूर और मसरूर। वह यह भी समझा कि दुनिया का सबसे बलिष्ठ, सबसे

स्वाभिमानी, सबसे प्रभावशाली और मस्त कोई प्राणी है...तो वह साँड़ है... जिसका डकराना एक विजय-घोष है...और जिसके लिए अच्छे-अच्छे रास्ता छोड़ देते हैं। उसने तय किया कि वह बड़ा होकर साँड़ ही बनेगा।

लेकिन समय ने उसे यह भी समझा दिया कि घर उतना बड़ा नहीं है जितना वह समझता था, न उतना सम्पन्न। और लोग तो क़तई उतने बड़े नहीं हैं। कि माँ सिर्फ़ ममतामयी, दूधदात्री नहीं है...वह फुसकारती भी है, पूँछ भी फटकारती है और पास जाओ तो सींगड़े भी घुमाती है। एकदम जिनावरों की तरह। कि नैनसी एक लम्बी काली टाँगों और सिकुड़े मुँहासेदार चेहरे तथा रबड़े बालों, पीले दाँतोंवाला कमज़ोर-सा मिनख बनता जा रहा है, जिसे आदमी हरदम गालियाँ बकता रहता है और बाई तो ठोक भी डालती है। कि हरियाली दिन-ब-दिन सिकुड़ती जा रही है और भूसे का-सा पीला-उदास रंग धरती...पर फैलता जा रहा है। कि भूख और भोजन जीवन का सबसे बड़ा सत्य है और फंदा एक तकलीफ़देह चीज़ का नाम है। उसे मिनखों की भाषा और उनके स्वर-संघात थोड़े-थोड़े समझ में आने लगे थे—और उसे लगता था कि घर की आवाज़ों में से किलकारियाँ दिन-ब-दिन घटती जा रही हैं और लाचारियाँ दिन-ब-दिन बढ़ती जा रही हैं। बाहर प्रोल में लोग आते-जाते रहते हैं, झगड़े-झंझट होते रहते हैं, आदमी मुंडे से धुआँ निकालता ही रहता है और भीतर घर में बाई दिन-भर झींकती रहती है और इस-उस पर हाथ छोड़ती रहती है।

फिर भी माँ माँ थी, बाई बाई थी और घर घर था।

फिर ऐसा समय भी आया कि माँ गुम हो गई, बाई 'डोकरी' बन गई और घर...घर भी छिन गया। लेकिन इस दुर्भाग्य का अध्याय शुरू होने में अभी देर थी।

जब वह पाँच साल का हुआ, मान लिया गया कि वह जवान हो गया है। गबरू तो वह था ही। अपनी भूख और रहस्यमयी जिज्ञासाओं के बावजूद हर आता-जाता यही कहता कि धूड़ा अब जवान हो गया है। कुछ के स्वर में लालच होता, कुछ में ईर्ष्या और कुछ में चिढ़। कुछ तो मोलाने तक लगते। चार हज़ार। नहीं, तीन हज़ार। यह सही है कि उसने दो-चार बार ऊटपटाँग

हरकतें करनेवाले, खामखाह डंडा मारनेवाले और पोटे के लिए पुट्ठों से चिपके रहनेवालों को सींग मारा था, दस-पाँच बार (अपने हिसाब से) मौक़ा देखकर खेतों में मुँह मारा था और कुछ डरपोक और बेवकूफ़ केड़ियों के पीछे भी पड़ा था। तो कहा यह जाता था कि अब वह जवान हो गया है। नाथो और जोतो।

एक दिन उसके दाँत गिने गए, एक हाटिया को बुलाया गया, उसे टाँगड़े बाँधकर ज़मीन पर पटक दिया गया, नाक में रस्सी डाल दी गई...और खस्सी कर दी गई। वह छटपटा रहा था, मुँह से झाग फेंक रहा था लेकिन बेबस कर दिया गया था। हाटिया के हाथ में ब्लेड थी। सिर्फ़ ब्लेड। उसने धूड़ा के अंडकोषों की चमड़ी में चीरा लगाया, अंडकोष निकालकर फेंक दिए और चमड़ी को अँगूठे-उँगली के बीच रखकर दबा दिया और बस। दो मिनट में सारा काम हो गया। धूड़ा को बिलकुल नहीं पता चला कि उसे किस प्रकृति-प्रदत्त अधिकार से, किस सुख से, किस सम्भावना से वंचित किया जा रहा है। किस आफत के तहत उससे सहज जीवन का उसका अधिकार छीना जा रहा है। मानो कहा जा रहा हो कि न सोचो, न सपना देखो। क्योंकि उन्हें हम कभी पूरा नहीं होने देंगे।

एक उत्सव की तरह उसे एक जोड़ीदार के साथ हल में जोत दिया गया। और पीठ पर चाबुक छिटकने लगे। उसने कभी अपनी पीठ पर मक्खी तक नहीं बैठने दी थी। वह दुम उठाकर भाग रहा था—यथाशक्ति—छूटने के लिए। और उसकी प्रशंसा की जा रही थी। जोड़ीदार उसकी इस हरकत से ख़ुश नहीं था, लेकिन वह भी कर कुछ नहीं सकता था—भागना तो उसे भी था ही।

धीरे-धीरे वह इसका भी अभ्यस्त हो गया। और जोड़ीदार का भी। यहाँ तक कि उसे अपने गले में पड़ी घंटी और उसका टुनटुनाना अच्छा लगने लगा। पीठ की संवेदनशील थिरकन बुझ गई। पैर चलने और गरदन जुतने की अभ्यस्त हो गई। अब सामने जुआ आता तो ज़रा-सी टिचकारी मिलते ही वह जुए के नीचे गरदन घुसेड़ लेता।

एक दिन उसे नहलाया गया, उसकी पीठ पर रंगीन ठप्पे लगाए गए, बदन पर रंगीन झूल डाली गई, सींगों को रँगकर उन पर रंगीन फुँदने लटकाए

गए, पैरों में झालर बाँधी गई, गले में कौड़ियों की माला पहनाई गई और गाड़ी में जोतकर कहीं ले जाया गया। वह एक नई दुनिया थी, नया अनुभव था और नया मज़ा। गाड़े पर बना-ठना नैनसी बैठा था। जहाँ गए वहाँ ख़ूब बढ़िया हरी घास खाने को मिली, ख़ूब आराम करने को मिला। जोड़ीदार के पास दिन-भर छाया में बैठे-बैठे जितना मन करे, खाते रहो और जुगाली करते रहो और बस्स। और तीसरे दिन एक गोरी झक्क ठसकेदार लुगाई को नैनसी के साथ बैठाकर वे वापस आ गए।

कुछ दिनों जैसे रूठी हुई बहारें घर में लौट आईं। बाई बीमारी और बुढ़ापे के बावजूद थिरकने और रुआब मारने लगी। नैनिया लाड़ करने लगा। उसकी लुगाई कुछ न कुछ खाने को देने लगी। आदमी के मुंडे से धुआँ निकलना कम हो गया। पौ फटने से पहले उनका दिन शुरू हो जाता। बाई चूल्हा जलाकर रोटी पकाती, नैनिया की लुगाई जानवरों के आगे भूसा-पानी डालती, छाछ-बिलौना करती, झाड़ू-बुहारू करती, सुबह से पहले वे रवाना हो जाते, दिन-भर खेत में खटते—बीच दोफेरी के क्षणिक आराम के सिवा—और सिंजारे घर आते, खा-पीकर पड़ रहते। बेहद व्यस्त और थकानेवाले दिन। फिर भी कोई गा लेता था, कोई हँस लेता था। दुर्भाग्य से यह इस घर की आख़िरी हँसी थी। इसे फिर कभी नहीं हँसना था।

काल पड़ गया।

बुआई के बाद एक छींट पड़ी और बस। अंकुर फूटे और बस। थोड़ा चारा हुआ और बस। बेरों का पानी नीचे उतर गया। जहाँ बेरों पर मोटर लगी थीं, वहाँ हरियाली थी और बस!

भूसे की मात्रा कम होने लगी। माँ डकराती रात में। कोई नहीं सुनता। झगड़े-झंझट फिर चालू हो गए थे। अब उसका कहीं कोई काम नहीं था। उसे खिलाना घरवालों को भारी पड़ रहा था। नैनसी ने दूसरों के खेतों पर काम करना शुरू कर दिया। जहाँ बेरों पर मोटरें लगी थीं। जहाँ हरियाली थी। जहाँ अकाल केन्द्र में नहीं, हाशिए पर था।

फ़सल पकने पर आदमी के मुँह से निकलनेवाला धुआँ और गाढ़ा हो गया। उसमें गालियाँ आ मिलीं। घर में खाने का टोटा पड़ा था। वे लोग

क़र्ज़ में डूबे हुए थे। ज़मीन टुकड़े हुई जा रही थी। टुकड़े बोहरा की दाढ़ में सरकते जा रहे थे।

एक दिन आदमी ने किसी बात पर नैनसी को ठोंक डाला। बाई बीच-बचाव करने गई। उसे भी दो हाथ पड़ गए। नैनसी की लुगाई रोने लगी। बाई भी। धूड़ा बड़ी-बड़ी, आश्चर्य से फटी-फटी आँखों से सारा घटनाक्रम देख रहा था। चुपचाप। माँ भी। मानो झगड़े की जड़ में यही हो। मानो अभी ये भी पिट सकते हैं। उस रात नैनसी ने उसे ख़ूब लाड़ किया। गर्दन से लिपटा। पीठ पर हाथ फेरा। धूड़ा-धूड़ा करता रहा।

दूसरे दिन उसे—यानी धूड़ा को—किराए पर दे दिया गया। भाड़े में जोतने के लिए।

सुबह-सुबह आदमी उसे एक अजनबी मकान में छोड़ गया। जुतने में उसे कोई परेशानी नहीं थी। खेत के भुरभुरे ढगलों में या कच्ची नम ज़मीन में चलना उसे आता था। पर यहाँ दशा और थी। गाड़े पर ख़ूब सारा भार था। जोड़ीदार नया था। काला-कलूटा और ठिंगना। एकदम। सारा भार धूड़ा पर आ रहा था। और तिस पर हाँकनेवाला ऐसा उल्लू...जिसे चाबुक फटकारते रहने की बीमारी। बार-बार लगाम खींचता। बार-बार चाबुक मारता। बिना वजह। धूड़ा ज़ोर लगाकर आगे बढ़ता, जोड़ीदार की नानी मरने लगती। जबकि उसे पूरे रास्ते एक भी चाबुक नहीं पड़ा। ज़मीन पत्थर की तरह सख़्त और काली। बड़े-बड़े चढ़ाव-उतार और तीखे घूम। एक चढ़ान पर हाँकनेवाले ने चिल्लाते-गलियाते हुए धूड़ा की पीठ में डंडा घोंप दिया। धूड़ा ग़ुस्से से बिफर गया। वह ज़ोर से फुसकारा और उसने जोड़ीदार की कनपटी में सींग मार दिया। गाड़ी हचक-मचक हो गई। इस उपलक्ष्य में और मार पड़ी।

रात ढले घर लौटे। लेकिन यह घर अपना घर नहीं था। यह खूँटा वह खूँटा नहीं था। न माँ थी, न बाई, न नैनिया, न उसकी लुगाई। धूड़ा चुपचाप खड़ा हो गया। उसके आगे कोई भूसा डाल गया। उसने सूँघना छोड़ दिया। पानी दिया, दो-चार घूँट पी लिया, सिर ऊँचा किए खड़ा रहा। उसकी गर्दन पर गट्टा पड़ गया था। दुख रहा था। पर क्या किया जा सकता था? सहानुभूति के...प्यार के दो झूठे बोल बोलनेवाला भी वहाँ कोई नहीं था। धूड़ा इनका कौन

लगता है? धूड़ा मर भी जाए तो इनको क्या फ़र्क़ पड़ेगा? सब सो गए। वह खड़ा रहा। हर आहट पर उसके कान खड़े होते। आँखें चारों तरफ़ टग-टग देखतीं। अभी कोई आएगा और छुड़ाकर ले जाएगा।...शायद नैनिया आ जाए...शायद बाई...लेकिन कोई नहीं आया। रात-भर कोई नहीं आया। उसकी आँखों से आँसुओं की काली लकीरें निकलने लगीं। नथुने फुफकार छोड़ते रहे। मन में ढेरों ग़ुस्सा इकट्ठा होता रहा। सुबह जो सामने आएगा, उसकी ख़ैर नहीं।

वहाँ धूड़ा खटता रहा और पिटता रहा और घर के लिए तरसता रहा। और ग़ुस्सैल हो गया। मौक़ा मिलते ही लोगों के सींग मारता। जहाँ मरज़ी आती, अड़ जाता। एक बार एक छोरे को उसने सींग पर उठाकर पीछे फेंक दिया। तबसे उसके पास कोई नहीं आता। हाँकनेवाले के सिवा। जो दोस्त नहीं है। अब भी। धूड़ा को उसकी ख़ुराक के हिसाब से खाने को नहीं दिया जाता। वह रास्ते चलते अंड-बंड चीज़ों में मुँह घुसेड़ता रहता है। उसके पुट्ठों का सारा मांस सूख गया है। चोट के निशान पक्के हो गए हैं। अब वह निसरड़ा और मार का अभ्यस्त हो गया है। एक बार उसे डाम भी चेंटाया जा चुका है। जिसको काम की क़दर नहीं उसके लिए क्यों खटो? खामखाह सताते रहनेवाले के लिए कौन अपने हाड़ गलाएगा? इसका वास्ता या तो कभी अच्छे जिनावर से पड़ा ही नहीं होगा, या ये इस क़ाबिल ही नहीं कि कोई अच्छी तरह इसके पास काम करे। प्यार के दो बोल नहीं। पेट-भर खाना ख़ुराक नहीं। मार कभी रुकती नहीं। धूड़ा...ग़ुस्सैल धूड़ा सिर्फ़ कभी-कभी सोचता अब पुराने घर की। अधिकतर तो यही सोचता कि खूँटा तुड़ाकर भाग जाए...एकदम आज़ाद और मस्त हो जाए...साँड़ की तरह। और एक दिन खूँटा तुड़ाकर भाग भी गया...रस्सी, खूँटे समेत...पर काफ़ी देर मस्ती मारने के बाद उसे घर की याद आई और 'अपने' घर पहुँच गया। लेकिन वहाँ किसी की आँखों में उसके लिए पहले का-सा स्वागत-भाव नहीं था और बावजूद उसके डकराते रहने के आदमी फिर इसी राक्षस के यहाँ छोड़ गया।

दूसरे साल भी पानी नहीं बरसा। तीसरे साल भी नहीं। काल। गाँव के आसमान में चीलें चक्कर काटने लगीं। भाँय...भाँय! चौफेट सरपाट...सुनसान! हरियाली

का कहीं छिटका तक नहीं। आँखों में धूल और धूप की करकती फुलझड़ियाँ और गले में खुभे प्यास के भरुर-काँटे!!

ज़मीन गई। बाई गुज़र गई। नैनसी नौकरी करने रामनगर चला गया। उसकी लुगाई पीर चली गई। घर में कौन? धुआँ छोड़ता आदमी। माँ...एक कोने में भूख से रँभाती...और धूड़ा...दूसरे कोने में...खुरों से सूखी ज़मीन खूँदता...मिट्टी चाटता।

कोई ले ले। कोई हमारे जिनावर ख़रीद ले। ऐसे ही ले ले। बेचारे मरेंगे तो नहीं। पर कौन लेगा? मिनख भूखे—तिरसे फिर रहे हैं...जिनावर की हत्या कौन लेगा?

सारा घर सारे दिन निचाट सूना पड़ा रहता। सुबह का गया आदमी सिंजारे घर लौटता और हाँफता या धुआँ छोड़ता या करवटें बदलता 'दाता...दाता' करता रहता। माँ और धूड़ा उसे कातर देखते रहते। चुपचाप और अहिल। क्या बात है? क्या तकलीफ़ है? क्या हम तुम्हारे काम नहीं आ सकते?

चारुँमेर लोग बीमार पड़ रहे थे और मर रहे थे। जिनावर पड़ते...ख़ून उगलते, और ख़तम। लोग...ये बंजर और कड़ियल लोग...बरसात न होने के आदी थे...सूखे के अभ्यस्त थे। वर्षा के लिए याचना करनेवाला कोई गीत उनकी भाषा में नहीं था। वे पशुधन, बल्कि पशुबल के बूते पर पीढ़ियों से प्रकृति के आगे छाती खोले खड़े थे। ज़मीन ऐसी थी कि दो बरसातें ठीक टैम पर हो जातीं तो ख़ूब सारा नाज हो जाता था, जिसे वे बरस-दो बरस, तीन बरस तक भी कंजूसी के साथ बरतते रह सकते थे। इसके अलावा ज़्यादा चीज़ की उन्हें दरकार भी नहीं थी। उनकी रीढ़ का, उनकी हेकड़ी का राज़ था उनका पशुधन। बैल, गाय, ऊँट, बकरी-भेड़...। लेकिन अगर पशुओं को देने के लिए ही पानी न मिले? ये तो सीधे पेट पर लात है बापजी! पेट के निचले हिस्से पर।...हख़।

और ईश्वर? हाँ, ईश्वर। ईश्वर कितना क्रूर है।

लोग टोले बनाकर गाँव छोड़ने लगे। जानवरों के साथ। अपनी छोटी-मोटी गिरस्तियों के साथ। इलाक़े में कसाइयों ने फिरना शुरू कर दिया था। गाय की क़ीमत—बीस रुपए। बैल की—तीस।...मरो जल्लाद! कौन बेचेगा

इनके हाथों अपना लाड़-कोड़ से पाला जानवर! लेकिन कोई तो बेचता होगा। वरना ये आते ही क्यों?

आदमी की हँफनी में, उसकी अन्तहीन करवटों में, उसकी दाता-दाता की गुहार में ऐसे ही न जाने कितने हाहाकार चकराती आँधी की तरह घुमेरे मार रह थे।

एक दिन कहीं से आटा लाकर आदमी ने टिक्कड़ बनाए। अपने हाथों से माँ को खिलाए। गुड़ खिलाया। सब करते हुए हाँफता रहा। दरअसल वह रो रहा था। अन्दर से रोली लाकर माँ के भाल पर टीका किया...उसके हाथ जोड़े...और रस्सी खोलकर उसे बाहर हकाल दिया। प्रोल का दरवाज़ा खूँट दिया और वहीं ज़मीन पर धप्प से बैठकर विलाप करने लगा।

माँ ज़ोर-ज़ोर से रँभा रही थी। अनिष्ट की आशंका उठाकर उसे आतंक के भुतैले गह्वरों में धकेल दिया गया था। यकबयक। एक केड़ी के रूप में वह इस घर में आई थी। अपनी माँ के साथ। चार बार वह ब्याई। वह इस परिवार की सदस्य थी। है। ज़िन्दा। नहीं है क्या? कोई कहे तो? और कैसी निर्ममता के साथ उसे हकाल दिया गया!! उसकी करुण और कातर बाँ-बाँ न जाने कब तक बन्द दरवाज़े पर बिलखती रही। कौन सुनता? आदमी...आदमी पत्थर की तरह। जड़ और निस्पंद।

और एक दिन एक तेली धूड़ा को ख़रीद ले गया। सिर्फ़ पचास रुपए में।

धूड़ा की आँखों पर पट्टी बाँध दी गई और उसे कोल्हू में जोत दिया गया। और चल भई। ऐसी रात धूड़ा की ज़िन्दगी में कभी नहीं आई थी, जिसमें कहीं कोई संध भी न दिखाई दे। एक ही गंध। एक ही मारग। एक ही जुआ। रात-दिन। खाने को सूखा भूसा और थोड़ी-सी खली। पाँवों के नीचे गीला पुआल। घानी के बाहर पानी की नाँद। वहीं खाना। वहीं सोना। जो भी थोड़ा-बहुत तेली सोने दे। पर तेली क्यों सोने दे?

चला। चला। चक्कर आ गए। गिर पड़ा। मार पड़ी। चला। फिर लड़खड़ाया। फिर मार पड़ी। नहीं चला। नहीं चलेगा। मार ले कितना मारना है।

लेकिन मार की भी हद होती है। भागा। पर कहाँ भागेगा? वहीं गोल-

गोल-गोल। आने दो। किसी को नज़दीक आने दो। वह ऐसा सींगड़ा मारेगा...। और सींग उसने मारा। लेकिन मार तो जो पड़ी सो पड़ी, सितम यह कि उसके सींग ही कटवा दिए गए।

पूरी ज़िन्दगी यंत्रणा बनकर रह गई। नरक। और वह बुझता गया, बुझता गया। उसकी आँखों की रोशनी ही नहीं...आत्मा की रोशनी भी बुझने लगी। सारा उत्साह, सारा विद्रोह, सारा स्वाभिमान...बूँद-बूँद निचुड़ गया। कुछ भी खा लेना है...कुछ भी सह लेना है...कैसे भी मर लेना है। कोई अरमान नहीं, कोई सपना नहीं, कोई स्मृति नहीं। अत्याचार ही होता...अगर अब कोई उसकी आँख पर बँधी पट्टी खोल देता और उसे आज़ाद कर देता।

लेकिन उसके साथ यही किया गया।

चार साल अच्छी तरह रगेदने के बाद, हड्डियों का सारा सत निचोड़ लेने के बाद भी न काम बन्द हुआ न मार। उसकी गरदन पर ज़ख़्म हो गया। ज़ख़्म पर दिन-भर मक्खियाँ बैठतीं...जिन्हें वह खड़ा-खड़ा न पूँछ से उड़ा पाता न सींग...सींग तो थे ही कहाँ? ज़ख़्म में पीब पड़ गई...वह गंधाने लगा... और फैलने लगा...और नासूर बन गया...और उसकी दशा ऐसी हो गई कि वह सिर भी नहीं उठा पाता। रात-दिन मोटे-मोटे, गाढ़े आँसू रोता रहता और खटता रहता। बीमारी-कष्ट-मार-आतंक-मृत्यु सबके प्रति उसका बाहरी ही नहीं, भीतरी प्रतिरोध भी नष्ट होता चला गया और वह लाश बनता चला गया।

सारी घाणी ज़ख़्म-मवाद की बदबू से भर गई। बदबू तेल में भी उतरने लगी। ग्राहक चिड़चिड़ाने, भड़कने और कतराने लगे। लेकिन तेली, जो दीवाली के दिन भी बैल को नहीं बख़्शता, उसे रगेदता रहा। रगेदता ही रहा।

एक दिन धूड़ा ऐसा गिरा कि उठा ही नहीं। लाख कोशिशें कीं उठानेवालों ने। आख़िर उसकी आँखों की पट्टियाँ खोली गईं। पेट के नीचे डंडा फँसाकर, रस्सियों से बाँधकर, खींचकर उसे खड़ा किया गया, खोला गया, बाहर लाया गया, और छोड़ दिया गया। जा...जहाँ तेरा भाग तुझे ले जाए।

एक बीमार, मरियल, बूढ़ा जानवर...मक्खियों, कौवों और कीड़ों से घिरा...रो रहा है और घिसट रहा है। वह भूखा है...और किसी ने उसके सामने घास डाल दी है...हरी घास...और उसमें इतनी शक्ति भी नहीं है कि उसे जबड़ों

में ठूँस ले...या चबा ले। प्यासा है...और पानी है...और पानी में मुँह डाल लिया है...पर उसे नीचे नहीं उतार पा रहा है। ऐसे जीव को मौत आ जाए... इससे अच्छा और क्या हो सकता है।

लेकिन बदसूरत से बदसूरत ज़िन्दगी, ख़ूबसूरत मौत से ज़्यादा अच्छी होती है। धीरे-धीरे अपने मरियल बीमार शरीर और उसके उपजीवियों को ढोते हुए न जाने किस चेतना...किस अन्तर्प्रेरणा...किस आवेग के सहारे...उसने अपने गाँव की डगर ढूँढ़ ली। जानवरों की जो बहुत-सी बातें मनुष्य कभी नहीं समझ पाएगा, उनमें से यह भी एक थी। चलता रहा। घिसटता रहा। निरुद्वेग। रुकता। चलता। जाना ही है।

अब गाँव सामने था।...पहले की तरह लहलहाता हुआ...हरा कच्च... सुग्गे की पाँखड़ी की तरह! आह! यह देखने के लिए उसकी आँखें कब से तरस रही थीं। रुक गया। टग-टग देखता रहा। बस, अब ठीक है। फिर चल पड़ा। धीरे-धीरे। चाल में ज़रा भी उतावली नहीं थी। आँखों से आँसू बह रहे थे। काली लकीरें। गरदन नीचे झुकी हुई थी। भारी पैर सप्रसन्न धीरे-धीरे सरक रहे थे।

गाँव पर सुबह की चंदेरी धूप फैली हुई थी। ठंडी हवा चल रही थी। फ़सलें लहलहा रही थीं। केड़े-केड़ियों का सफ़ेद कूदता-फाँदता झुंड चरने जा रहा था। पीछे-पीछे टर्र-टिरिक करते रबारियों के दो-तीन बच्चे। कोई मोरचंग भी बजा रहा था। पता नहीं...शायद नहीं बजा रहा होगा। सिर्फ़ भ्रम हुआ होगा।

एक सूने-हरे-ऊँचे टीले पर पहुँच गया। हरियाली अनंत तक फैल गई। केड़े-केड़ी सफ़ेद धुँधले धब्बे बन गए। वह अपने बचपन के चरागाह से कितना पास था। लेकिन कितना दूर। गाँव से बाहर...एक आज़ाद ज़मीन पर...जैसा क़ुदरत ने उसे बनाया होगा। पहुँचा और गिर पड़ा। गिरा और मर गया। आँखें खुली रह गईं। टग-टग आसमान को देखतीं।

अब कौए आएँगे और काली-पनीली-ख़ाली आँखों में चोंचें घुसेड़कर मांस की नरम-नरम लीरियाँ खींचेंगे। फिर गिद्ध आएँगे। डरावने और मनहूस। और

उनके लिए आँखों के नरम रेशे छोड़कर कौए खुरों के नीचे के नरम मांस को नोचना शुरू करेंगे। चारों तरफ़ दुर्गंध फैल जाएगी, जिससे आकर्षित होकर फिर कुत्ते आएँगे और अपने पैने दाँतों से उसका पेट चींथकर उसकी आँतें चबाएँगे। फिर गिद्धों का एक पूरा झुंड होगा और वे इतना खा चुके होंगे कि उनसे उड़ा भी नहीं जाएगा और वे फिर-फिर खाएँगे। चमड़ी गिरती-चिरती-उतरती जाएगी...मांस बीतता जाएगा और पंजर झलकने लगेगा...हालाँकि अब भी उस पर जगह-जगह गुलाबी सफ़ेद मांस चिपका होगा। फिर धीरे-धीरे सिर्फ़ सफ़ेद पंजर रह जाएगा...और इससे पहले कि वह भुरभुराकर मिट्टी में मिल जाए...कोई उसे किसी के हाथ बेच देगा।

रामनगर की कच्ची बस्ती के बाहर कूड़े के ढेर पर एक लाश मिली है। हालाँकि जीते-जी उसे किसी ने आदमी नहीं समझा हो, पर कहना तो यही पड़ेगा कि वह एक आदमी की लाश है। मरनेवाले की उम्र कोई ज़्यादा नहीं। पर फोड़े-फुंसियों और ख़ून-मवाद ने चेहरे को एकदम विकृत कर दिया है। सुनते हैं कोई मज़दूर था। कई बरस पहले चढ़ती जवानी में गाँव से आया था और रिक्शा चलाने लगा था। फिर ताला-चाबी के कारख़ाने में लग गया। उन दिनों शहर में एक अभियान चल रहा था, जिसके तहत निस्सन्तान होने के बावजूद उसकी नसबन्दी कर दी गई। फैक्टरी के सेठ ने धीरे-धीरे करके उस पर काफ़ी क़र्ज़ा चढ़ा दिया, उसे एक तरह से बँधुआ मज़दूर बना लिया और उससे चोरियाँ करवाने लगा। एक बार इसने वापस गाँव भागने की भी कोशिश की, पर कामयाब नहीं हो सका। जब उसके हाड़-गोड़ कमज़ोर हो गए, एक दिन उसने चोरी करने से इनकार कर दिया। उसी दिन उसे चोरी के इल्ज़ाम में पकड़वा दिया गया। थाना-कचहरी-जेल का चक्कर एक बार चला तो चला। नाम मुजरिमों में आ गया। वह करे या न करे, अब जब कहीं, जहाँ कहीं चोरी हो उसे पकड़ लिया जाए। हारकर सचमुच चोरियाँ करने लगा और बार-बार अन्दर-बाहर होता रहा। बार-बार की इस आवाजाही से उसे एक विचित्र बीमारी लग गई। उसके सारे शरीर पर फोड़े-फुंसी हो गए और उनमें मवाद पड़ गया। उसने शराब पीना शुरू कर दिया और धीरे-धीरे

पक्का शराबी हो गया। हर जगह से दुत्कारा जाता, कुत्ते की तरह दुरदुराया जाता...सड़क पर पड़े रद्दी काग़ज़ों से अपने ज़ख़्मों की पीप पोंछता रहता और मौक़ा मिलते ही चोरी करता...शराब पीता...जी भरकर खाना खाता... और कहीं भी औंधे मुँह पड़ जाता।

आख़िर मर गया।

लोग कह रहे हैं, उसका नाम धूड़ा था। लेकिन मैं आपसे ज़ोर देकर कहना चाहता हूँ कि उसका नाम धूड़ा नहीं है। नैनसिंग है।

और सच बात तो यह है कि वह मरा भी नहीं है।